DEMIURGO S.A.

(FÁBRICA DE UTOPÍAS)

ALBERTO CASTILLO VICCI

DEMIURGO S.A.

ISBN:978-84-89268-50-0

DEMIURGO S.A.

DEDICATORIA

A mi esposa Alesia, con amor

DEMIURGO S.A.

CONTENIDO

Hay unos cuantos problemas que constantemente han preocupado a los hombres, pero el que se ha presentado generalmente como más difícil de resolver es el del origen del Mal, con el que han topado, como si fuera un obstáculo infranqueable, la mayoría de los filósofos y sobre todo los teólogos: "Si Deus est, unde Malum? Si non est, unde Bonum?". Este dilema es, en efecto, insoluble para aquellos que consideran la Creación como la obra directa de Dios, y que, en consecuencia, están obligados a responsabilizarle del Bien y del Mal. Se dirá sin duda que esta responsabilidad es atenuada, en cierta medida, por la libertad de las criaturas; pero, si las criaturas pueden escoger entre el Bien y el Mal, es que uno y otro existían ya, al menos en principio; y si las criaturas son susceptibles de decidirse a veces en favor del Mal en lugar de hacerlo siempre hacia el Bien, es que son imperfectas. ¿Cómo entonces Dios, si es perfecto, ha podido crear seres imperfectos? ..."

(Rene Guénon, 1909)

1 ENTRE GENIOS Y TEORÍAS

1. El retorno del genio

Del más insondable, obscuro y profundo abismo de la inconsciencia, un destello de luz del pensamiento estalló y tomó su mente, como salido de la nada, para realizarse en deseo y voluntad de despertar.

Con el pensamiento, su yo volvía en medio del batallar entre el ser y la nada, que era la lucha en que se desesperaba por hacerse presente de nuevo en él su conciencia, extraviada hacía ya quién sabe por cuánto tiempo. Sí, otra vez su yo consciente retornaba con su memoria. Abrió los ojos y volvió a vivir en la medida en que sus sentidos restablecían el mundo circundante y salían del sueño más profundo antes jamás dormido. Una luz celestialmente ataviada y alegre como la mañana animaba su vista. Los objetos a primeras esquivos poco a poco se dejaban reconocer. Así, por un amplio ventanal a través de cortinas de colores suaves y transparentes entraba en la habitación un paisaje azul, blanco puro y gris plomizo, con variadas tonalidades marrones que aparecían por todas partes fijando límites y contornos que dibujaban árboles cercanos, montañas no tan lejanas, cielo, nubes y al parecer allá abajo al pie de las montañas un lago. Después, el corazón machacaba su presencia palpitando vigorosamente sano y el sentido de la orientación y un vacío muy grande en el estómago le advertían que se encontraba acostado de lado y hambriento. La habitación no era la suya, aunque en sus recuerdos no asomaba ninguna otra que lo fuera. La cama sobre la que yacía era muelle, cómoda, sobria con sábanas blancas, frescas y limpias, sin lujo pero confortable. El resto del mobiliario le pareció conocido por lo común, usualmente el que amuebla la habitación en un motel moderno eficientemente diseñado y en que ninguno de las cosas sobra o falta... pero no estaba en un motel. La temperatura ambiental, artificialmente acondicionada, le causaba un agradable bienestar, aunque afuera el frío congelaba el lago y la amenaza de un fuerte dolor de cabeza comenzaba a inquietarlo mientras arreciaba el despertar.

¿Quién era?

—Soy un hombre muy enfermo — se contestó a sí mismo Ignacio Jacob Montaña-Adjiman.

Pero, por primera vez en muchos, muchos años, su respuesta no venía acompañada de la insoportable angustia de la depresión. Y la sensación que comenzó a experimentar, a pesar de la cefalea y el letargo de un despertar en mora muy atrasada, era totalmente nueva, la de una ligera euforia. Tan inesperadamente agradable y tantas veces añorada como imposible, que permaneció inmóvil por temor a que un movimiento cualquiera aunque natural pudiera espantarla.

—¡Caramba!— exclamó, inopinadamente—, la terapia *sincronicidad- stolk* parece que resulta.

No sabía si contentarse con tal posibilidad o encontrar alguna nueva justificación pesimista con que alimentar a su inveteradamente voraz depresión patológica. Dentro de tan desacostumbrada sensación de bienestar empezó a considerar por esta vez la posibilidad de dejarse llevar y gozar este momento y no preocuparse, cuando advirtió que no estaba solo. El movimiento y la conversación en voz baja de por lo menos dos personas presentes que murmuraban entre sí muy cerca y a quienes logró identificar después de algunos minutos, le trajo a la conciencia un total reconocimiento de quién era y dónde estaba y por qué él estaba allí.

La Dra. Stolk se le acercó sonriente:

—Hola, ¿cómo se siente?

—Bien, Dra. Stolk... bien, por primera vez en mucho tiempo... ¡bien!

—Pero... ¡usted me reconoce! —, admitió extrañada la doctora, sin poder reprimir su agradable sorpresa, mientras se abría la bata de médica, que ocultaba una exquisita figura femenina, para asir el estetoscopio de un bolsillo interno, acercándose más al paciente. Y añadió:

—¿Puede decirme algo más... quién es y dónde está?

—Soy Ignacio Jacob Montaña-Adjiman. Estoy internado en el *"Psychophysical*

Research Institute" subvencionado por la *"Gregory Stolk Foundation"* ...en la frontera del "Devil's Lake State Park", situado en Baraboo, en el Estado de Wisconsin de los Estados Unidos de América... También puedo orientarme en el tiempo, además del lugar: seguramente transcurren los días finales del otoño de 1999. Y, por supuesto, usted es la psiquiatra Marina Stolk, quien me trata. Su padre fundó este Instituto. Pero, no estoy totalmente seguro de mi enfermedad. Si me permite, quisiera añadir — porque hasta ahora nunca me he atrevido a decirlo — que siempre la he encontrado a usted muy hermosa, desde que la conocí cuando niña, y de paso decirle que muero del hambre.

—Bienvenido a la cordura y su control, doctor Montaña. Y, ¡gracias!— añadió la Dra. Stolk, extrañada de sí misma por su propia respuesta con la que reconocía el lisonjero piropo y afloraba la perplejidad por la inesperada lucidez y naturalidad con que despertaba su insólito paciente de una cura de sueño mezclada con dosis de vigilias y terapias psicofísicas de tratamientos neurofisiológicos prolongados e intensos que ya duraban un año—: "Luego, conversaremos más, por ahora es necesario proceder a varios exámenes físicos antes de darle de comer", afirmó, insegura de sus próximos pasos.

El enfermero trinitario que acompañaba a la joven médica junto a otro tan fornido y oscuro como aquél y que acudía en su ayuda, a una señal de ésta, levantaron al Dr. Montaña sin gran esfuerzo para pasarlo a una camilla con ruedas. Aquel largo cuerpo (por encima de 1,95 de estatura) que movían, escuálido y maciento, se apreciaba por lo menos una docena de kilogramos por debajo de su peso normal. Una década de depresión y de estados de narcosis no claramente identificados, más un año de terapia, habían dejado sus huellas en este hombre de mediana edad, brillante hasta la genialidad y de espíritu tan grande como abatido...

***

Mientras la camilla cargada con Ignacio era deslizada por los pasillos del hospital hacia las unidades de estudio y exámenes, Marina cruzaba la vereda que separaba la hospitalización del edificio principal, apresurando su paso hacia la puerta de salida para pasar frente a un sonriente retrato de Carl Jung con su nombre y las fechas 1875-1961 escritas en letras negras sobre una placa dorada. Atravesó el pórtico dórico de columnas blancas que servían de entrada al edificio principal del Instituto — identificado con una enorme placa de acero y letras negras con el nombre de "Jung Hall" y construido con ladrillos rojos al estilo arquitectónico de los años de la Independencia Americana— para bajar casi corriendo por la ancha escalinata que unía la entrada principal del Instituto con el amplio estacionamiento, abordando el Mercedes Benz azul metálico clase S que le esperaba, por la puerta trasera que le tendía abierta solícito su chofer.

—¡Apresúrese Joseph, es tarde!

2. Historia clínica PRI-SS-232

La doctora Marina Stolk — acomodada a gusto en el confortable asiento color crema impregnado del olor inconfundible a cuero fino de los Mercedes — no podía ocultar su desbordada satisfacción. Después del clínicamente breve lapso de un año de tratamiento, el paciente N° PRI-SS-232 había resultado la más prometedora y fehaciente comprobación de la Teoría Sincronicidad-Stolk (SS); pero ella no estaba preparada para hacerla pública ni el mundo para aceptarla. Además, se había comprometido con la familia Montaña-Adjiman a no revelar el paradero de su paciente, de su enfermedad ni nada relacionado con el aparente y lúcido retorno de Ignacio Montaña-Adjiman a la realidad y a la cordura; lo que le permitiría iniciar un novedoso plan de investigación, al extremo esperanzador, de hallazgos, comprobaciones, ajustes, experimentos... con una mayor colaboración del paciente que para muchos pasó sin traumas de niño prodigio a ser un adulto científico genial y admirado, permanentemente incluido por la comunidad científica en la lista de candidatos potenciales para el Premio Nobel en Física, años tras años, antes de su inesperada, repentina y misteriosísima desaparición del mundo científico internacional para aparecer años después víctima de la depresión y al parecer de estados de narcosis con que experimentaba en su persona y que destruirían su carrera...

***

A Marina, ante tales posibilidades, le invadía de nuevo el optimismo y el vigor de sus primeros años de estudiante cuando cursaba el post-doctorado en ciencias cognitivas después de sus años de médico general, magíster en neurofisiología y el doctorado en psiquiatría, y a sus 45 años exactos era la mujer bella y perspicaz de siempre, con una altísima inteligencia adornada de méritos y ejecutorias científicas de los más altos centros de estudios norteamericanos y algunos institutos académicos extranjeros. Sin otras ataduras sentimentales y familiares que la de la Presidencia del *"Psychophysical Research Institute"* como de la fundación que honraba el nombre de su padre y a la que había dedicado su vida casi monacal como investigadora y presidenta del *PRI*.

***

Mientras el Mercedes se enfilaba por la angosta carretera que comunicaba al Instituto con la cercana ciudad de Madison, capital del Estado de Wisconsin, hacia el *campus* de la Universidad del Estado bordeando al lago y dejando atrás el jardín de césped y arbustos en medio de una montaña de pinos altísimos, entre los que sobresalían los siete edificios con ladrillos rojos y porche de columnas y techos blancos esparcidos cuidadosamente en la frondosidad del *PRI*, Marina oteaba con la mirada inteligente de sus grandes ojos verdes, mientras se acariciaba un mechón rubio de su corta cabellera, como gesto característico de concentración mental, y anotaba observaciones del momento en su computadora portátil sobre una especie de resumen que había separado, según mejor le parecía, acerca de lo que en su opinión era relevante para su investigación de la ampulosa historia médica de Ignacio Jacob Montaña-Adjiman, compuesta por grabaciones en CD, videos, fotografías, recortes de prensa, correspondencia personal, programas de computador, documentos oficiales de las más variadas especies, libros, tesis y monografías escritas por él y por otros acerca de él y su trabajo, condecoraciones, premios, reconocimientos y cuanto testimonio grabado o escrito pudiera conseguirse de la vida y milagros del destacado investigador. Todo acerca del insigne científico que desapareció para el mundo en la cúspide de su carrera sin explicación ni huella alguna de su destino. Y que, además, casi podía recitar de memoria más o menos de la manera siguiente:

Nacido en Boston, Massachusetts, el 15 de mayo de 1947, Ignacio Jacob Montaña-Adjiman (usaba los dos apellidos de sus padres como se acostumbra y se registran las partidas de nacimiento en España) entró al mundo con todas las promesas de lo que podía esperar de bueno un ser humano al nacer y de las mejores posibilidades para triunfar en la vida.

Las familias de los Montaña y los Adjiman tenían una tradición de hombres y mujeres multimillonarios en siete idiomas con patrimonios regados en veinte países. Ignacio III, padre de Ignacio Jacob (a quien le correspondería Ignacio IV, pero desde adolescente prefirió su segundo nombre al apodo de cifras romanas que estilaban para sus descendientes algunos ricos de las no fidedignas realezas europeas, y que rápidamente copiaron los industriosos yanquis cuando hacían fortuna para apartarse con inventados blasones del proletariado del que algunos se habían escapado desesperadamente), se radicó en Boston como banquero español que se exiliaba en el suelo norteamericano huyendo de los horrores de la Guerra Civil Española, en la década de los treinta. El joven Ignacio III pronto escaló posiciones sociales en la estirada y poderosa sociedad bostoniana. Su alta y elegante figura era comúnmente fotografiada en eventos sociales, artísticos, políticos y financieros. Durante la Segunda Guerra Mundial (de la que se salvó participar como soldado bajo su condición de influyente exiliado) combinó sus trabajos como corredor de la bolsa, constructor de una inmensa fortuna personal y los estudios de leyes en la Universidad de Harvard... por sus propios méritos— y así sí se le reconocían— con grandes ejecutorias personales en los negocios como también en el mundo de la cultura y las artes en las que participaba activamente como generoso mecenas y promotor. A los treinta y cinco años era uno de los solteros mayormente cotizados en la sociedad bostoniana de su época y fue natural que contrajera matrimonio con la más pretendida acaudalada belleza judía de Boston: Judith Adjiman. Para fusionar sus dos inmensas fortunas con capitales que en el mundo entero se unían en la reconstrucción de la Europa de postguerra. Las grandes fábricas de autos, motos, ferrocarriles, largos yacimientos de pozos petroleros, textileras, cadenas de hoteles, emporios bursátiles... tenían los nombres de Montaña y Adjiman en alguna parte como accionistas y propietarios, ya fuera en Alemania, Francia o Italia.. sin contar sus propias empresas en los Estados unidos de América. Desde su unión, los Montaña-Adjiman fueron benditos con una vida regalada, exitosa, casi perfecta al estilo de lo que se imagina la plebe es la vida de los ricos y famosos, y entre saraos, *meeting* de negocios, asambleas de accionistas, papeles y valores, viajes y largas vacaciones a los sitios de moda donde tenían *chalets*, apartamentos o suites reservadas... a los que acudían viajeros del *jet set internacional* y la realeza europea, les nacieron sus dos brillantes y encantadoras infantas con sólo un año de separación entre una y la otra, a las que bautizaron con los nombres de María y Sara y, cinco años después de la última, el excepcional hijo menor Ignacio Jacob, quien desde increíble temprana edad perturbó la paz del pudiente hogar como niño prodigio primero y, luego, como adolescente genial. Las familias Montaña y Adjiman a pesar de tener religiones y costumbres diferentes como católicos y judíos, envueltos en disputas y guerras desde tiempos inmemoriales, en Norteamérica asumieron la actitud pragmática de unir fortunas y no competir ni por creencias, cultos o feligresías.

Los Montaña-Adjiman fueron rebeldes y formaron su propia dinastía; así que Judith abrazó el catolicismo de su marido, aunque en la vida social sólo lo hacía por conveniencia, en realidad tanto Ignacio III como Judith se excusaban con viajes y ocupaciones mercantiles para no ser fieles practicantes aunque contribuían con su diezmo multimillonario a la poderosa arquidiócesis de Boston y durante muchos años en sucesión varios cardenales compartieron su mesa. En cierto modo, eran abiertos a cualquier idea religiosa, ética, social, política o económica, mientras no perjudicara sus intereses financieros. Los nombres con que bautizaron a sus hijos tomados de ambas familias mostraban su eclecticismo práctico para todas las cosas.

Las niñas eran inteligentemente excepcionales, pero Ignacio se destacaba como párvulo genial que maduró de ex–niño prodigio a un joven super brillante (en el Instituto Tecnológico de Massachusetts donde obtuvo su licenciatura en física y matemáticas a los 15 años y su doctorado a los 18, le llamaban *Maravilla Montaña o MM*). A los dos años había aprendido a leer; a los cuatro ya había leído la Biblia totalmente. Durante su temprana adolescencia se enseñó por cuenta propia varios idiomas, incluyendo el griego, el latín y el hebreo; y las lenguas más practicadas en Europa: inglés, francés, alemán e italiano; además del español que hablaban en su casa. La habilidad para las lenguas era común a otras de sus dos grandes dones con que tan generosamente le prodigara la naturaleza: las matemáticas y la música. A los doce años había dominado la mayoría de las matemáticas superiores y era virtuoso en algunos instrumentos particularmente la guitarra española. A sus diez y ocho años de edad obtuvo con una disertación en ciencias cognitivas el último requisito para que se le otorgara el *Ph..D.* interdisciplinario en física y psicología o en *psicofísica* como acuñara, el mismo, el nuevo dominio de conocimiento que estaba creando, y en la que se incursionaba por primer vez con la idea del cerebro como fenómeno cuántico, en el Instituto Tecnológico de Massachusetts; e iba en camino al Premio Nobel por los logros que comenzaba a cosechar.

Los problemas que le interesaban no se limitaban a la Física Cuántica sino, además, a su relación con la biología, concretamente en la física de la neurobiología y la mente, con su integración tecnológica en la inteligencia artificial y su aplicación en las ciencias cognitivas por medio de una nueva tecnología que unía a todo ello interdisciplinariamente: la llamada *tecnología de la realidad virtual*; así se le ocurrió bautizar el nuevo dominio de su trabajo con el nombre de *psicofísica*, tan tempranamente como los mediados de los años sesenta, cuando apenas Ignacio salía de su adolescencia; y el tema no se volvió a tratar hasta finales de la década de los ochenta. Así, pues, que Ignacio Jacob Montaña -Adjiman no sólo fue un ex prodigio genial como niño sino un pionero intelectual como adulto cuya vida académica y profesional resultó tan brillante como la de otros genios descubiertos a temprana edad que le precedieron en el Instituto Tecnológico de Massachussetts (MIT) o Harvard o Princeton o Berkeley o Stanford, donde asistía a conferencias y participaba en foros, aún siendo un adolescente, con hombres de primera categoría intelectual como eran sus profesores Norber Wiener, Richard Feynman o John Archibald Wheeler …particularmente este ultimo. Para entonces, Wheeler, fundador de nuevos dominios de la relatividad y la mecánica cuántica, había comenzado a interesarse por los efectos de la voluntad humana en la creación del mundo con su sorprendente consecuencia no especulada por Wheeler, pero sí por su joven admirador Montaña: *la posibilidad de que el hombre dejará de culpar a Dios o al*

Diablo (al Príncipe de este Mundo como lo llamaba el evangelista San Juan) del mundo en que vivía, y fuera el único responsable de sus bienes y sus males; responsable por el libre arbitrio de crear ese mismo mundo de cuya imperfección se quejaba. No de la terráquea y convulsa historia humana solamente, que también lo era, sino del Universo material entero: tal como devenía a serlo. En otras palabras, en la tesis de Montaña, el hombre podría ser el creador del mundo y de sí mismo por voluntad propia, por un poder cósmico creador que para hombres con inclinaciones religiosas atribuirían a delegación divina; es decir, sería el demiurgo sospechado por Platón, veinticuatro siglos antes, cuando los griegos emprendieron la gesta civilizadora por la explicación racional del cosmos.

***

La carrera profesional de Ignacio Montaña no se desarrolló en la academia y claustros universitarios, aunque sus contactos con los principales centros de investigación donde se trataban los temas que le interesaban eran estrechos, y sus monografías fueron aceptadas y publicadas en las revistas de mayor prestigio científico y tecnológico mundial, para darle estatura profesional entre sus pares intelectuales; pero, su inmensa fortuna le permitió establecer sus propios centros de investigación y laboratorios donde empleaba a sus colegas más brillantes, atraídos tanto por el rigor y el prestigio de sus ejecutorias, como por los sueldos fabulosos que les pagaba, especialmente en la muy exclusiva y poco conocida por el público general, la corporación de avanzada tecnología DEMIURGO S.A.

Y de pronto, cuando apenas andaba por su cuarta década de vida y ya era candidato al Nobel, escribió una carta circular de renuncia a todos sus cargos, privilegios y canonjías, esfumándose en el anonimato. Algunos lo creyeron muerto.

***

Nunca más se supo de él...hasta que un periodista reveló en un artículo una misteriosa historia de un experimento científico conducido por Ignacio Montaña-Adjiman en uno de los centros de investigación de la Corporación DEMIURGO S.A. de la cual era su presidente, principal accionista e investigador, durante la mitad de la década de los ochenta.

***

Unos pocos años atrás, en el decenio de 1970, Marina era una joven bella y perspicaz estudiante de la Escuela de Medicina de la Universidad de Wisconsin, quien no ocultaba su admiración por Ignacio cuando visitaba su hogar en los suburbios de Madison, para discutir la teoría de *sincronicidad* de

Jung con su padre. Reuniones que Marina no perdía, y después de la cena caminaban por los alrededores de lago Mendota conversando de cualquier tema, de lo divino y lo humano, con Ignacio y su padre; principalmente, compartían su oposición al Gobierno de Nixon y los crímenes de guerra que se le imputaban a los Estados Unidos en Vietnam. La primera guerra que perdía el Imperio Americano.

***

Marina nunca supo si entonces estuvo enamorada de Ignacio o el consciente embeleso que le rendía se debía a una ilimitada admiración; y seguía la trayectoria profesional del genial científico como de un héroe preferido hasta que éste se esfumó; así que cuando volvió a saber de su posible paradero, después de un vacío de varios años, se decidió por su propia cuenta a localizarlo y rescatarlo para la ciencia pública —para lo que contaba con la pesquisa eficiente y profesional de un viejo amor de la juventud (quizás nunca olvidado) y renombrado detective privado de origen italiano, experto conocedor de los bajos fondos de Nueva York, donde se creía pudieran saber de Ignacio y de su estado físico y mental: se trataba de Mario Cassini. Cassini hizo honor a su fama y personalmente localizó al Dr. Montaña sumido en la mayor pobreza, abandonado por todos, empezando por él mismo, y al borde de algún tipo de narcolepsia y estados alterados, en el barrio Bronx de Nueva York.

***

Una vez que el narcotizado doctor Montaña fue trasladado en una avioneta-ambulancia contratada especialmente por el *PRI*, desde Nueva York a Madison, Marina trató de comunicarse con alguno de los familiares de Ignacio para reportarles el hallazgo del desaparecido científico y sólo recibió respuesta de la secretaria de las hermanas Montaña, quien ofreció apersonarse en el Instituto en menos de veinticuatro horas.

***

En efecto, conduciendo ella misma un automóvil alquilado en Madison, no la llamativa limousine con chofer que gustaba contratar en sus viajes, la Señorita Alice Nelson— de quien Marina había oído hablar como una secretaria confidente muy íntima de los Montaña-Adjiman — se presentó inadvertidamente en el lapso prometido, sin llamar la mínima atención, en el *PRI*. Su afilada figura, envuelta en un traje sobrio de un gris claro en dos piezas de muy buen corte tipo sastre, le hacía llevar muy bien su sexagenaria edad. Después de detener el modesto carro alquilado en el amplio estacionamiento, se dirigió a la oficina de la Presidencia del Instituto, donde la esperaba la Dra. Stolk. La secretaria Mary Stevens la hizo pasar sin retardo alguno a la oficina de Marina.

—Gusto en conocerla Dra. Stolk— se dirigió a Marina

extendiéndole la mano—. Marina la recibió con una sonrisa, de pie, y con un gesto cortes estrechó la mano extendida mientras le ofrecía uno de los asientos frente a su escritorio. La Señorita Nelson continuó conduciendo la conversación.

—Desde hace mucho tiempo quería conocerla, Ignacio siempre hablaba de usted y de su padre como de dos dilectos amigos.

— Así es— corroboró Marina.

— Bien, entiendo que ustedes han localizado al Dr. Montaña y lo hospitalizaron aquí.

—Así es—repitió la atenta doctora.

—Bueno, antes que me lleve a verlo, es necesario que usted se entere de algunos hechos, pero debo tener su palabra que no los dará a conocer a nadie, como confidencia profesional de psiquiatra a que usted está obligada con sus pacientes.

—Soy fiel a mi juramento hipocrático.

—Se trata entonces de los siguiente—. Y Alice procedió a comunicarle una detallada información sobre lo que pudiera ser la enfermedad del Dr. Montaña, quien en realidad aunque abandonó al mundo público hace diez años, se ha mantenido en contacto con su familia; y se sabe que usualmente vive en una isla en el Caribe, adquirida en concesión del país al que pertenece, gracias a la inmensa fortuna de Los Montaña, posiblemente situada en alguna parte al norte de los límites marítimos de Venezuela (él no desea que se conozca el lugar exacto de su residencia), donde tiene algún tipo de laboratorio y conduce no se sabe qué investigaciones y experimentos. De vez en cuando se tiene noticias de sus apariciones en algunas partes del mundo en distintos estados psicofísicos, como de su retorno a la isla desde donde se comunica telefónicamente con sus hermanas.

Sufre de una depresión no muy claramente establecida y entra en períodos en que parece dormir o estar en estados alterados que duran días. Los Montaña-Adjiman le piden su colaboración para que trate médicamente a Ignacio— y le extendió un documento firmado por María con su permiso—. Pero le exigen total silencio sobre este paciente. Nadie debe saber que es tratado aquí. — Luego advirtió —: su contacto será conmigo solamente, pues como usted debe estar al tanto, sus padres están enfermos. El Dr. Montaña III sufre de Alzheimer, y la Sra. Judith se encuentra postrada en estado muy avanzado de una penosa enfermedad terminal. Sus hijas María y Sara están encargadas de sus negocios y muy atareadas... además de sus obligaciones como mujeres casadas. Así que yo me ocuparé de todo lo que necesite por tratar a Ignacio... dinero... decisiones. En fin, esperamos que los deseos de la familia Montaña se cumplan a cabalidad, pues de ninguna manera queremos ver afectada la relación entre sus empresas y el *PRI* al que contribuyen tan generosa y entusiastamente.

—Muy bien, así se hará— acordó Marina dejando pasar la velada amenaza, y acostumbrada a este tipo de arreglos entre familiares y los directivos del *PRI* , y hasta en cierto modo aliviada de que pudiera tratar libremente y con poca interferencia familiar al Dr. Montaña.

Después que la Señorita Nelson se cercioró de la identidad del Dr. Ignacio Jacob Montaña–Adjiman, quien dormía inquieto en su habitación del hospital, Alice se despidió y por un año Marina supo de ella sólo por algunas llamadas esporádicas. Fuera de este contexto, las hermanas Montaña no parecían muy interesadas en saber acerca del estado de salud de su genial hermano menor.

***

— Estamos llegando — anunció el chofer.

Al oír a Joseph, Marina alzó la mirada y se percató de que entraban en el estacionamiento del Centro de Servicio de la *"Doit"* (*The Division of Information Technology*) de la Universidad de Wisconsin (*UW*) entre las Calles Dayton y Johnson de Madison, por lo que cerró el *lap-top* y concentró su mente en la video-conferencia multidisciplinaria que le esperaba y en la que participaría con otros científicos del mundo entero para exponer los principios y resultados generales de la *Terapia de la Sincronicidad-Stolk* debida a su padre y en la que también había participado activamente con monografías a cuatro manos cuando era un joven científico, Ignacio Montaña-Adjiman.

3. La Teoría

El Director del Centro la esperaba en la puerta del edificio para darle la bienvenida y escoltarla hasta una de los estudios de video-conferencias pertenecientes a la *"Doit"*. La *"Doit"* proveía una gran variedad de servicios a una de las diez universidades más avanzadas en la tecnología de la información y computación en los Estados Unidos: la Universidad de Wisconsin en Madison; como también a otras sedes de la Universidad en una variedad de tecnologías para 41.000 estudiantes y cerca de 2.300 profesores e investigadores, tales como "desktop-to-server-to-mainframe computing", redes, telecomunicaciones, INTERNET, conectividad y servicios administrativos y académicos, más tecnología instruccional y otros servicios de apoyo. Allí acudía Marina para exponer sus teorías y resultados a la comunidad científica mundial, dentro de un convenio de cooperación mutua entre el PRI con la UW, a través de INTERNET2 — una intranet que unía a 100 universidades. El convenio suponía seis charlas inter-activas a escala mundial, vía video-conferencias por INTERNET, una por mes a partir de la de hoy.

Después de subir al cuarto piso, se dejó conducir por el Director hacia uno de los estudios de servicios, donde Marina fue recibida por técnicos que le dieron algunas instrucciones que ya conocía sobre los procedimientos a seguir durante la video-conferencia.

Cuando todo estuvo listo y Marina recibió la señal de comenzar hecha por un gesto de la mano del coordinador del programa apuntándole a su persona desde la caseta de control, seguido de inmediato por las cámaras que sincronizaban sus movimientos para enfocarla expectantes, haciéndola consciente de que estaba sola frente al mundo, sin vacilar y controlando el miedo escénico natural aun en los más experimentados oradores, procedió con voz firme y sonora a exponer las teoría en que fundamentaba sus investigaciones debidas en parte a su padre, doctor Gregory Stolk; pero, en casi su totalidad, al Dr. Ignacio Montaña- Adjiman.

"Algunos científicos y eminentes filósofos de la ciencia y la metafísica, encabezados por Karl Popper, sostienen que toda la realidad puede ser organizada en tres mundos: el mundo de las cosas físicas— todo el cosmos, incluyendo a nuestros cuerpos y nuestros cerebros, es decir todo los entes físicos—; el mundo de nuestras experiencias subjetivas, no sólo percepciones táctiles, ópticas, auditivas, visuales, hambre, rabia, alegría...sino también imágenes, recuerdos, pensamientos e intenciones dispositivas (acciones futuras)—; y el mundo de los contenidos de los pensamientos, es decir , el mundo de los enunciados: expresiones poéticas, literarias, toda clase de artes, teorías, argumentos, entes matemáticos, en fin el mundo de las ideas. Popper los llama: mundo 1, mundo 2 y mundo 3. Lo interesante es saber si realmente existen independientes, autárquica y autónomamente o si el mundo 3 puede reducirse al mundo 2 y éste al mundo 1. "

Y de inmediato añadió:

"La teoría de que son independientes, más aún que el mundo 3 es eterno, como tradicionalmente las religiones reconocen al espíritu creador de todo y generador del mundo 1, del cosmos material, y ambos se comunican a través del mundo 2, es decir de la mente humana; se le debe a Platón.

Antes de Platón, Demócrito había expuesto una teoría materialista llamada atomismo, que reduce el mundo 3 al mundo 2 y este al mundo 1, es decir: que todo es materia.

Según sus filosofías que fueron enunciadas hace ya veinticinco siglos."

Señaló la doctora Stolk, que la ciencia moderna, del siglo XX, con la Mecánica Cuántica y la Teoría de la Relatividad — en que una explica el comportamiento del micro-cosmos y la otra del macro-cosmos; es decir, desde las partículas fundamentales a las galaxias — le dan la razón a Platón y no a Demócrito. Y lo explicó así:

"Para Platón, la última realidad es la idea, la forma matemática; para Demócrito es la materia, concretamente un átomo indivisible de materia que se combina de formas distintas con otros átomos para construir las cosas. De esta manera, el átomo es un mero "material" del que todas las cosas están hechas. Platón, al ocuparse de los problemas suscitados por los materialistas — Leucipo, el primer materialista radical, y Demócrito, su discípulo que lo desarrolló al máximo alrededor del año 428 a.C.—, adoptó la idea de unas mínimas unidades materiales como los ladrillos constituyentes de todo lo material, pero con una salvedad: sus átomos no eran estrictamente materiales, sino que los concebía como formas geométricas, los sólidos regulares de

las matemáticas, del mundo inmaterial de las ideas, en fin: de los entes abstractos de las matemáticas. En consecuencia, el mundo de la materia, del cosmos, es un reflejo del mundo de las ideas, de lo eterno, de lo espiritual."

Y continuo, después de hacer una breve pausa.

"La interpretación matemática —no de objetos físicos, átomos, electrones...

de la Mecánica Cuántica, que aunque no explica todavía toda la realidad física la explicará en el próximo siglo, el XXI— encaja perfectamente con las ideas centrales de la filosofía idealista de Platón. La estructura subyacente a los fenómenos naturales no se compone de objetos materiales como son los átomos de Demócrito, sino que viene dada por la configuración de tales objetos materiales: *Las ideas son más fundamentales que los objetos*—decía Platón. Y las ideas de la física son fórmulas." —Enfatizó La doctora Stolk, para seguir.

"Las ecuaciones de onda del físico Erwin Schrödinger con que predecimos cualquier comportamiento de un sistema cuántico, no conforman un modelo físico (en que los objetos tienen forma, tamaño y límites) sino matemático (en que los objetos son puntos y ondas) y aunque predicen el comportamiento y describen las propiedades de las partículas fundamentales, no nos dicen como son. En realidad, no sabemos cómo son: como, por ejemplo podemos decir que sabemos cómo son las flores y las piedras. Nada es más extraño al ser humano que lo que entendemos del mundo cuántico: todos los conceptos y modos de comportamiento en la vida cotidiana a escala humana (llamada de *dimensiones intermedias*) desaparecen. En el medio cuántico, por ejemplo, los entes sub-atómicos tienen doble naturaleza: se concentran en puntos de energía y a la vez se expanden en un vasto espacio (a escala atómica) como ondas, dependiendo de las preguntas que hagamos. Todas las partículas de una misma especie son idénticas. La energía sólo se transmite en cuántos físicos: un electrón, por ejemplo, parece saltar de una órbita de energía a otra sin pasar por el espacio intermedio. Hay partículas que parecen estar en posiciones diferentes en el mismo tiempo. Hay transmisión instantánea de información y el tiempo se detiene para partículas sin masa como los fotones; y se detectan partículas que viajan del futuro al presente y al pasado, en dirección distinta a nuestra *flecha del tiempo*. El *Principio de Incertidumbre* que nos impide conocer la posición y el momento a la vez de una partícula, prevalece como ley estadística inexorable de los hechos que hacen del mundo cuántico un mundo de probabilidades; y sólo sabemos de él por un lenguaje matemático, ideal. Una de las consecuencias de este *Principio* es que el observador científico, en el estudio de los fenómenos del microcosmo, no puede realizar observaciones objetivas: su participación altera la realidad. El acto voluntario de su conciencia (escoger entre medir la posición, el momento...) influye sobre la medición. Y esto, que la conciencia aprehenda directamente la realidad y por sí sola la modifica, hace casi existencial la investigación en la Física. Es decir, que al medir creamos la realidad que sólo existe potencialmente, no actualmente. Y, en los últimos años, la posibilidad de que existan universos paralelos al nuestro o *Multiverso*, como lo llama David Deutsch, que se detectan por interferencias cuánticas, y que creamos cada momento con observaciones, mantiene perplejos tanto a científicos como a filósofos."

La doctora Stolk fijó sus ojos, un poco cegados por la resplandeciente luz artificial del iluminado estudio, en una de las cámaras, mientras varios operadores de iluminación y audio la seguían con embeleso, para coincidir en sus pensamientos: ¡Qué mujer tan bella e inteligente!

Y Marina siguió así:

"Yo creo, como lo han dicho Popper y Montaña, que cada uno de estos mundos 1, 2 y 3 es real e independiente; y el mundo 3, de las ideas, es capaz de actuar o inter-relacionarse con el mundo 1 de las cosas físicas. No porque estén incorporadas al mundo 1 en algún medio, como por caso una teoría científica en un libro o una sinfonía en un medio magnético o una escultura en piedra o una danza en una coreografía o una pintura en un lienzo o una comedia en un film . . . sino porque la mente, el mundo 2, lo aprehende, lo concibe y lo entiende por un proceso de reconstrucción y lo aplica al mundo 1 como por ejemplo la representación de un una obra en un teatro con su sillas y auditorio, escenario, actores y espectadores a una hora dada en el tiempo; de manera que aunque su influencia en éste es indirecta a través del mundo 2, no es menos real. Ya que para entender una teoría, por caso, debemos reconstruirla y validarla con relación a otras; por ejemplo, un científico comienza con su atención a un problema que quiere entender; ésta es una tarea del mundo 2 tratando de asir un objeto del mundo 3; para lo cual puede usar objetos (libros, equipos, instrumentos, etc.) del mundo 1. Si produce una solución y desarrolla una teoría, ésta es un objeto del mundo 3. Más tarde, quizás otro científico o un tecnólogo, consigue una aplicación del tal teoría que modifica objetos del mundo 1; por lo tanto tal teoría es un objeto real y, aunque esté incorporada en objetos del mundo 1, pertenece al mundo 3. Popper también cree por las razones anteriores que son independientes, y el mundo 3 se comunica con el mundo 1 a través del mundo 2.

El doctor Ignacio Montaña-Adjiman ha tenido como *leiv motiv* científico encontrar dentro de una teoría material-mental-ideal, el lenguaje simbólico, si se quiere, que codificara los mensajes que se dan entre el mundo 1, el 2 y el 3 desde que apareció en el Universo el fenómeno humano. Tal como lo conocemos en nuestro planeta, pues no sabemos cómo sería con otras conciencias alienígenas que posiblemente, a pesar de lo insólito que es el fenómeno de la conciencia, por lo exigentes que son las circunstancias para que exista, tal vez se encuentren en otras partes del Universo. El bautizó tal conocimiento como el nombre de *Teoría Psicofísica*. Y aspiraba que fuese una teoría que integraría científicamente a la mente con la materia y el mundo de las ideas, sería pues una teoría completa, la final, la última, la definitiva... La teoría que uniría el mundo de la mente y las ideas, lo subjetivo y lo eterno, con el de la materia, lo objetivo, por eso el nombre de *psicofísica* o unión de la Psicología como la ciencia de lo mental y la Física como la ciencia de lo material y el lenguaje como su expresión; y contestaría preguntas tales como: ¿Qué tipo de acciones cerebrales corresponden a los pensamientos conscientes?, ¿cómo se relaciona el contenido de un pensamiento a la forma correspondiente de la acción cerebral? Y ¿cómo el pensamiento consciente guía las acciones del cuerpo? Y solían exponerla, en sus monografías, más o menos así: la realidad no es ni dual ni monista; es decir, no es materia sola separada aparte de la mente, a la vez sola, ni una es reducible a la otra; sino que es una mezcla más profunda de *mentemateria*. Algo como la información, pues las representaciones mentales o símbolos que el hombre crea son representaciones de *arquetipos o ideas*. Un arquetipo es un principio organizador que le da significado al contenido de nuestro inconsciente que es común a todos los demás hombres en la cultura y toman símbolos según éstas; tales símbolos forman un lenguaje. Esto explica por qué un símbolo significa algo. Una marca o cualquier signo puede ser un símbolo, una denotación, una referencia al contenido de nuestro pensamiento. Los filósofos lo llaman *intencionalidad,* y es lo que diferencia a la mente de la materia. Pero, a la vez, las une, en cierto modo, pues el pensamiento aunque parece *holístico,* mejor dicho, verdaderamente *atómico o no divisible*— como creyeron los griegos era la naturaleza del átomo constituyente elemental de la materia— pero al igual como les resultó a los griegos atomistas, el pensamiento como el átomo, sí tiene constituyentes o partes y a esas partes la llamaba el doctor Montaña *psicotrones* o vehículos del alma (*psico:* alma; *tron:* vehículo). Los verdaderos ladrillos con los que se fabrica la realidad. Pues los arquetipos tejen una red de conocimiento en la realidad que sin ser casual son sincrónicos; por eso algunos acontecimientos separados por miles de kilómetros o en el tiempo; y, como pensaba el Dr. Montaña, también en distintas dimensiones o universos, pueden suceder con un sincronismo sin que uno sea causa de otro, pero que tienen algún significado que los relaciona: algo como que todo el Universo es una red totalmente tejida que encadena a todo lo que sucede en él, lo que sucedió y lo que sucederá. Lo que un hombre decide en alguna parte afecta a otro en otra parte, en el espacio, el tiempo y la dimensión, si están unidos los significados de los eventos en que participan, no importa cuán distanciados estén uno del otro en tales categorías... De manera que los valores del hombre, sus esperanzas, sus búsquedas por el bien, el amor y el conocimiento; como sus errores, su maldad y sus fanatismos, tienen un lugar en el Universo, como la materia, la energía, el tiempo y el espacio: idea, mente y materia son reales y quizás las ideas sean más reales todavía."

Marina continuó con cierto temor de que su conferencia no pareciera científica sino pura especulación.

"El trabajo de Dr. Montaña consistía en descubrir la sintaxis o el código en que se expresa la intencionalidad, es decir en que se representan los arquetipos en *psicotrones,* y llamaba a ese código o lenguaje *mentalese*; pero no sabemos hasta dónde logró estructurar su sintaxis y descifrar su semántica".

La doctora Stolk hizo una pausa —y la audiencia ciberespacial la acompañó— para luego concluir:

"Los estudios del Dr. Montaña después de algunas pocas publicaciones, continuaron bajo un estricto secreto y de los que, poco tiempo después, nunca más se supo. Los de mi padre están muy bien documentados en el Instituto que presido. Quizás, por esta razón, nuestra exposición no sea completa. Falta lo que el Dr. Ignacio Montaña debería haber aportado, pero no lo hizo o si lo consiguió no lo dejó saber."— ("pronto lo averiguaré", se dijo Marina para sí)— "Todavía debe esperarse por un tratamiento más de fondo sobre la realidad *psicofísica* para disponer de una visión completa de lo fundamental de la alteridad, valga decir lo que realmente acaece en el universo.

A continuación haré una introducción acerca de la *psicoterapia Jung- Stolk* también conocida como la *Teoría SS,* o *Terapia de la Sincronicidad Stolk* fundamentada en los arquetipos y psicotrones del doctor Montaña, hasta donde pudimos conocer, pues no fue necesario disponer del *mentalese* para aplicar la psicoterapia y que será el tema central de nuestra siguiente conferencia en el próximo mes de noviembre. "

Con la esperanza de que con esta promesa no perdería su audiencia del todo o por lo menos no tanta, Marina introdujo con unas ideas generales a la *SS*; y se preparó para el bombardeo de preguntas que venían como si estuviera frente a una multitudinaria inquisición, en la siguiente sección de la video-conferencia según se había prometido en el programa y mientras se le daba participación a los invitados de otras Facultades de Medicina de las universidades de la INTERNET2, quienes se posicionaban ante las cámaras en silencio y un poco reacios a comprometerse con su presencia, ya que a la mayoría de los afamados participantes les parecía el intento de la psicofísica y la SS pura charlatanería pseudocientífica (en el mejor de los casos) o pseudofilosófica (en el peor).

Contra todas sus expectativas, lo que siguió a las últimas palabras de Marina fue un largo y nutrido aplauso que no se oía en la sala pero se apreciaba como un rumor en las docenas de pantallas del centro, seguido por un torrencial aguacero de preguntas en tonos de mayor simpatía y aprobación como estímulo de colegas de todas partes del Globo, dejando fuera de base y críticas a los académicos presentes. Marina, halagada y eufórica, respondía con seguridad y brillantez las preguntas que se agolpaban por ser atendidas en monitores cuyas luces amarillas se encendían para llamar su atención, por parte de la video-audiencia. Los jóvenes técnicos detrás de cámaras y aparejos, no acostumbrados al entusiasmo que había despertado tan compleja conferencia en tan calificados televidentes, le hacían señas de solidaridad a la hermosa conferencista, con los puños cerrados y el pulgar extendido hacia arriba; señal reconocida en todas partes del mundo—aun hasta por las más ignorantes de los estudios de Jung sobre el hombre y sus símbolos— para significarle ¡éxito

***

¡Buen día para la Dra. Marina Stolk! El retorno al *PRI* y el futuro se columbraban plenos de buenos augurios... como creía ver en las estrellas que en apariencias serenas titilaban con distintos brillos, según sus magnitudes, sobre el negro fondo del firmamento. Más cerca, las hojas y ramas de los árboles pasaban como sombras que el automóvil dejaba atrás mientras se desplazaba en la carretera rural hacia el Instituto, ante la mirada soñolienta de Marina, quien las contemplaba desfilar a través de la ventanilla de vidrio hecha en el techo del Mercedes, tendida cómodamente en el asiento de atrás, después de un día muy trajinado, pero con resultados felices... hasta que se quedó plácidamente dormida con el suave movimiento uniforme del auto; como duermen felices quienes están en paz con ellos mismos.

***

El timbrazo electrónico del celular dentro de la cartera la despertó súbitamente. Abrió la bolsa de cuero fino palpando por el aparato, hasta extraerlo entre papeles y otras cosas para diferentes usos que tienen asiento en un bolso femenino.

—Sí, ¿quién llama?

—Marina, te habla Mario... Mario Cassini.

—¡Hola Mario!, ¿qué hay?

—He tratado de comunicarme contigo todo el día... hasta ahora.

—Apagué el celular, pues la pasé ocupada en una video-conferencia, casi todo el día de hoy.

—¿Pero, qué pasa? ¿Cómo es que no me has advertido sobre el Dr. Montaña? Hasta ayer lo creía internado y en tratamiento en el Instituto, desde que te lo entregué el año pasado.

—¿Advertirte qué?

—Bueno, que volvió a las andadas y está de nuevo en Bronx, narcotizado, según parece, y abandonado; idéntico como lo encontré el año pasado con el mismo traje, la misma barba e igual de apestoso.

—¡Imposible!, debes estar confundido con alguna otra persona. El Dr. Montaña no ha salido del Instituto bajo mi tratamiento en ningún momento... esta mañana mostró signos de recuperación completa—añadió Marina extrañada—. No hay modo alguno de que haya viajado los mil cuatrocientos kilómetros que separan a Madison de Nueva York, desde esta mañana. Pues los vuelos parten desde el aeropuerto O´Hara en Chicago y justo a la hora de salida de los vuelos diarios Chicago-Nueva York, el Dr Montaña estaba conmigo, aquí en el *PRI*—. Para indagar dudosa y enseguida:

— ¿Cuándo dices que lo vistes?

—Anoche. Y no sólo lo vi, lo así por la mano derecha para asegurarme que era él, buscando la cicatriz que tiene en la muñeca desde su adolescencia.

—¿Y la tenía?

—Sí, Marina... la tiene. No hay duda, era él.

—¿Dónde está ahora?

—No lo sé, se me escapó... prácticamente se desvaneció en mis narices; en un momento lo tenía agarrado, y en el otro no tenía nada; debió aprovechar la confusión de la trifulca por dominarlo para soltarse de mi apretón y escapar por el callejón oscuro donde lo había alcanzado. Todavía no sé cómo lo perdí.

—Esto es absurdo, Mario. Pero, de todas maneras, por las dudas voy echar una mirada en sus habitaciones, donde debe estar el Dr. Montaña que trato desde hace un año aquí en el *PRI*. Te llamaré, luego.

— ¡OK!

Como ya entraban al Instituto, Marina se dirigió al chofer.

—Joseph, no tome hacia mi apartamento. Condúzcame directamente al hospital.

***

¿Quién era la sombra que aprisionó Cassini en Nueva York, si el Dr. Montaña dormía tranquilamente en su cama, como lo acababa de comprobar? Mario es un detective muy perspicaz y veterano que no se equivoca fácilmente. Sus sentidos y razonamiento son los de un hombre meticuloso y a sus 48 años de edad se mantiene en inmejorable forma — reflexionaba Marina—. Hace muchos años que dejó la bebida después de una vida medio bohemia, tormentosa y de mujeriego.... y si se exceptúan sus cinco tazas de café diarias (hace tiempo también dejó de acompañarlas con cigarrillos) no ingiere ningún otro estimulante, este hombre no sufre de alucinaciones... al contrario, siempre está alerta. ¿Cómo pudo equivocarse? Cavilaba Marina en su despacho, aunque ya había pasado la media noche y a estas horas solía estar en su apartamento y durmiendo en su cama. Pero difícilmente hubiera podido reconciliar el sueño después de la reciente conversación con Mario Cassini.

Ensimismada en sus pensamientos, sentada frente a su escritorio, en penumbra y sólo a la luz de una lámpara de mesa, con movimientos mecánicos por la costumbre, había abierto su correo electrónico, como lo hacía cada vez que encontraba su PC al alcance. Entre los mensajes que la esperaban, uno la dejó estupefacta.

"Dra. Marina Stolk.

Psychophysical Research Institute

Baraboo, Wisconsin

Querida colega: el Comité Organizador del CONGRESO DE CIENCIAS FÍSICAS Y COGNITIVAS DEL MILENIO que se celebrará en la ciudad de Washington D.C. entre los días 5 al 10 de diciembre de 1999, tiene el placer de anunciar la Conferencia *Teoría del Todo:¿una utopía?* A cargo del renombrado físico, doctor Ignacio Jacob Montaña-Adjiman. El Dr. Montaña expondrá por primera vez en diez años desde su última monografía publicada sobre el tema, los resultados de sus investigaciones en esta materia, en el Washington Hilton and Towers Hotel. De esta manera nuestra Asociación le da la bienvenida a tan conspicuo colega, quien sin apartarse de sus investigaciones, las mantuvo en total hermetismo hasta no alcanzar los resultados que ahora ha decidido compartir con sus pares y el mundo. Los detalles sobre lugar y hora de la conferencia les serán enviados a su e-mail, junto con un resumen, tan pronto queden acordados con el conferencista."

Marina tomó el celular y pulsó una llamada.

— Mario, te suplico que vengas inmediatamente al Instituto. ¡Es urgente y perentorio que nos reunamos en el *PRI* con el doctor Montaña que tengo internado aquí! ¡Algo imposible de suceder está pasando!

2 EL DESPERTAR DEL BUDA

1. Prodigio

Al Dr. Ignacio III Montaña no dejaba de asombrarle la prodigiosa mente de su hijo Ignacio Jacob. Cada día el niño sorprendía con una nueva habilidad comparable a la que en su infancia tuvieron los más grandes genios de la humanidad, según cuentan sus biógrafos. Y las niñas mostraban otro tanto: cualidades intelectuales fuera de lo común. Como también, él mismo, era un hombre de una inteligencia superior, y su esposa Judith no se quedaba a la saga, y puesto que contaba con recursos económicos prácticamente sin límites, decidió darle a sus hijos todas las oportunidades para su desarrollo intelectual y emocional. Con tal fin, los Montaña-Adjiman compraron una mansión campestre a menos de dos horas de Boston por vía terrestre, muy cerca de la ciudad de *Ayer* en el Estado de Massachussetts, para asegurarse el ambiente apropiado donde educar a sus excepcionales hijos con tutores privados en su propio hogar, además de la educación que recibían en las escuelas comunes cercanas a las que asistían como cualesquiera de los muchachos normales, sólo que sus condiscípulos ya eran adolescentes cuando ellos todavía no habían salido de la niñez.

Con casi siglo y medio de antigüedad, la mansión campestre de los Montaña-Adjiman hacia gala de una arquitectura colonial usual en la Nueva Inglaterra de 1800, y aunque fue remozada y colmada de comodidades modernas con nuevas instalaciones, se evitó afectar de cualquier manera el estilo original en su exterior para preservar su fachada antigua, a la vez que ofrecer en su interior, todo el confort moderno que aspiraran sus dueños. Ignacio III la bautizó con el castizo nombre de *La Castellana*, en memoria de una hacienda de sus abuelos en España donde transcurrió parte de su infancia antes de la Guerra Civil Española; aunque sus 200 hectáreas la hacían el doble de extensa en comparación con la que se quedó en la Península.

***

El Dr. Montaña bajó del *Rolls* negro con franjas blancas a los costados, entró por la puerta principal de la mansión *La Castellana*, apresurándose hacia la espaciosa biblioteca y despacho donde le esperaban los tres tutores privados de sus hijos: el humanista y filósofo ítalo-argentino Enzo Pallota; la psicóloga y educadora hispanoamericana Luisa Alonso; y el matemático y científico de la computación norteamericano Peter Taylor: todos de reconocida trayectoria profesional, con doctorados y actividades académicas sobresalientes que intercalaban con la tutoría privada de la familia Montaña-Adjiman (muy bien remunerada). Al pasar al lado de la señorita Alice Nelson, secretaria de su esposa, le entregó un maletín. La señorita Nelson lo recibió con una seña de entendimiento y de inmediato le advirtió:

—La Sra. Montaña está en camino, fue a darle los últimos toques a la recepción que ofrecen para celebrar el cumpleaños del joven Ignacio.

—Bien, la esperaremos en la biblioteca — avino Ignacio III.

El mayordomo se le adelantó para abrirle respetuoso y servil la ancha puerta doble que da acceso a la biblioteca: un espacio de 80 metros cuadrados de baldosas rústicas, cuidadosamente amoblada con amplios y mullidos sillones, mesitas pulquérrimas que sostenían toda clase de miniaturas de arte, y donde sobresalía a la vista un piano de cola Steinway modelo D, una mesa grande de billar en uno de los rincones, escondida detrás de un estante que sostenía libros de ambos lados, luces perfectamente distribuidas y paredes altísimas a las que el tapiz se le sustituyó con una madera especial color pistacho, con anaqueles empotrados y en los que se ordenaban en colecciones antológicas sobre los más amplios temas del conocimiento, quehacer y costumbres humanas, cerca de veinte mil libros de caras ediciones. La chimenea de mármol y caoba, coronada con un cuadro tamaño heroico del barbado de su padre Ignacio II que miraba la estancia con aburrimiento, servía de equilibrio a toda la sala como de separación entre dos grandes ventanales con amplias cortinas transparentes que dejaban ver el primaveral horizonte de jardines verdes con alegres colores de flores y arbustos, bosques de pinos en el fondo con *evergreens* distanciados cuidadosamente unos de los otros y pequeños lagos que rodeaban la casa y completaban *La Castellana*. A unos dos kilómetros se divisaban siete casas modernas que habitaban los tutores y algunos miembros del staff de la familia, y más cerca las caballerizas se separaban con cercas pintadas de blanco en alegre contraste con un césped verdísimo propio de esta época primaveral del año, yeguas mansas con sus crías pastaban al lado de padrotes, briosos caballos árabes alazanes de intenso rojo canela traídos de España, caballos de paso del Perú, algunos clásicos caballos americanos y varios caballitos de pelo largo conocidos mundialmente por su nombre en inglés de *poney* para el placer ecuestre de los chiquillos, todos a la discreción de los que amaban la equitación y el paseo a caballo por la finca, la actividad a la intemperie preferida tanto por los dueños como invitados.

—Buenos días tengan todos— dijo sonriente Ignacio III. Y añadió optimista: " Es un día bueno en verdad. Tengo grandes noticias".

—Buenos días, señor — respondieron a coro los doctores y tutores de María, Sara e Ignacio desde que aquel último celebró los cinco años hasta el presente día de hoy, 15 de mayo de 1958, cuando cumplía once años de edad.

—Bien, vengo del MIT (Massachusetts Institute of Technology). Mi buen amigo el Chairman James Rhyne Killian, Jr., nos invitó a un grupo muy escogido de industriales y financistas a un *meeting* acerca del estado tecnológico-industrial en nuestro país para darle nuestra opinión al senador Lyndon Johnson, actualmente líder de la mayoría demócrata en el Congreso... Todavía el shock causado por el lanzamiento inesperado del satélite ruso o *sputnik,* como ya todo el mundo lo llama, tiene conmocionado al complejo militar-gobierno-universidad de los Estados Unidos. La atmósfera en MIT, si me permiten decirlo, es de perplejidad y paralización, no saben qué hacer, todos se preguntan ¿cómo y qué pasó para que se adelantaran los soviéticos? Después de todo, en MIT se llevan a cabo muchas de las investigaciones en balística e ingeniería avanzada, particularmente la electrónica, para los cohetes de la Armada y del Ejercito, de manera que les afecta directamente en sus fondos la actitud del Gobierno y de las empresas metidas en el nuevo campo de la tecnología requerida para abordar el espacio exterior —. Dijo de sopetón y como hablando para sí mismo el potentado Montaña. Y aunque no era exactamente la mejor audiencia pertinente la que tenía delante de sí, se dejó llevar por su compulsión de no parar, una vez que se dejaba arrebatar por sus monólogos locuaces sabiendo que sus subordinados y empleados escuchaban obligadamente atentos y discretos: incapaces de ninguna imprudencia de repetir sus confidencias, innecesarias por lo general.

— Johnson no comparte el optimismo del Presidente Eisenhower, quien intentó minimizar el efecto "Sputnik" afirmando que "era sólo una pelota flotando en el aire". Una pelota, sí, aunque girando alrededor de la Tierra a 28.962 kilómetros por hora, para ser exactos, lo que simplemente supone disponer de cohetes impulsores de satélites más poderosos que cualquiera de los que ni siquiera tienen en sus planes los Estados Unidos para el futuro: capaces de arrojar 25 megatones y pulverizar cualquier ciudad norteamericana desde su escondida base de *Kazhakhstan*. ¡No es para tomárselo en broma! — advirtió con vigor Ignacio III. Y continuó con su historia — Pontificó Johnson, también, que el Imperio Romano controló al mundo porque podía construir carreteras. El Imperio Británico dominó porque tenía la flota más poderosa y eficiente del mundo. Ahora los comunistas han puesto un pie en el espacio exterior antes que nosotros superándonos... Y aseguró que no se quedaría sentado si sólo le dicen que para el año que viene pondremos un satélite más pesado que el de ellos. ¡No! Johnson exige que debemos multiplicar nuestros centros estudios, duplicar los doctorados y las universidades, motivar a nuestros jóvenes para la ciencia y la tecnología: ¡tenemos que revolucionar nuestra educación! Y así ganar la Guerra Fría. El Gobierno Federal, los locales, las industrias y las universidades deben enfrentar este reto. Sin embargo, también concedió Lyndon que debía reconocer que Ike, aunque republicano, le hizo caso y el pasado mes de abril sometió al Congreso, con la aprobación también del Partido Demócrata, la creación de la NASA, una agencia nacional para poner bajo un solo comando nuestro programa espacial —.Y prosiguió—, nos pide Johnson sacar a América del letargo; hay que cambiar todo nuestro sistema educativo con relación a la ciencia y nuestra industria se debe mover hacia tecnología de fronteras...Y no puedo estar más de acuerdo con él. Al salir de allí, de MIT, le di órdenes a mis empresas para reorganizar nuestra investigación con una mega-inversión en campos tales como la electrónica, la computación y las telecomunicaciones: allí estará la tecnología que controlará el mundo hasta el próximo milenio y más allá; y las corporaciones Montaña-Adjiman deben cabalgar industrialmente en la cresta de esa ola. Y mis hijos deben ser líderes de esta nueva revolución".

Los atentos oyentes seguían como podían, sin entender del todo, a su extrovertido patrón. Quien no se detuvo, para extenderse y exteriorizar más sus pensamientos.

— Pero, vamos a lo que nos interesa de inmediato. La asistente al Chairman de MIT, la Dra. Roberta Burr, me preguntó por la educación de mis hijos: quería saber si eran genios, como todo el mundo decía, o si yo tenía un secreto de cómo fabricar genios; lo que más necesita los Estados Unidos en este momento. Es pues, según la Dra. Burr, una labor de patria, compartir mis secretos educativos...si los había. Yo le contesté, lo que aquí hemos planteado muchas veces: ¡No los hay! Son niños corrientes y comunes a quienes se les ha dado una educación privilegiada, es verdad, pero que no tiene otro secreto que tratarlos como adultos, con respeto y responsabilidad, una práctica al alcance de todos los jóvenes de este país o del mundo. Y— recalcó—la máxima de la excelencia es ¡exigirnos mucho!

Cuando terminó de hablar su empleador, los profesores y tutores privados de los muchachos, dieron lo que posiblemente sería uno de sus últimos reportes sobre el estado de desarrollo de sus pupilos, candidatos a la educación superior. Las niñas, María y Sara, no tendrían ninguna dificultad en ser admitidas en Harvard. María escogió leyes y Sara, sólo catorce meses menor que María, tomaría la carrera de economía; ambas esperaban heredar y dirigir los negocios de sus padres. Ignacio prefirió la carrera académica; en la práctica se apasionaba por la computación y la electrónica; así que se inclinaba por la carrera de físico con mucho énfasis en las ingenierías particularmente las de computación. En consecuencia, se decidió por aplicar al ingreso en MIT, uno de los centros de frontera en ambas y que permitía estudios interdisciplinarios, programas especialmente elaborados para alumnos brillantes. Ignacio esperaba estudiar bajo la dirección de los discípulos de Norbert Wiener, un probado genio de las matemáticas y algunos de sus colegas que vivieron toda su vida académica en MIT y lograron convertir el Instituto no sólo un centro de ingeniería y alta tecnología como lo era a principios de siglo, sino un lugar de altos estudios físicos y matemáticos, de ciencia pura como aplicada. Wiener por su propio esfuerzo lograba una síntesis de todo ello con una nueva disciplina, como él mismo la bautizara en 1948, con el título de *cibernética*: "la ciencia del control y la comunicación, en los hombres, los animales y las máquinas". Sus herederos intelectuales fueron los pioneros en MIT del mundo de la inteligencia artificial, la robótica, las ciencias cognitivas, y una especialidad tan curiosa como nueva y que apasionaría al ex–prodigio Montaña : *la realidad virtual.*

El informe que los tutores privados presentaron sobre Ignacio no podía ser más halagador, sus conocimientos en ciencias, particularmente en física y matemáticas superaban los del primer año de los estudiantes que se inician un colegio universitario; lo mismo podría decirse en idiomas, el griego, el latín, y el alemán moderno los maneja con facilidad, y seguía aprendiendo nuevos idiomas, incluyendo algunos pocos usuales. Sus lecturas en inglés incluían los clásicos de la literatura en ese idioma y sus conocimientos en general eran superiores a los de cualquier adulto culto promedio; valga decir, de cualquier profesional universitario...pero a las once años de edad.

Sin embargo, para el profesor Peter Taylor, las actitudes de los Montaña-Adjiman para con sus hijos, particularmente de Ignacio III, no eran las más cálidas que pudieran esperar y necesitar el muchacho y sus hermanas, y sus crecimientos emocionales no corrían a la par que los intelectuales. Su padre intentaba como en la leyenda judía, particularmente de Ignacio Jacob, esculpir un *golem*, una especie de hombre artificial hecho de arcilla, a su imagen y semejanza, pero en la escala del genio; por otra parte, su madre, rechazaba su herencia judía, lo que le hacía sentirse un inadaptado. Por lo demás, era a la vez un niño emocional y casi adulto intelectual: una especie de ser antinatural. Taylor supo de otros experimentos educativos de tal naturaleza que llevaron al fracaso más rotundo, incluyendo el suicidio de algunos jóvenes que no se estimaron a la altura de lo que esperaban sus padres. Así que Taylor intentaba darle todo el calor emocional, comprensión y orientación a los jóvenes Montaña-Adjiman, y de alguna manera los adoptaba emocionalmente dentro de su familia. Esto le había servido mucho a Ignacio para superar sus limitaciones emocionales y vencer las barreras sociales hasta ser una persona simpática a pesar de su fama de genio, con lo que se ganaba la aceptación y admiración inmediata de sus condiscípulos.

La Señora Judith Adjiman de Montaña entró exquisitamente perfumada y elegantemente ataviada con un vestido de alegres colores confeccionado por Dior quien entonces, desde París, dominaba la alta costura mundial, para invitar a todos a la fiesta de cumpleaños de su único hijo varón, Ignacio Jacob.

2.Primavera

El crudo y gélido invierno que cedía su dominio a la esplendorosa primavera del año de 1958, en Nueva Inglaterra, coincidió con el principio de la adolescencia de Ignacio y con ella los días más felices de su vida que nunca olvidaría, descubriendo nuevas y fascinantes experiencias de todo tipo que causaban radicales cambios en su mente y en su cuerpo.

Acaba de festejar su undécimo aniversario y ya medía 1.67 de estatura, y todavía le faltaban unos años más de crecimiento hasta alcanzar los casi dos metros con que destacaría su alta y atlética figura entre sus condiscípulos universitarios; que imbricada a la brillantez de su mente, su inmensa cultura y maneras sociales, le avizoraban como un gran partido y un éxito social; en cualquier campo que escogiera: político, económico o académico.

Fue en el inicio de aquellos años de adolescente cuando Ignacio conoció la sublime experiencia del primer amor. Puro a la vez que sensual; idílico como arrebatador; cielo e infierno a la vez. Como también el ilimitado valor de la amistad como fuente de seguridad, solidaridad y felicidad humana: el mayor antídoto a la soledad que nace con cada ser humano como único ser-conciencia.

El matemático y tutor de los Montaña-Adjiman, el Dr. Peter Taylor, tenía dos hijos también inteligentísimos y aplicados a los estudios: Lois y Frank Taylor. De la edad de las hermanas Montaña-Adjiman, se graduaban con honores como él y también habían aplicado y fueron aceptados en MIT: Frank estudiaría electrónica y Lois computación, como su padre; y ambos esperaban continuar una carrera académica.

Cuando el padre de Ignacio decidió darle una educación mixta a sus hijos, pública y privada, entrevistó a docenas de posibles candidatos para tutores privados, y escogió especialmente a Peter Taylor no sólo porque cumplía con todos las exigencias científicas y pedagógicas, sino porque sus propios hijos eran estudiantes brillantes que resultaron compañeros inseparables como hermanos mayores en lo afectivo y como pares a su altura en lo intelectual de sus propios hijos; particularmente para Ignacio que sentía una devoción incondicional por ambos, y en el caso de Lois, su primer gran amor de adolescente...que nunca confesaría. Ni siquiera a Frank, su mejor amigo.

Peter Taylor encontró una solución ideal a sus problemas económicos que como todo docente con bajos ingresos debe afrontar. Se vio de pronto, por fuerza del destino, como ninguno de sus colegas jamás soñaría, con una hermosa casa de cinco cuartos en medio de lagos y jardines para él, su esposa y sus dos hijos, sin pagar renta alguna; lo que le permitía ahorrar la enjundiosa remuneración a sus honorarios para el futuro, cuando ya no necesitarán más de sus servicios y llegara el fin de la educación privada de los Montaña. Rodeados, además, de instalaciones encantadoras a las que no se les imponían restricciones de acceso a él o a su hijos que las usufructuaban de la manera más liberal; y, si fuera poco, contaba con la posibilidad de desarrollar su propia carrera académica en la Universidad de Boston, a la que dedicaba el tiempo que le quedaba cuando los niños Montaña atendían la escuela pública; conmutando entre Boston y Ayer varias veces a la semana.

Por lo demás, Peter le tomó profundo cariño a aquellos niños especiales como si fueran otros hijos, a quienes debía educar y de los que recibía respeto y consideración. Y se sentía con la libertad, sin ninguna cortapisa, en amonestar y castigar a los Montaña junto a los propios hijos cuando una travesura se pasaba de la raya.

El Dr. Taylor no sólo se esmeró en darle a Ignacio Jacob todo el conocimiento científico y matemático que pudiera asimilar su mente hasta que el niño lo alcanzó y sobrepasó en conocimientos y habilidades científicas sino que también se comportó como padre sustituto. Pues, el padre auténtico de Ignacio y su propia madre no dejaban de llevar una vida muy activa en lo social, para atender todas las necesidades emocionales de sus hijos a pesar de que sí lo intentaban; y en el caso del abogado Montaña, todavía más difícil pues sus negocios reclamaban también bastante de su tiempo; aunque se había organizado tan bien que disponía de una maquinaria efectiva para tomar decisiones y administrar sus corporaciones que funcionaba perfectamente sin su presencia permanente...sólo, de vez en cuando, le daba un golpe al timón para reorientarlas como con el nuevo desarrollo que les imprimió organizando nuevas empresas en el campo de la computación y la electrónica a finales de la década de los sesenta, con una mirada zahorí sobre la futura evolución del desarrollo tecnológico en el mundo.

Así que las inquietudes de Ignacio, particularmente sobre sus temores, inseguridades, expectativas, dudas, sentimientos...fueron compartidas con los de los otros hijos de los Taylor. Ignacio se daba el lujo de ser a la vez: un adolescente rico, genial, admirado, querido por una familia unida y exitosa, que triunfaba de manera sobresaliente en casi todo lo que emprendía y, además, contaba con amigos sinceros y fieles, como los Taylor en primer lugar. Pero también le invadía con frecuencia la inseguridad de ser un extraño en el mundo por su brillante inteligencia de la que todos hablaban y por la que tenía que responder con alguna obra genial que beneficiara a la humanidad.

Podía pues enfrentar cualquier cosa que la vida le retara, como ser el sujeto y objeto de un destino privilegiado.

Mientras que la familia de los Taylor era una familia feliz y segura bajo la sombra protectora económica y social de los ricos Montaña- Adjiman.

Ignacio Jacob Montaña-Adjiman, el prodigio, vivía como Gotama antes de despertar el Buda, es decir, antes de devenir a ser *el Iluminado*.

3. Fatalidad

Hasta que un niño no vive la experiencia de la cercanía de la muerte como algo fatal y que tiene lo irreversible de lo totalmente definitivo, todo lo demás puede ser cambiado, y la vida es demasiado rica en expectativas como para pensar en esa inexorable fatalidad. El mundo puede verse como algo positivo, con optimismo y la muerte algo que posiblemente exista, pero es superable y en todo caso remota. Pues, los adultos jamás hablan de la muerte existencialmente, es un tema tabú, hasta obsceno y pornográfico.

Durante muchos años en el cine hollywodense al que tanto le gustaban disfrutar los jóvenes Montaña y los Taylor, la muerte no era mostrada en su verdadera realidad y dimensión. Las guerras de Hollywood contra indios, alemanes, mexicanos, japoneses y ahora norcoreanos y chinos, se libraron en la pantalla sin una gota de sangre o dolor o atrocidad. Sólo cuando era necesario convencer al público de la perversidad de los enemigos de América y su modo de vivir, algunos pálidos efectos eran permitidos, suficientes para causar el horror necesario con qué despertar un mayor patriotismo que avivara la cooperación con el esfuerzo bélico de los ciudadanos aceptando con resignación la inmolación de la juventud en los frentes de batallas, el sacrificio económico y la exacerbación del odio. Nunca los noticiarios mostraban cadáveres quemados, desmembrados o descuartizados; ni las atrocidades cometidas por los ejércitos propios en los hijos de otras madres en otras naciones.

Sólo el enfrentamiento de dos generaciones en la segunda mitad del siglo XX trajo la *contracultura* y la presencia de la muerte en todos medios culturales como es: en su cotidianidad, dolor y desesperanza.

La muerte, para un niño saludable y una familia poderosa, es más que nada un asunto social, un acontecimiento que les suele pasar a los amigos y familiares (no a nosotros) con quienes hay que cumplir de acuerdo a ciertas costumbres, reglas sociales y protocolos.

Sólo cuando un niño es abandonado, se hace reflexiones muy tempranas sobre por qué lo que está vivo muere: las mascotas y la gente muere, como él algún día, seguramente ya viejo y después de haber vivido todo, también morirá; a ese niño que sus padres han olvidado, en su soledad se preguntará prematuramente: ¿por qué debemos morir y cuál es el sentido de la vida? Y se pregunta si existirá un Dios, como dicen algunos mayores, como una respuesta. Cuando excepcionalmente un niño es genial y tiene toda la protección de su familia, la muerte es otro de los grandes misterios que se le van presentando en el vivir y que deberá ser atendido y develado...más tarde. Hay mucho tiempo para resolver ese enigma: el mayor de todos.

A Ignacio Jacob no le fue concedido tal tiempo: la realidad del morir se le adelantó como a *Sidarta Gotama*: de súbito y devastadora. Unos años después de vivir la mayor tragedia de su vida, conoció la leyenda del Buda.

La leyenda de Sidarta Gotama — llamado también el Buda o Iluminado, el perfecto, el majestuoso— usualmente se cuenta así:

Dicen los libros sagrados del budismo que en el siglo V a.C., vivió en la India un rey llamado Sudodana Gotama miembro de la noble familia de los Sakyas que con otros linajes gobernaba en un pequeño Estado de la India, en Kapilavastu, próximo al poderoso reino de Kosala (hoy Nepal) al pie del Himalaya. A quien le nació un heredero con todo el conocimiento del mundo, la belleza física de los seres predestinados y las habilidades de un guerrero invencible: su hijo, Sidarta (Siddhartha Gautama en sánscrito, lenguaje sagrado de los brahmanes). La infancia y juventud de Sidarta transcurrieron con toda clase de placeres, voluptuosidades, abundancia y goces terrenos. Se cuenta que su padre, el rey Sudodana, construyó tres castillos para él, y los hizo habitar de una corte de tres mil doncellas, entre bailarinas, cantantes, instrumentalistas y criadas de toda clase, para que viviera con sólo gente joven y bella a su alrededor y a su servicio. A los diecinueve años el príncipe era hermoso como ningún otro ser sobre la Tierra, sabio como un poeta de los himnos sagrados, y temible como una fiera que acecha en el bosque. Su padre lo protegió con placeres materiales de todo contacto con la pobreza, la enfermedad, la vejez y la muerte. Así lo quería el rey; mientras que entre los amores de la princesa Golpa que escogió como esposa y las delicias del harén lo tuvieran cautivo, no se cumpliría la profecía de la pitonisa Asila, quien cuando nació sentenció que aquel niño prodigio estaba predestinado, que Brahma vivía en él; y que algún día despertaría como el Buda, para enseñar la nueva ley de salvación a los hombres. Sidarta Gotama no se dejaría dominar por los goces materiales y no se sentaría en el trono de su padre el rey; pero sería mucho más, llegaría ser el sabio de los sabios, el iluminado, el perfecto, el majestuoso que salvaría al hombre enseñándole el camino al imperio de la luz.

Pero Sidarta Gotama no pudo escapar de su destino como lo vaticinó Asila. Un día en que el hastío de todos los placeres satisfechos se hizo insoportable, decidió salir a cabalgar lejos de Kapila para atropellar en su carrera irresponsable a un anciano, Sidarta se apeó para socorrerlo extrañado por la apariencia de aquel hombre que caminaba trabajosamente apoyándose en un bambú, andrajoso, apestoso y con una barba larga que casi se pisaba; y por lo tirones de telas con que vestía asomaban sus miembros esqueléticos, deshidratados, arrugados y grises. Sidarta le preguntó el porqué de aquel estado tan lastimoso. Y la respuesta lo dejó sin palabras. "por los años, por una enfermedad de la que nadie escapa: el envejecimiento"—para sorprenderlo aun más—"Tú, el más hermoso de los hombres, aunque te respete la enfermedad, también envejecerás y marcharás, como todos los demás hombres, como un cadáver, a buscar reposo eterno de la muerte". Al oírlo el príncipe sintió una conmoción tremenda, y con el agobiante deseo de apartarse de allí de inmediato, montó de nuevo para cabalgar a todo poder para encontrarse un poco más adelante con la más temible fatalidad de la vida humana: un cortejo fúnebre que entre llantos y lamentos llevaba a la pira el cadáver otrora en vida rico, de un joven como él...Por primera vez se vio Sidarta en presencia de la muerte. Había oído hablar de ella como un paso venturoso y triunfante; de una hermosa transformación que devuelve el espíritu al Brahma. Pero viéndola de cerca la encontró horrible...terrorífica: ¿Era éste el destino final de cada hombre, y de él también? Nadie podría ser feliz en este mundo, aun entre todos los placeres, abundancia y voluptuosidades, si su destino final era la muerte. Todo el poder de su padre o de él como príncipe y luego como rey eran inútiles, inermes ante la fatalidad del morir. Entonces, ¿para qué reinar?¿Para qué ser dichoso? Con todo su poder y el de sus ejércitos, ¿podrían vencerla? ¡No!,¡ no podrían! Y desde entonces no le abandonó jamás una inmensa melancolía de impotencia ante la suerte del hombre.

Cuando el rey supo la enfermedad espiritual de su hijo y su causa, procuró por todos los medios curarlo...sin éxito alguno. El príncipe Sidarta Gotama, el único, el majestuoso, el perfecto... había perdido toda alegría de vivir.

Como consecuencia, abandonó todo: a sus padres, a su principado, a su futuro reino, a sus ejércitos, sus palacios, sus riquezas, a sus tres mil mujeres, a su fiel esposa, a su recién nacido primogénito Rahula, su patria y toda su venturosa existencia; y siguiendo la tradición de la India buscó la salvación de su alma en el ascetismo, contra la oposición de sus padres vertiendo lágrimas y las súplicas de su esposa, se cortó al rapé el cabello y se vistió con la indumentaria amarilla, como les exigen a sus discípulos los maestros sabios. Tenía apenas veintinueve años y la faltaban medio siglo de vida por vivir; cuando su piel era lozana todavía y sus músculos poderosos, elásticos y flexibles.

Por seis años los maestros le enseñaron los ejercicios ascéticos del yoga, la meditación, la mortificación y la penitencia. Pero en vano le conducían a la iluminación. Comprendió, entonces, que la voluntad era insuficiente. El ascetismo furibundo que practicaba Sidarta lo enflaquecieron hasta dar lástima por lo esquelético y apenas se sostenía en pie de lo débil que llegó a ser su cuerpo. Pero, Sidarta no lograba conseguir la iluminación

En cierto momento una aldeana se apiadó del esquelético y maloliente asceta y le ofreció unas gotas de leche. Sidarta, que ya había reflexionado sobre las consecuencias inútiles de tan extrema privación, aceptó esas pocas gotas; y con energía renovada se sentó a los pies de un árbol con la firme decisión de encontrar, de una vez por todas, la pieza que faltaba en el rompecabezas cósmico. Tenía entonces 35 años de edad... luego de ser tentado con toda clase de ilusiones y depresiones por días y noches, de pronto alcanzó la iluminación. Se había sentado al pié del árbol Bodhi de la "Sabiduría" a orillas del río Neranjara... al levantarse era el Buda. Había descubierto que ni la vida entregada a la sensualidad y a los placeres de este mundo ni la vida dedicada a las mortificaciones del ascetismo son la vida justa que lleva a la purificación y a romper la cadena de las reencarnaciones para entrar al nirvana o la unión del justo con la esencia divina. Se debe partir que todo es sufrimiento y que lo realmente importante, esencial, es librarse del sufrimiento: lo que se logra con una vida justa en el decir y el obrar; abismándose en progresivas meditaciones para que al final del camino alcancemos el conocimiento que nos libera. El conocimiento que no viene de la razón solamente que nace en la conciencia normal; sino del que se vive en la comunicación con la esencia de otros mundos de orígenes transcendentes: que se ven con el ojo divino, clarividente, suprasensible. Es decir, la contemplación de toda la creación en un estado de estados. Ello sólo se consigue por la experiencia de la meditación trascendente, que lleva la conciencia a estados superiores mediante ejercicios de ensimismamiento de la narcosis espiritual, a formas superiores de conciencia en una serie de estados ascendentes hacia la esencia divina el nirvana.

Siete días estuvo Sidarta en esta meditación que lo volvió el Buda, el iluminado, el majestuoso, el perfecto: el que había logrado las respuestas a las interrogantes fundamentales de la existencia. Pero concluyó que "Esta doctrina es profunda y muy difícil de percibir y de entender, plena de quietud magnífica, inasequible a la mera reflexión, sutil, algo que sólo el sabio puede aprender". Por lo tanto el Buda desistió en un principio de divulgar el camino de la purificación y dejar a los hombres en sus repetidas reencarnaciones y que busquen por ellos mismos la liberación al nirvana; pero una voz interior inspirado por Brahma le llevó a organizar la comunidad budista que llegaría a ser en nuestros días, la institución más antigua de la humanidad, pues ha sobrevivido más tiempo que ninguna otra institución. Allí están los grandes y orgullosos imperios de la historia, guardados por legiones de soldados, naves y magistrados. Apenas alguno de ellos duró más de unos tres siglos. Y allí tenemos un movimiento de mendigos voluntarios, que siempre apreciaron más la pobreza que la riqueza; que habían jurado no hacer daño ni matar a otros seres; que pasaban el tiempo soñando maravillosos sueños, inventando hermosas tierras de nunca jamás; que despreciaban todo lo que el mundo valorara; que valoraban todo lo que el mundo despreciara; la mansedumbre, la generosidad, la contemplación ociosa. Y sin embargo, mientras que esos poderosos imperios, construidos sobre la codicia, el odio y el engaño, duraron sólo unos cuantos siglos, el impulso de autonegación llevó a la comunidad budista a través de 2.500 años.

Las últimas palabras de Buda fueron éstas: "Perseverad atentamente. Perseverar en la atención es ver el mundo claramente y ver a nuestro prójimo claramente, sin juicio, sin envidia, sin odio. Para lograr esto es necesario que nos conozcamos íntimamente y que conozcamos la fuente de felicidad e infelicidad que yace en nuestro interior".

Le tocaría a Ignacio-Jacob Montaña Adjiman transitar una saga espiritual como la del Buda, para cambiar radicalmente la existencia humana, pero no por el ejemplo de la sabiduría y su predicación para que los hombres hagan el Bien y no el Mal sino con el poder de los medios de la ciencia y su tecnología

4. Primer encuentro

El primer encuentro y aniquilante experiencia de Ignacio con la muerte ocurrió en uno de los más hermosos días de su adolescencia; al principio del verano de 1959, cuando con los Taylor había terminado la secundaria en Ayer y hasta el otoño no comenzarían sus estudios universitarios en MIT.

En pocos días, los Montaña-Adjiman se ausentarían algunos semanas para Europa como parte de la educación de sus hijos. Así que disponía por ahora de algún tiempo para vagar y, como decía el profesor Pallota, disfrutar del *dolce fare niente*

***

El sol ya brillaba con fuerza a las 6:00 a m cuando le llamaron a su habitación por el teléfono interno para avisarle que los jóvenes Taylor y su padre, el Profesor Taylor, lo esperaban en el establo de *la Castellana* para partir hacia las montañas. Entonces recordó que no había chequeado el equipo para escalar como era su deber. Se distrajo en tantos pensamientos en el día anterior, tanto científicos como románticos en los que Lois era el objeto de su interés

En varias oportunidades y progresivamente, el Dr. Taylor había llevado a los chicos a escalar las colinas y montes cercanos. Los padres de los Montaña-Adjiman se los confiaban tranquilos pues Peter Taylor era un experto montañero, al punto que en su juventud conquistó un pico en Canadá que lleva su nombre. Y desde temprana edad de los muchachos los entusiasmó por el deporte del montañismo; aunque, no consiguió incorporar a las infantas de los Montaña, a pesar de que les hacía chistes sobre su apellido en relación con el deporte; pero sí al joven Ignacio y a sus dos hijos Frank y Lois.

Cuando se convenía una excursión, como se había hecho con la de hoy, el profesor Taylor planificaba todo con extremo cuidado y al mínimo detalle, y le encargaba a cada uno de los participantes alguna tarea: la de Ignacio esta vez era la de verificar que el equipo, botas con protección para los tobillos, mocasines para rocas, mochilas, camisetas, anoraks, screwgates, engranajes, sogas, clavos, casco protector... estuviese en perfecto estado, pues de cualquiera de ellos podría depender hasta la vida de los montañistas, aunque no pretendían escalar ningún pico ni aventurarse en altura alguna desconocida y cualquier riesgo sería evitado pues todo era previamente considerado: desde el estado de tiempo por los tres días en que se ausentarían de la civilización hasta las vituallas, puntos de contacto, escapes de emergencia y a quién acudir...No había ningún peligro en la suerte de los entusiastas excursionistas. De hecho, su itinerario tenía como objeto escalar un lado fácil del Monte Monadnock en la parte sur de New Hampshire, favorito de turistas y senderistas que venían de todas partes de la nación.

El viaje comenzaba con el equipamiento de cada uno en el establo, como llamaban un establecimiento amplio donde se reunían los excursionistas de lo que fuera un viejo edificio usado en el almacenaje de alimentos para animales, insecticidas, potes de pintura, equipos, herramientas de mantenimiento...y aún con ciertas mejoras servía con tales fines en la bicentenaria granja. Después de haber desayunado, cerca de las 6:00 a m y cargado con todo lo necesario en la recién adquirida camioneta jeep, willys station wagon 302 4x4, para todo terreno y que conduciría el Dr. Taylor hasta el parque nacional en las faldas del monte Monadnock donde acamparían...

Taylor prefería el Monte Monadnock sobre otros lugares porque es la montaña más escalada por los americanos, con 40 senderos y diferentes grados de dificultad, según la experiencia de los montañeros, y al llegar a la cima la recompensa al esfuerzo deportivo es una de las vistas panorámica más hermosa de América que alcanza los seis estados de Nueva Inglaterra. Thoreau y Emerson escribieron inspiradas páginas sobre tan grata experiencia.

La travesía desde Ayer a Monadnock State Park de unas pocas horas fue amenizada por interpretaciones de Ignacio con la armónica o la guitarra española. Juntos cantaron las últimas canciones del *Hit Parade: Return to Me...Fever...Catch a Falling Star...Everybody Loves a Lover...*popularizadas por Dean Martín, Peggy Lee, Perry Como, Doris Day... Ignacio se sentía feliz con aquella alegre y cálida compañía de los Taylor. El padre conducía y el hijo le servía de copiloto; en el asiento trasero Lois e Ignacio se divertían con chistes, juegos y comentarios libremente. Ignacio no volvería a vivir por mucho tiempo momentos como aquellos.

Una vez que pasaron la entrada al parque Monadnock siguieron el camino pavimentado hacia las oficinas de las autoridades y al estacionamiento donde dejarían la camioneta jeep. El Dr. Taylor hizo los arreglos en la oficina del administrador para alquilar tres tiendas: una para los hombres Taylor, otra para Ignacio y la tercera para Lois, quien así tendría la intimidad que necesitaba como la única mujer del grupo.

Allí tenían todas las comodidades que ofrece el parque a visitantes, turistas y excursionistas. Ese primer día se fueron a sus tiendas temprano para madrugar y comenzar la escalada que los llevaría a la cima del Monadnock muy temprano.

A la cima se puede llegar por 40 senderos; entre estos hay cinco muy populares por sus facilidades. El Dr. Taylor escogió el conocido como el sendero *Punpelly* porque aunque es el más largo, cerca de 8 kilómetros para llegar a la cima (luego bajarían al campamento por uno más corto de sólo 4 kilómetros), combina largos caminos planos con bosques, pequeños lagos y cascadas, y luego se asciende hasta 2.800 pies con comodidad por la orilla escarpada de una pared de granito, que se asemeja a una urna y por eso se conoce como el sarcófago. De allí, en adelante, hasta los 3.600 pies se sube por un sendero que tiene una increíble vista de ambos lados del monte. Hay un paso, que si se quiere, escalando unos 15 metros de roca sobre el sendero principal, se acorta el camino ahorrándose una curva menos escarpada. Era la intención del Dr. Taylor hacerles vivir tal experiencia. El riesgo era calculado, de caer alguien tendría vegetación acolchonada que amortiguaría cualquier golpe unos pocos metros abajo. Claro que montañeros experimentados habían escalado el sarcófago desde su base hasta los 2.800 pies, entre ellos el Dr. Taylor

Así que cerca del fin de la mañana, cuando el grupo del profesor y los muchachos llegaron al sitio dónde practicarían una nueva lección de montañismo, Peter los distribuyó de manera tal que subirían 15 metros desde un angosto pero plano camino, por un roca cercana a la pared de granito, así que Ignacio subiría por la parte más protegida en el caso de resbalar, a unos metros a su derecha escalaría Frank, y debajo de éste, Lois. El Dr. Taylor tomaría la vía más peligrosa, pues en caso de caer sólo unos metros los separarían del abismo. Iniciaron la escalada seguros y con las indicaciones del Dr. Taylor que siempre llevaba un paso delante clavando argollas y enlazando con lo screwgates las sogas. Cuando estaba asegurado, ordenaba a Frank quién lo hacía en su línea, seguido por Lois y a la izquierda de todos finalmente Ignacio. A sólo unos metros para que el grupo llegara a la cima y tomara el sendero que bordearía el sarcófago de granito, Ignacio sintió un jalón de la cuerda y vio con horror cómo la de Frank cedía a su peso para caer arrastrando a Lois. Ambos quedaban colgados unos metros más abajo en el aire sin decir nada, estupefactos, sostenidos por dos cuerdas: una le llegaba a Ignacio, que la asía con fuerza, sin intentar ningún otro movimiento apretando los labios por el dolor de la tensión, esperando por alguna orden de Taylor y como pudo trató de enrollar la cuerda a su brazo pasando la mano derecha por dentro para lo que se arrancó como pudo el guante. No había terminado el movimiento cuando oyó varios gritos y sus amigos se desprendían de las cuerdas rotas en tiras como papel. El Dr. Taylor hizo un movimiento desesperado para columpiar a sus hijos con la cuerda que cedía, hacia el borde del sendero abajo, con lo que Lois primero y Frank después eran atajados al empuje de la gravedad en un risco que bloqueaba al abismo, pero el cuerpo de Peter Taylor se desprendía al vacío en caída libre. Ignacio lo vio precipitarse al abismo poco a poco, casi en cámara lenta cuando en realidad se despeñaba aceleradamente atraído por la gravedad, hasta perderse a la vista sin ruido alguno en la espesura de un bosque que se extendía al pie de la montaña. Sin embargo, su imaginación que no sus sentidos le hizo escuchar un golpe seco de cosas que se quiebran, como el que causarían los huesos y la carne del cuerpo de un hombre lanzado con la fuerza de un tren que choca contra troncos de madera y piedras para quedar totalmente fracturado; como un muñeco de trapo.

La cuerda que asía Ignacio, antes de romperse quemó la muñeca derecha del muchacho en un chorro de sangre torciendo la carne cuando le rompía el hueso.

En estado de conmoción, Ignacio bajó por la cuerda que lo sostenía y había salvado, hasta el borde en que quedaron los cuerpos de Frank y Lois. Frank estaba vivo aunque inconsciente; Lois también; lo miraba con los ojos desorbitados y los labios muy abiertos en una sola queja. Buscó en la mochila de cuerdas que había quedado a unos metros de Frank, la pistola de socorro para disparar una luz de bengala y pedir auxilio, y las manos se empaparon de una humedad grasosa de color amarillo. La pistola no servía. Estaba totalmente mojada como las cuerdas que la tapaban y no se habían usado. A pesar del dolor de la muñeca torcida, Ignacio comprendió en ese momento toda la tragedia que vivía y el infinito peso de su culpa. Todo el universo se le vino encima.

Sin embargo, reaccionó de inmediato, se envolvió la muñeca herida con su pañuelo y corrió cuesta abajo a buscar ayuda por el primer camino que encontró. No podía hacer nada allí. Era necesario salvar a Frank y a Lois.

Durante media hora aguantando el terrible dolor de la muñeca partida en astillas dentro de la piel, corrió hasta alcanzar la planicie, con la suerte que no lejos divisó a caballo un guardabosque. Sus pulmones reventaban con los gritos que pegaba por auxilio hasta desgañitarse, pues el vigilante se alejaba de espaldas a él sin verle...pero le oyó. Devolvió con las riendas al caballo y galopó a su encuentro. Entre gritos y llantos, el muchacho, con apenas 12 años de edad pero apariencia de hombre, enteró al guardia de lo sucedido y la terrible experiencia que vivía, antes de perder el conocimiento, al rendirse al dolor que hasta ese momento había logrado soportar y la autodefensa de la conciencia que se apagaba automáticamente ante la magnitud trágica de la realidad que no quería aceptar.

¡No! ¡No! ¡No podía ser cierto! Esto no estaba pasando. Peter Taylor no podía estar muerto ni sus amados hijos a punto de seguirle por culpa de un descuido de Ignacio... el genio, el muchacho casi perfecto, que no cumplió con su deber y no revisó por negligencia el estado del equipo como le correspondía haberlo hecho; y, por eso, se volvía en asesino de los amigos que más amaba.

¡Si pudiéramos volver atrás y cambiar el destino!

Ese mismo día, el destino del mundo cambiaba de hecho por medio de una gran innovación tecnológica. A varios miles de kilómetros de distancia de Monadnock, en un valle californiano que en menos de un quinquenio después se conocería como *Silicon Valley*, un grupo de ocho ingenieros lograba combinar varios transistores en un solo dispositivo muy confiable que soportaba altas temperaturas con el empleo de silicio en lugar del germanio (el material estándar, hasta entonces, con que se construían transistores), para producir el ladrillo elemental con que ensamblarían los computadores de generaciones por venir; por medio de una nueva técnica denominada " circuitos integrados" y que se adueñaría en más de una manera de todo el planeta...y de la vida académica de Ignacio también, unos años después.

¿Sincronicidad?

3 EL IMPERIO DEL DEMIURGO

1. Europa

A pocas semanas de la tragedia del monte Monadnock, la familia Montaña-Adjiman zarpaba en el Queen Elizabeth desde New York rumbo al puerto de Southampton, en las islas británicas. Le bastó al Dr. Ignacio Montaña III mover unos pocos hilos para arreglar, sin exacerbar el profundo dolor de la familia Taylor, todo lo que había que hacer para que la investigación policial sobre las extrañas circunstancias en que había muerto el Dr. Peter Taylor, y en las que salieran heridos sus dos hijos — Frank, que se recuperaba de leves fracturas, y Lois quien posiblemente quedaría paralítica en silla de ruedas para el resto de su vida— no tuviesen otro carácter que de simple rutina. No hubo culpables ni siquiera responsables, sino coincidencias de hechos de mala suerte. Si bien las sogas de escalar tenían sectores corroídos (y las sogas revientan por lo más débil) como consecuencia de haber estado en contacto con un ácido que se había formado en uno de los armarios de metal donde se guardaban, no podría atribuírsele a un acto intencional y premeditado contra los excursionistas. La compañía que fabricaba los armarios mostró fehacientemente a las autoridades policiales cómo había suspendido, varios años atrás, la construcción y venta al público de tales productos, por la naturaleza tóxica de sus materiales constituyentes, y así se le advirtió a cada uno de los que los compraron; y fue por culpa de un viejo empleado de la Castellana (a quien no se le pudo interrogar ya que había muerto tiempo atrás) que los equipos de montañismo se guardaron en los peligrosos armarios. El viejo (q.e.p.d.) no había tomado en cuenta la advertencia que previamente se le habría hecho y, como se constato, tampoco sustituyó los muebles por otros, como se infiere debió hacerlo. El hecho que nadie verificara el buen estado de las cuerdas pasó inadvertido.

Por otra parte, la familia Taylor se mudaba a California, donde Lois sería tratada con la fisioterapia más avanzada del mundo y Frank seguiría sus estudios de ingeniería en la Universidad de California en Los Ángeles. Las empresas Montaña-Adjiman se asegurarían que por el resto de sus vidas nada les faltaría en lo económico. Más aun, Frank tendría posiciones de trabajo garantizada cuando terminara su carrera en algunas de las empresas de la poderosa familia, si así lo desease; por ahora, gozaría de una beca, además de la pensión que tenía su madre, y la ayuda económica que era requerida para los gastos médicos de Lois. Los Taylor guardaron su rencor en silencio, y aceptaron los hechos, sin demandar a Ignacio y a su familia por el terrible daño que les había causado su negligencia.

***

María y Sara ayudaban a Ignacio en su camarote de primera clase a vestirse formalmente para el primer día de cena en el Queen Elizabeth; pues sus movimientos eran limitados por el peso del yeso que le cubría casi todo el brazo derecho, desde la mano hasta un poco más arriba del codo y que punitivamente le recordaba su culpa.

— Ignacio, te van a encantar las hijas gemelas del Dr. Owen, son bellas y muy graciosas—, le dijo María con cierta picardía y el asentimiento sonriente de Sara. Se trataba del Dr. Patrick Owen, historiador británico, y de sus dos hijas gemelas, un poco más de tres años mayores que Ignacio: Grace y Jenny. A última hora, se enteraron los jóvenes Montaña-Adjiman que el viaje planificado este año para Europa se haría por mar y que tenían invitados especiales de su padre, la familia Owen. La Sra. Owen, no vendría con ellos pues por asuntos familiares se había adelantado, regresando un mes antes a su residencia en Cambridge, donde el Dr. Owen había organizado con el apoyo financiero de algunas instituciones el World War II Historical Research Center en el que Dr. Owen era Presidente y primer investigador. Durante su año sabático, el doctor Owen había sido subvencionado por la Fundación Montaña-Adjiman para que dictara algunas conferencias en algunos centros académicos norteamericanos sobre la Segunda Guerra Mundial, tema en que se le consideraba una autoridad internacional. Cuando el doctor Ignacio III le extendió la invitación para que los acompañara en el Queen Elizabeth en el regreso a su patria, el Dr. Owen la aceptó encantado. A sus hijas les sería de gran diversión y de mucha conveniencia social la amistad con los acaudalados jóvenes americanos; y, a él, tratar con mayor familiaridad a su mecenas. Secretamente esperaba convencerle para que financiera la publicación de su Historia de la Segunda Guerra Mundial, que había titulado Total War: The Second War World y estaría formada por varios volúmenes. Desde 1950 trabajaba en esta su opus magna que sin duda alguna lo cubriría de gloria imperecedera, según soñaba desde su adolescencia cuando vivió en carne propia el terror de los bombardeos aéreos en Londres. Particularmente, esperaba que el Dr. Montaña influyera en el Gobierno de los Estados y le concediesen el acceso a los archivos secretos de la Segunda Guerra Mundial que guardaban cuidadosamente algunas agencias responsables de los archivos históricos de ese país.

Cuando los hermanos Montaña se sentaron a la mesa reservada para ellos en el comedor de primera clase, ya sus padres y los Owen lo habían hecho y conversaban animadamente. Ignacio se embelesó de inmediato con el embrujo, la belleza y la soltura social de las gemelas británicas y le agradó también la compañía del rubicundo, robusto, locuaz y llamativo Dr. Owen. Con sólo quince años, las hermanas Owen, llamaban la atención también, pero por sus cuerpos de ninfetas ya formados, onduladas melenas pelirrojas, ojos color violeta, piel rosada con muchas pecas que le añadían a sus físicos mayor voluptuosidad y los hacían irresistiblemente sexy. Desde el mismo momento que fueron presentados, las muchachas Owen no escatimaron flirteos con el muy buen mozo joven Montaña, todo un hombre, a pesar de que recientemente sólo había cumplido los 12 años de edad. Aun así, Ignacio aparentaba quizás la misma edad que sus nuevas amigas.

Desde ese momento y durante toda la travesía del Atlántico, Jenny y Grace lograron que Ignacio olvidara casi por completo su pesadumbre. Pareciera que estuviesen de acuerdo y cuando una lo dejaba, lo tomaba la otra, mostrando cuan disponibles estaban para él. Cuánto exactamente, lo supo en la alta noche del primer día abordo, cuando ambas atravesaron el pasillo que separaba su camarote del que ocupaba el muchacho, y después de colarse sigilosamente en su habitación apenas les abrió la puerta cuando se anunciaron calladamente con golpes de los nudillos, entraron con una botella de un carísimo vino en las manos de Jenny y copas en las de Grace, más una pequeña caja que colocaron en una de las mesitas de noche; todos se sentaron en la cama a charlar y saborear el vino. Desde su posición, el muchacho admiraba excitado los cuatro idénticos, suaves y cálidos muslos de las hermanas, al descubierto por las breves y casi transparentes batas y pijamas que los desnudaban, además, de insinuar dentro de las finas telas los mórbidos misterios de las ninfas en flor.

En poco tiempo se encontró el muchacho envuelto en caricias crecientemente excitantes y cada vez más explícitamente sexuales de las chicas; y así fue como Ignacio perdió su virginidad esa noche, en las manos jóvenes pero muy expertas de las gemelas Owen. Desde la primera noche hasta el desembarco en el puerto de Southampton, Ignacio recibió de ambas hembras un curso intensivo como práctico de sexualidad...develando sus misterios, aprendiendo sus técnicas, variantes, configuraciones y los movimientos sicalípticos tan naturales como necesarios. Ignacio comprendió, entonces, que el sexo podía ser una magnífica narcosis para el pensar y la depresión.

Cuando al amanecer, las gemelas regresaron a su camarote, y pocos minutos antes de vencerle el agradable sueño que deja el ejercicio del placer sexual satisfecho, Ignacio pensó: "que suerte que mis padres y mis hermanas ocupen la suite mayor del barco y el Dr. Owen otro camarote cerca de aquellos, pero lejos del mío y el de las gemelas que quedaron en camarotes opuestos: uno frente al otro". Todo parecía una especie de conspiración que no le extrañaría de sus padres. Particularmente, porque en la cajita que las muchachas abrieron, después de los primeros escarceos, había condones para rato.

***

En pijamas y en su cama, Ignacio III esperaba que su bella esposa saliera del baño, donde por media hora se había sumergido en la tina al tope de agua tibia, espumas y perfumes; una vez que se acostara, después de una prolongada caminata escuchando la inagotable charla sobre historia del rollizo Dr. Owen, mientras iban y venían por los largos pasillos del buque. Sus hijas se habían retirado temprano a una de las habitaciones de la suite, junto con su madre. Así que el Dr. Montaña invitó al Dr. Owen a tomar un brandy y fumar un habano en la cubierta. Ignacio, Jenny y Grace habían desaparecido, según dijeron, para escuchar la banda que tocaba música de siempre en el salón de bailes. Después, seguramente, se retirarían también a sus habitaciones un poco más tarde.

—¿Cómo te fue en tu misión? — le preguntó a su esposa, que se sentaba a su lado mientras se secaba con algodón la crema de limpieza que se había untado en la cara.

—Perfectamente, a la muchacha de la limpieza no le extrañó que entrara en el camarote de las hermanas Owen, pues nos ha visto juntos y conoce que viajamos con las chicas. Así que dejé los preservativos que me diste, entre unas revistas, tal como si los inquilinos anteriores los hubiesen olvidado. Si las gemelas no son tontas, como se les nota que no tiene un solo pelo de tales, sabrán como aprovecharlos.

—Espero que las Owen hagan justicia a su reputación: no hay mejor antídoto contra la depresión y la angustia existencial que nos causa la presencia súbita de la muerte, que la vida misma y su mayor manifestación: el amor, particularmente el sexual cuando se es muy joven—pontificó el Dr. Montaña mientras besaba en la boca a su hermosa mujer, quien por alguna razón también sentía avivados sus deseos.

***

Durante el desayuno, el historiador excusó ingenuamente a sus hijas, y lo propio hizo el Dr. Montaña de su hijo, porque no los acompañaban en la mesa, entre las risitas contenidas de María y Sara que simulaban hablar de otras cosas entre ellas.

—Seguramente se acostaron tarde, escuché tocar a la banda hasta por la madrugada— justificó Judith Montaña-Adjiman.

—Seguramente—avino sin mayor interés el Dr. Owen.

***

La compañía de Jenny y Grace resultaban tan beneficiosas para el ánimo del joven Ignacio Jacob que su padre le pidió al Dr Patrick Owen que los acompañasen el resto de sus vacaciones. "¿Por qué no hacer un tour histórico por los sitios de los mayores acontecimientos que se dieron en la Segunda Guerra Mundial en Europa, al menos del lado occidental de la Cortina de Hierro?" — Preguntó al Dr. Owen el magnate—. Ningún guía podría ser más apropiado que el experto historiador; además que le serviría de información adicional sobre la obra que en las conversaciones anteriores había Ignacio III prometido subvencionarle al ilustre británico. El Dr. Patrick Owen de nuevo se sintió infinitamente halagado, y aceptó de inmediato: todos tenían algunas semanas todavía de vacaciones por aprovechar...y ¡gratis!

***

Con una nueva excusa, la Sra. Owen, quien acudió a recibirlos al puerto, optó por no acompañarles (en realidad hacía planes con su amante y abogado para divorciarse lo más pronto posible de su marido quien sólo tenía tiempo para sus investigaciones históricas, cuando ella esperaba otras cosas de la vida, para las que le quedaban todavía algunos restos de juventud), la familia Montaña-Adjiman y sus acompañantes, el Dr. Owen y sus hijas gemelas, emprendieron una gira de educación histórica de varias semanas con el empleo de variados medios de transporte según la conveniencia: avión, tren y automóvil... a través de la Europa occidental.

***

Satisfecha, por los momentos, su naciente necesidad sexual, con las continuas visitas nocturnas a los aposentos de Jenny y Grace, Ignacio volvió a interesarse por otras cosas y reflexionar sobre la naturaleza de este universo tan insólito, en que cabían el Bien y el Mal tan disparatadamente. Era el primer oyente de las peripatéticas charlas del Dr. Owen, y sus preguntas y análisis resultaban tan inteligentes y estimulantes que al historiador no le hizo mella alguna en su orgullo que el resto de los turistas, incluyendo al propio Dr. Ignacio III, se dedicaran a otros intereses más triviales durante el viaje, para gozar del turismo común, y los dejaran solos en su periplo a través de la historia reciente del mundo, Patrick como maestro e Ignacio como alumno.

***

Así fue como el Dr. Owen recreó para Ignacio todos los acontecimientos, como la ferocidad bestial en que en apenas siete años ardió casi toda Europa y gran parte del planeta: desde 1939 a 1945. La guerra termina con la pulverización de dos ciudades japonesas bajo el fuego atómico y cambio totalmente el destino del hombre: había desarrollado su capacidad destructiva más que la constructiva, podía destruir la Tierra y toda vida en ella en la hecatombe nuclear.

***

¿Aprendió algo la Humanidad? La historia que siguió fue peor y ominosa en más de un sentido. Muy poco tiempo tuvo los Estados Unidos el predominio de las armas nucleares, en 1948 la Unión Soviética estalló su propia bomba atómica, diez veces mayor que las que los Estados Unidos lanzó sobre el Japón. Gran Bretaña y luego Francia, para después la China comunista y cada vez más países entraban en lo que se llamaría el Club Nuclear. El mundo comenzó a vivir así la llamada Guerra Fría. Se desarrollaron los cohetes intercontinentales y las bombas nucleares alcanzaron los megatones. Se inventaron redes de computadores que de pronto podrían lanzar al mundo a su final por un error de programación. Una sola de esas bombas de 20 megatoneladas convertiría a Nueva York en cenizas en milésimas de segundos, atomizando a 14 millones de seres humanos. Y cualquier conflicto local, como la Guerra de Corea en 1950, podía ser el principio del fin y conducir al mundo hacia el holocausto. Pero allí no se detenía la vocación suicida de la humanidad. Los arsenales de la

Unión Soviética y los Estados Unidos juntos podían rematar a sus poblaciones 10 veces si tal horror fuese posible. Y el resto de la humanidad tendría una muerte lenta pero segura, después que los Estados Unidos, La Unión Soviética y Europa hubieran desaparecido por el invierno nuclear que le seguiría. La contaminación radioactiva envenenaría todo el planeta, ni plantas ni animales se salvarían de la maldad y estupidez humana. Pero, además, ya se habían ingeniado otros medios para suicidarse de manera más cruel por ser más lenta: la guerra química y la biológica que ya se habían usado en algunos conflictos y tampoco tenían fronteras: ¿dónde estaba el enemigo o el amigo que serían afectados por ellas queriéndolo o no? El resultado sería los mismo. Así lo decían los libros como " Thinking about the unthinkable" de Hermann Kahn que saldría a la luz unos meses después que Ignacio regresó de Europa o la novela "On the beach" de Nevil Shute que llegaron a ser bestsellers entonces. Ignacio los devoró con su lectura. El de Kahn era un cínico tratado que partía del principio que era preferible morir a ser comunista, con la salvedad de que si los Estados Unidos invertían lo suficiente, lograrían sobrevivir al holocausto y pulverizar a la Unión Soviética en el proceso; y el de Shute, un romántico llamado a parar la locura humana y que tuvo la popularidad de ser llevado al cine con grandes estrellas de Hollywood pero que ocultaba mucho la verdad para no hacer cundir el pánico nuclear en la población norteamericana.

¿Cuál era la verdad? Las únicas experiencias vividas eran las de Hiroshima y Nagasaki, y los experimentos hechos con armas de diferentes tamaños en las pruebas nucleares durante la década de los años cincuenta, con animales y construcciones hechas a distintas distancias del punto cero de la explosión de armas termonucleares hasta mil seiscientas veces con mayor potencia que la bomba de Hiroshima: Mientras la de Hiroshima alcanzó doce kilotones, es decir equivalente a 12 toneladas de TNT; las bombas de hidrógeno se miden en megatones: La potencia desarrollada en los Estados Unidos y la Unión Soviética juntas ya alcanzaban en los años sesenta 20.000 megatones... una fuerza capaz de acabar con la humanidad entera si se arroja un megatón por ciudad y pueblo en la Tierra. ¿Que pasaría si sobre Nueva York, justo sobre el Empire State, a 9.000 metros de altura, se detonara una de las 119 bombas de 20 megatones que almacena en sus arsenales la URSS? Realmente no se sabe, pero por las experiencias mencionadas, los efectos serían como sigue: si alguien situado a 10 kilómetros del punto cero pudiera registrar su experiencia en milisegundos, vería una luz blanca deslumbradora procedente de la bola de fuego del estallido de la reacción encadena que iluminaría todo sin dejar ver nada más, y sería enceguecido durante 30 segundos. Simultáneamente el calor del infierno incendiaría lo inflamable alrededor y fundiría todo: los cristales de las ventanas, los coches, los autobuses y lo construido con metal o cristal. La gente que estuviera en las calles ardería en el acto y quedaría de inmediato carbonizada. Cinco segundos después que se opacara la luz, la onda explosiva aplastaría como si un puño gigante le diera un manotazo a cada edificio. Un vendaval de 800 kilómetros por hora soplaría desde el sur al norte, y luego retrocedería en dirección opuesta. La bola de fuego ardería en el cielo unos segundos más mientras dura el pulso térmico, y prontamente enormes nubes de polvo y humo envolverían la escena, y al elevarse hacia el cielo el hongo atómico (con un diámetro de veinte kilómetros) taparía la luz del sol, y el día se convertiría en noche. Un minuto después se desencadenarían incendios por todas partes ardiendo las tuberías de gas, los depósitos de gasolina y otros combustibles. Los fuegos aislados formarían torbellinos de viento candente que arrasarían con lo que quedara y una lluvia radioactiva envenenaría todo lo viviente a kilómetros de distancia; y los refugios se quedarían sin oxigeno siendo totalmente inútiles. Millones de personas, posiblemente toda la población de Nueva York, morirían o sufrirían quemaduras para perecer después. En un radio de 18 kilómetros a la redonda, la destrucción sería total: un área de mil cien kilómetros. Y la onda explosiva cerca de 32 kilómetros o sea tres mil seiscientos kilómetros cuadrados. Aun personas a centenares de kilómetros que estuvieran mirando la explosión quedarían temporalmente ciegas. En realidad 18 mil kilómetros cuadrados quedarían contaminados por la radioactividad. En Hiroshima y Nagasaki multitudes silenciosas laceradas por el fuego atómico huyeron del punto cero hacia las afueras; pero en una guerra termonuclear se saldría de una zona radioactiva para entrar en otra, pues centenares de bombas habrían estallado en las principales ciudades y pueblos de los países beligerantes y sus vecinos... Y todo este era el resultado del inmenso esfuerzo de la ciencia por descubrir los secretos del universo.

¡Qué estúpida es la humanidad! Meditaba Ignacio después de aquella gira de clases de historia del Dr. Owen. No le bastó los genocidios contra su propio pueblo, el pueblo judío(su padre, por prejuicio, evitó visitar los campos de concentración nazis donde cremaron a más de 6 millones de judíos por el único delito de ser de una raza que debía exterminarse, porque así lo había decidido un grupito de otros seres humanos que se creían superiores al resto de la humanidad —Hitler y su camarilla); ni los 50 millones de hombres, mujeres, ancianos y niños que quedaron muertos en los campos de batalla o en la ciudades destruidas. Ni el incendio de ciudades completas que costaron siglos construirse, ni el hambre que se le hacía pasar a pueblos enteros sitiados, como sucedió en Stalingrado, donde se sufrieron toda clase de padecimientos. El mayor infierno que hombre se hubiese preparado para sí mismo.

Y qué triste saber que si todo ese esfuerzo y esos recursos se emplearan en bien de la humanidad, ya el hombre hubiera resuelto el problema económico y con éste el social.

¿Qué significaba resolver el problema económico? —se preguntaba y se respondía Ignacio—. Significa contar con suficientes bienes y servicios para que cada ser humano disfrute de una vida digna. Y esto lo hace posible la tecno-ciencia, en su continuo desarrollo desde comienzo de la Revolución Industrial (mitad del siglo XIX).

Así fue como, a partir de la Segunda Guerra Mundial, el hombre lograba contar con la capacidad y los medios para alimentar, vestir y dar cobijo de una manera digna a toda la humanidad, gracias a la ciencia y a la tecnología; pero su estupidez social lo mantenía invirtiendo enormes cantidades de los excedentes financieros de la productividad en armas... y se amenazaba a sí mismo con el suicidio colectivo de la guerra termonuclear, química o biológica. Mientras hacía infeliz a la inmensa mayoría condenándola a la pobreza extrema mientras unos pocos se ahogaban en bienes y riquezas que ni siendo tan longevos como el antediluviano Matusalén podrían consumir o disfrutar. Duele que mientras pocos trabajaban en exceso, la mayoría era agobiada por el desempleo.

La automación, la inteligencia artificial, la biotecnología y otras ciencias y tecnologías que diversificaban el uso práctico del conocimiento humano, potenciaban la productividad a tal grado que si se detenía la explosión demográfica y se reducía la brecha entre países opulentos y pobres, entre clases ricas y desheredadas, reemplazando los ejércitos nacionalistas por una policía mundial como las de seguridad de las Naciones Unidas...el mundo podría ser un paraíso social. Eso estaba al alcance de la humanidad, pero el hombre seguía siendo un estúpido en su organización social: mientras los bienes se abarataban había menos gentes con capacidad de comprarlos. Los bienes de capital sustituían al trabajo y una masa de desempleados hambrientos erraban por cada uno de los continentes. La sofisticación tecnológica y el conocimiento científico que prometían resolver el problema económico se mantenían bajo la propiedad y el control de los gobiernos y grandes empresas de los países desarrollados... ¿Qué podría cambiar al mundo? ¿Estaba condenada la humanidad al cretinismo social? La técnica permitía reducir el trabajo humano a que estaba condenado el hombre desde su expulsión del Paraíso Terrenal y la ciencia racionalizaba sus creencias. Pero no estaban al alcance de todos... los gobernantes, los sistemas económicos, el egoísmo corporativo cerraban el paso a la liberación humana. Un mundo dividido era el que seguía a la última conflagración mundial: entre grandes y pequeñas naciones; entre pueblos desarrollados y subdesarrollados; entre países ricos y pobres: en la mayoría de las cinco décadas transcurridas durante el siglo XX se separó política e ideológicamente al Este (democracias con libertad) del Oeste (con su proyecto comunista de totalitarismo mesiánico); otra división, dentro de estos rangos, partía al mundo entre países económica y socialmente ricos del Norte y los pobres del Sur.. Un desorden planetario de pobreza, hambruna, terrorismo, genocidios, ecocidios, guerras étnicas, religiosas, geopolíticas y de lucha mortal en disputa por los recursos no renovables que se agotan irremediablemente.

2. El juego cósmico

Fue entonces cuando   Ignacio comenzó a engendrar la idea que lo conduciría a la más colosal misión personal que se lanzara hombre alguno desde el principio de la historia.

Leyendo a "Fausto" de Johann W. Goethe — el único libro que decidió llevar consigo durante su viaje a Europa, pero que hasta su regreso no había tenido ocasión de leer, ocupado como estuvo en otros intereses— en el "Prologo en el cielo", Dios y el Diablo celebran un pacto: Dios permite a Mefistófeles tentar a Fausto para perderle mientras esté vivo en la Tierra, *"El hombre puede errar mientras se afana"*—aclara el Señor. Se juega así el destino del hombre. El Bien (Dios) contra el Mal (el Diablo) y el alma del hombre como objeto de la apuesta: el Dr. Fausto encarna al hombre universal en el poema dramático de Goethe; pero también en el Libro de Job se narra el mismo drama cósmico. Como en los doce mil versos de la obra maestra de John Milton "El paraíso perdido".

Ambos, Job y el Dr. Fausto, son siervos fieles a Dios, quien se siente muy orgulloso de tales adoradores y se lo hace saber a Satanás; entonces, Satanás reta a Dios para que le permita tentarlos y lo negarán en su propia cara. Las estrategias del demonio son diferentes: a Job le hará sufrir hasta lo infinito; a Fausto lo complacerá hasta la quintaesencia de sus caprichos. El diablo conoce la naturaleza humana y en qué son más débiles los hombres, según sus casos. Fausto, advertido, pone condiciones a Mefistófeles: si consigue vencer su espíritu de superación, por una parte, y le ofrece la felicidad incondicional, por la otra, se rinde a su reino y éste le gana la apuesta al Señor. Como dice Fausto: *"Si un día en paz me tiendo en lecho de ocio, me da igual lo que pueda ser de mí. Si un día con halagos me seduces, de tal modo que a mí mismo me agrade...Si a un instante le digo alguna vez: ¡ Detente, eres tan bello!, puedes atarme entonces con cadenas..."* A partir de aquel momento, Mefistófeles se afana en complacer los deseos de Fausto y alejarle del recto camino. En las dos formas que termina la obra magna de Goethe gana el Señor y pierde

Satanás: en la primera parte, no logra darle un momento de verdadera felicidad a Fausto y fracasa en su empeño perdiendo la apuesta. En la segunda, aunque reclama el alma de Fausto, éste recibe la salvación por la gracia divina. Y el *espíritu que todo lo niega,* confiesa los límites de su poder. Su recalcitrante afán de destrucción es vencido por la capacidad del hombre culpable de reemprender el buen camino, el camino de la superación. Con Job, no son las artes mágicas del Diablo que le complacen en todo, la que conseguirían negar al Señor, sino las calamidades que le hace sufrir; pero Job permanece fiel por un tiempo: "Dios lo da, Dios lo quita, si lo bendecimos cuando nos hace el Bien, ¿por qué no bendecirlo cuando nos hace el Mal?— acepta Job resignado con infinita paciencia. Pero, hasta la paciencia de Job tiene un límite, y cuando ya no tiene nada en este mundo, pues ha perdido todos sus bienes y a su familia, y su cuerpo es una sola llaga, maldice el día de su nacimiento y le reclama a Dios por qué se hizo su enemigo. ¿Pero, gana esta vez Satanás? ¡No! Job se arrepiente después que Dios le muestra su justicia. Y, Dios lo salva y premia, y de nuevo recibe el doble de todo cuanto había perdido: hacienda, amigos, hijos e hijas, y muchos años de vida saludable y plena.

Lo que Ignacio no logra comprender, entonces, es la naturaleza del juego cósmico. ¿Cómo puede ser tan inconsciente y estúpido Lucifer que acepta competir con un ser omnipotente y omnisciente? ¿No está perdido el juego de antemano? ¿Conoce realmente el Diablo las reglas?¿Las conoce el hombre víctima del juego?¿Puede Dios cambiarlas o no es omnipotente? En cualquier caso: ¿hay reglas?

Porque no es otra cosa que ésta — concluía Ignacio— la tradición cristiana y judía de la Religión: un juego cósmico entre Dios y sus criaturas. ¿Qué sentido tiene este juego y para qué Dios y sus criaturas lo juegan? A menos que el libre albedrío sea parte de ese juego y Dios le da suficiente posibilidades de acciones a sus criaturas. No sería esto zoroastrismo o maniqueísmo: es decir, que el omnipotente y omnisciente puede perder el juego.

Estas mismas preguntas, reflexionaba Ignacio, podría hacerse el hombre sobre su propio ser. Sólo que Ignacio no creía ni en Dios ni en el Diablo, desde los cinco años, cuando en un arrebato de malacrianza peleaba con María y ésta le dijo que Dios le castigaría, contestó: "¡Dios no existe!" Y como Dios nada respondiera, lo dio por un hecho. Pero, en lugar de Dios, el Diablo y el hombre, los jugadores serían la naturaleza, indiferente al hombre, ni buena ni mala, el hombre y la ciencia. Entonces, Ignacio continuaba pensando así:

¿Cómo ve la ciencia al fenómeno humano? Su filósofo preferido, Bertrand Russell, lo había contestado así en uno de sus más famosos ensayos "El culto de un hombre libre", al referirse a la creación según el Mefistófeles de Goethe:

"... las incesantes alabanzas de los coros de ángeles comenzaban a tornarse fatigantes, pero al fin y al cabo, ¿no merece Él su elogio? ¿No les concedió alegría infinita? ¿ Pero,¿ No sería más divertido los elogios inmerecidos, la adoración de seres a quienes Él torturara? Riose para su adentros, y decidió se representara el gran drama.

Durante incontables edades la ardiente nebulosa se arremolinó sin dirección por el espacio. Por fin comenzó a cobrar forma, la masa central desprendió planetas, los planetas se enfriaron, mares hirvientes y montañas incandescentes se levantaron y agitaron, de masa de nubes cayeron en diluvio ardientes sábanas de agua precipitándose sobre la desnuda costra sólida. Y el primer germen de vida brotó en las profundidades del océano, y con el calor fertilizante de desarrolló rápidamente en árboles selváticos, ingentes helechos surgieron de la tierra cenagosa, monstruos marinos se criaron, lucharon, se devoraron y desaparecieron. Y de los monstruos, a medida que el drama se fue desarrollando, nació el hombre, con la facultad de pensar, con el conocimiento del bien y del mal y con la sed atroz de adoración. Y el hombre vio que todo era pasajero en este mundo loco, monstruoso, que todo lucha por gozar, a cualquier costo, unos breves instantes antes del inexorable decreto de la muerte. Y el hombre dijo:— 'Hay un designio ignoto, si pudiéramos sondearlo, y ese designio es bueno; pues algo debemos adorar, y en el mundo visible nada hay digno de adoración' Y el hombre se mantuvo aparte de la lucha, resolviendo que Dios había considerado que con esfuerzo humano había de salir del caos la armonía. Y cuando obedeció a los instintos que Dios le transmitiera de los animales de rapiña, sus antepasados, los calificó de pecado y pidió a Dios que le perdonara. Mas dudó de que pudiera ser perdonado con justicia, hasta inventó un plan divino por el cual debía de ser aplacada la ira de Dios. Y viendo que el presente era malo, lo hizo peor aún, para que así pudiera ser mejor el futuro. Y dio gracias a Dios por haberle concedido la fuerza de renunciar aun a los goces posibles. Y Dios sonrió; y viendo que el hombre había alcanzado la perfección en la renuncia y la adoración, envió otro sol a través del cielo, que chocó con el sol del hombre; y todo volvió a ser de nuevo nebulosa.

— *Sí—murmuró— el drama es bueno, lo haré representar nuevamente.*"

La ciencia de hoy— dice Russell y corroboraba Ignacio con sus propios estudios actualizados— nos proporciona una visión todavía más carente de sentido del fenómeno humano que la que describió Goethe hace doscientos años. El planeta que habita el ser humano no es nada importante en un sistema solar al borde de una galaxia que es sólo una entre millones en un universo que no se sabe de dónde vino antes de salir casi de la nada en un huevo cósmico, sin dimensiones, para expandirse a un tamaño de que hoy en día se mide en miles de millones de años luz sin saber si se detendrá nunca ni hacia dónde va si no se detiene, según una teoría; o se mantiene estable, según otra, con la creación permanente de nueva materia, eternamente.

Sabemos que la vida comenzó hace más de tres mil millones de años en un planeta de cuatro mil millones de años de edad, que es el tercer planeta de un sistema solar de cinco mil millones años de viejo. La especie humana— el hombre— entró en escena hace dos millones de años; como seres inteligentes tuvo conciencia de sí misma hace unos trescientos mil años; y las civilizaciones antiguas sólo hace ocho mil años. Que somos producto de una evolución geológica, química y biológica. Que nos precedieron cincuenta mil millones de especies y que el 99% de ellas ha desaparecidos y somos los únicos con suficiente inteligencia para crear la civilización. Un evento insólitamente raro, y en el que el más pequeño cambio en las condiciones que lo llevaron a darse, lo dejaría sin efecto. Y la vida del hombre por todo este tiempo ha sido breve, cruel y amarga.

Si embargo, es este animal el que evolucionó para crear belleza exquisita y armonía del saber en sus artes y sus ciencias, como lo son las sinfonías, los conciertos y las sonatas de Mozart y Beethoven; los cantos de Homero; las novelas de Cervantes; los sonetos de Petrarca; la narrativa poética de Dante; las tragedias de Shakespeare... la lógica de Aristóteles, la geometría de Euclides, los argumentos críticos de Descartes, de Hobbes... las apologías de los doctores de la Iglesia, San Jerónimo, San Agustín, Santo Tomás, San Anselmo... las explicaciones históricas... las teorías científicas y los inventos de Galileo, Newton, Pascal y Leibniz... los descubrimientos de Vesalius..las grandes pinturas de Da Vinci, Rafael, Goya, Velázquez...el *David*, *el Moisés*, la *Piedad* de Miguel Ángel y muchas otras más de Occidente y Oriente.

Sin duda que Ignacio estaba muy lejos de contestar estas preguntas. Quedaba, siempre el dilema del por qué existe el Bien si no hay Dios...o el Mal si lo hay.

Ignacio pensó que si un genio como Goethe, desde los veintitres años se lanzó a escribir ese poema universal que es el Dr. Fausto, hasta que escribió la última línea el año de su muerte a los ochenta y tres años de edad, buscando una respuesta sin que la encontrara, bien merecía él dedicar la suya propia a despejar esas incógnitas, pero como hombre de ciencia. Al menos, dedicar sus singulares talentos a ellas y no a otras cosas. Esta era su obligación; para esto había nacido. ¡Había encontrado su vocación! Entonces, decidió que a tal misión dedicaría su vida: construir mejores realidades para el hombre, ser una especie de demiurgo, al menos hasta donde la ciencia pudiera lograrlo.

Ignacio comprendía que desde sus primeras manifestaciones artísticas el hombre ha pretendido crear su propia realidad a voluntad; no sólo la que le trasmiten sus cinco sentidos sino la que alcanza con su imaginación. Así desde los primeros moradores prehistóricos de las cuevas de Altamira que dibujaban animales que no estaban allí, hasta las pinturas surrealistas de Dalí o el arte incomparable de Picasso de mundos imposibles; también en el arte moderno y las tiras cómicas de personajes fantásticos como superman, el hombre araña, los picapiedras, todos los personajes de Disney...el arte es una forma de realidad virtual en todas sus manifestaciones, particularmente cuando la tecnología le brindó al ser humano mayores oportunidades, superando las limitaciones para expresarla que la que encontraba en la mitología, la fábula, el cuento, la novela...toda la narrativa en sus variadas manifestaciones, la danza, el teatro, el cine, la televisión...hasta llegar al computador con el potencial de ser en su futuro desarrollo un generador universal de imágenes; es decir, un dispositivo o artefacto que puede generar sensaciones específicas para el usuario a tal punto que lo sumerge en cualquier ambiente de sensaciones que un usuario humano es capaz de experimentar, física y lógicamente posibles: *una fábrica de realidades posibles y con ellas de utopías.*

4 IDENTIDAD MÚLTIPLE

1. Romance y contracultura

Mario Cassini, ante la estimulante posibilidad de volver a encontrarse con Marina y lo apremiante que había sido su llamada telefónica, pues parecía más una súplica que una solicitud, clamando por su presencia y ayuda, no lo pensó dos veces y tomó la impulsiva decisión de acudir de inmediato a satisfacer sus deseos; así que, hizo unas cuantas llamadas breves para encargar a sus socios de las cosas pendientes y con el compromiso de regresar en un par de días se despidió sin dar más explicaciones. Fue tan diligente en su propósito, que en pocas horas logró arreglar un vuelo privado con destino a Madison, gracias al dueño de una pequeña compañía de aviación, quien le debía algunos favores y le consiguió un piloto y una avioneta Cessna 406 Caravan II, con 12 puestos más de lo que necesitaba, pero a la inmediata disposición, en la que despegó al medio día desde las afueras de Nueva York.

Una tarde de vuelo sin escalas le dieron a Mario suficiente tiempo para revivir su relación y encuentros de toda una vida con Marina. Nunca olvidaría el día que la conoció, pues le deslumbró como un rayo su belleza física, desde el primer momento en que coincidieron en un curso de *psicología* en la Universidad de Wisconsin. Marina, a pesar de ser todavía una adolescente, ya alcanzaba la mitad de su carrera y Mario, un apuesto joven en sus tempranos veinte,   terminaba la propia; pero le faltaba un curso de *psicología* para graduarse y tomó el primero disponible que llenara los requisitos del grado...para cambiar, sin sospecharlo, todo su destino. Mario tomaba un *major* en Leyes y Marina Ciencias Médicas. Mario Cassini esperaba seguir su carrera de abogado en la Universidad de Nueva York; Marina Stolk, bajo la tutela de su padre, la de psiquiatría en la Universidad de Wisconsin, en la Capital del Estado, Madison.

Se vivía, entonces, los años de la *contracultura*. Un movimiento de protesta y confrontación entre dos generaciones en la segunda mitad del siglo XX; que aunque de alcance y repercusión mundial, se centró en los Estados Unidos, y cuyo inicio podría fijarse a partir del asesinato del Presidente John F. Kennedy, el 22 de noviembre de 1963, hasta el Tratado de París que daba fin de la Guerra de Vietnam, en 1973; una década en que los valores y la ideología tecnocrática y consumista norteamericana fue cuestionada profundamente por la juventud de ese país. Aunque, evidentemente, las épocas históricas no tienen esta precisión, las fechas son hitos que las marcan: 1963-1973.

Fueron aquellos los días en que se llevó a la palestra pública la discusión abierta sobre cuán éticos eran los propósitos y medios educativos, la política interna y el complejo industrial-gobierno-militar de la política exterior de la sociedad estadounidense; eran los tiempos en que surgía un nuevo arte de protesta y una nueva izquierda para la que: "cada hombre es un alma. Como ser único su dignidad está por encima de cualquier causa o ideología y debe aceptarse lo que su conciencia le demande en su momento existencial". Muy distinta a la izquierda marxista de sus antepasados. Fueron los años de cambio de valores sobre el noviazgo y el amor, la familia, la paternidad, la comunidad.... de la lectura obligada sobre la dialéctica de la liberación de Herbert Marcuse y Norman Brown; de la exploración en la utopía urbana del novelista Paul Goodman, de la poesía social y mística de Allen Ginbergs y la divulgación popular de la sabiduría del oriente por Alan Watts; de la predicación por la vida pobre, de sencillez y meditación que enseña el Zen y el Tao; de la apología a la experiencia psicodélica de las drogas con el profesor de Harvard, Timothy Leary...

También fueron los años de la revolución sexual, del amor libre, de las comunas *hippies*, de los matrimonios abiertos y clubes de *swingers* con anuncios en los clasificados; de la publicación abierta y masiva de *los trópicos* de Henry Miller; de los foros y entrevistas en Playboy, Penthouse o Hustler magazines; de los grandes festivales musicales como el de Woodstock, al que acudieron por tres días de alcohol, drogas, sexo y música, 500.000 jóvenes de 17 años de edad promedio, los llamados "niños de las flores"; para escuchar y ver a las mejores bandas de rock de moda y sus artistas preferidos: Jamis Joplin, Jim Hendrix, Joe Coker, Jerry García, Santana... Fueron los años de la beatlemanía...del "Yesterday" de McCartney y "Hey Jude" de McCartney-Lennon y muchas melodías más que guardarían en sus memorias mientras vivieran. Como de *slogans* que perdurarán para siempre: "Haz el amor no la guerra". Y los versos cantados de Bob Dylan...

DEMIURGO S.A.

"...How many times must a man look up
Before he can see the sky?
Yes, 'n' how many ears must one man have
Before he can hear people cry?
Yes, 'n' how many deaths will it take till he knows
That too many people have died?
The answer, my friend, is blowin' in the wind,
The answer is blowin' in the wind..."

Los años del genocidio americano en Asia. Del Tribunal Russell con Jean Paul Sartre a la cabeza acusando a los EEUU de crímenes de guerra en Vietnam. Del mayo francés y los movimientos juveniles de Inglaterra y Alemania protestando la política imperialista de los yanquis.

De los "derechos civiles" y el asesinato político de J.F. Kennedy, Macolm X, Martín Luther King y Bob Kennedy, que enlutaron a Norteamérica. De las quemas de las banderas norteamericanas por los propios ciudadanos norteamericanos y de masivas protestas. De los asesinatos en masa de la Guardia Nacional masacrando a indefensos jóvenes que protestaban en la Universidad de Kent....De los motines e incendios de manzanas enteras en los barrios pobres en Washington D.C., Chicago y los Ángeles...

También fueron los años de la división de la sociedad norteamericana entre *halcones* que apoyaban al Gobierno y el de las *palomas* que lo rechazaban.

Para efectos prácticos (no compartía muchas de sus actitudes, particularmente con relación a la ciencia) Marina tomó bando con las *palomas* y Mario con los *halcones*. Mucho antes de conocerse, pues eran actitudes existenciales. Casi de personalidad y de creencias.

Durante la primera clase del curso de psicología en que coincidieron, Mario no le quitaba la vista de encima y aunque a Marina no le molestó cuando se dio cuenta, tampoco le concedió la menor importancia. Estaba acostumbrada a causar ese impacto entre los hombres; particularmente, en jóvenes que como Mario parecían mucho músculos y poco cerebro, quienes pronto renunciaban a conquistar a una mujer que los dejaba sin qué decir por lo brillante, inteligente y culta que era. La mayoría huía acoquinada intelectualmente. Marina tenía muchos amigos... verdaderos amigos, que jamás pretenderían camuflar con la amistad otros intereses; y usualmente era respetada y querida. Con ellos equilibraba su vida social, y parecía poco inclinada a relaciones más íntimas.

Pero, aquel joven de piel canela clara como la de sus ancestros del mediterráneo, pelo castaño, con ojos tan verdes como los suyos, de nombre y origen italiano, atlético y seguro de sí mismo y de su presencia impactante, no se le acercó... ni siquiera cuando ya habían avanzado hasta la mitad del curso. Se limitaba a mirarla y saludarla con un casi imperceptible movimiento de cabeza...no parecía tímido pero se portaba como tal. Esto despertó cierta curiosidad en Marina. Si su comportamiento era camuflado, Mario lo estaba haciendo muy bien pues ganaba terreno en el interés de la joven donde muchos fracasaban. En toda su vida amorosa desde que dejó de ser una niña, apenas un par de muchachos lograron los favores de Marina, antes de conocer a Mario; en general, tenía poca experiencia sexual en comparación con sus amigas...eran los años de la liberación psíquica y física como de las costumbres de la juventud, experimentando con drogas y sexo...pero no Marina: era demasiado exclusiva, exigente y celosa de su intimidad y con quien compartirla. Así que cuando supo de algunas amigas comunes a ambos — amigas que disfrutaban de la compañía de Mario y algunas su cama, deportivamente sin aparentes compromisos— les indagó por su persona. En una oportunidad coincidieron en un *Pub* popular entre estudiantes, y fueron presentados por quienes conocían sus mutuos intereses . Esa misma noche, se enfrascaron en una conversación absorbente, olvidándose de los demás y su entorno: durante esos momentos sólo existieron para ellos dos en todo el universo; y ambos se encontraron atraídos físicamente con pasión inopinada, aunque la conversación había derivado en discusión por sus puntos de vista opuestos en casi todo; particularmente en política.

Con la excusa de continuar la controversia, Marina aceptó ir al lugar de Mario, y, por única vez en su vida, hizo el amor en una primera cita.

Pronto comenzarían una relación muy extraña, de atracción y repulsión simultánea. Atracción en lo sexual, casi intolerable, contra fuertes diferencias e incompatibles de personalidades, estados emocionales y posiciones intelectuales.

Así, Marina le leía a Mario un verso de Ginsberg como este:

"I feel as if I am at a dead

end and so I am finished

All spiritual facts I realize

are true but I never escape

the feeling o being closed in

and the sordidness of self,

the futility of all that I have seen and done and said."

que despertaba en ella una visión de inutilidad y sordidez que son hechos espirituales que redimiremos si tomamos a los hechos como son; mientras que para Mario no eran más que palabras huecas de charlatanes que aparentan ser profundos confundiendo con su parloteo. No es que Mario fuera insensible al arte y la belleza; sólo que su sensibilidad estética y ética era más simple, no rebuscada y menos sofisticada: aceptaba lo que sus mayores creían. En ese sentido Mario encontraba a Marina muy compleja y se culpaba por no entenderla; lo que sí entendía era que en un sentido emocional como intelectual resultaban incompatibles.

Después de varios meses, sus relaciones no conducían a ninguna parte, rupturas dolorosas y reconciliaciones inseguras, y cada uno tenía sus propios planes irreconciliables con los del otro. Cuando días después de su graduación, Mario pensaba solicitarle una decisión a Marina para intentar una última experiencia como pareja y se marcharan a vivir juntos en Nueva York, fue reclutado por la conscripción militar y enviado a Vietnam. Marina no supo nada, hasta que se despidieron entre besos apasionados y lágrimas compartidas que enrojecían los ojos verdes, temiendo ambos que quizás fuese la última vez que estuvieran juntos y se tratara de la despedida final.

***

El regimiento de Mario fue el último que llegó a Saigón. Casi al año después empacaba apresuradamente para el retorno desordenado del ejército norteamericano a su País, con la triste marca de la derrota en sus caras; la primera guerra no ganada por el Imperio Norteamericano, que dejaba un balance desastroso. Según los datos del Pentágono, Estados Unidos lanzó a la guerra 800.000 ciudadanos, murieron 56.237 y quedaron heridos o lisiados 303.654, a un costo de 150.000 millones de dólares. Si además consideramos los graves problemas políticos que afrontaron dentro y fuera de Estados Unidos, se concluye que Washington había comprometido todo su prestigio y poderío en esta aventura.

A Vietnam la guerra le costó millones de muertos y heridos; decenas de millones de hectáreas productivas arrasadas; decenas de miles de aldeas, ciudades, puentes, diques, embalses, ferrocarriles, caminos, fábricas, puertos, hospitales y escuelas que fueron bombardeados. Millones de millones de horas de trabajo de obreros y campesinos dedicadas al esfuerzo de guerra. Pero para Vietnam no era una aventura sino su revolución.

¡Qué diferencia de la Segunda Guerra Mundial o la Guerra de Corea en la que los *marines* eran los chicos buenos y Dios estaba a su lado!

Un episodio más en la larga historia de la estupidez humana.

Mario sentía que de alguna manera sus mayores le engañaron. El no era más que un simple joven patriota quien creía lo mismo que la mayoría de los ciudadanos: que su Gobierno era justo, moral y tenía la razón; y los comunistas unos *hijos de puta* que sólo perseguían destruir a su país. Pero, en un año se enfrentó con lo más sórdido y depravado de la naturaleza humana. Sus compañeros, muchachos que asistían a los oficios religiosos los domingos, creados bajo una moral puritana de amor al prójimo y respeto por los más débiles, se volvían drogadictos y sádicos asesinos y violadores de niñas vietnamitas después de un entrenamiento de pocos meses cuidadosamente perfeccionado por su Gobierno para enseñar a matar. Todo el conocimiento acumulado durante siglos por hombres de ciencia desprendidos, en lugar de estar al servicio de la humanidad para resolver sus problemas naturales de salud, educación, bienestar, seguridad, alimento, comodidad, cobijo y otras necesidades era convertido en instrumento de muerte eficaz y eficiente.

Mario vivió la indescriptible experiencia de caminar sobre campos sembrados de cadáveres quemados, irreconocibles más allá de toda apariencia humana, despachurrados y descuartizados de niños y niñas, ancianos y mujeres y hombres en plena juventud a quienes se les arrebataba la vida, sin tener otra culpa que la de estar en el sitio errado en el momento errado; valga decir: ser vietnamitas y vivir en Vietnam... a quienes les vino la destrucción como castigo apocalíptico del cielo en bombas de destrucción masiva, de deforestación incendiaria con *napalm*, obuses o metralla que costaban millones de dólares a los contribuyentes norteamericanos; excedentes financieros que podrían tener mejor destino para liberar de la pobreza en los ghettos de las grandes ciudades y en los campos rurales de analfabetas de su propio país (en los Estados Unidos hay también pobreza y retraso social); pero la estupidez política de sus dirigentes, con supuestas estrategias para impedir que el comunismo no se adueñara del mundo, hacían el remedio peor que la enfermedad.

Regresó a Nueva York siendo otro, apesadumbrado y dispuesto a olvidar todo. Pero con una fuerte inclinación a la bebida diaria para poder dormir sin despertarse sobresaltado y sudoroso con pesadillas de las horribles escenas que vivió y jamás olvidaría. ¿Qué perverso era el mundo? ¿Por qué los hombres tenían que ser así: tan malignos, tan crueles...? Este mundo era el reino de Mefistófeles.

Mario Cassini recibió una beca como veterano de guerra para seguir su doctorado en leyes de la Universidad de Columbia. Allí conoció Gina Podestá, una muy eficiente abogada de un bufete famoso en Nueva York que dirigía su padre Doménico Podesta. Tuvieron un rápido y apasionado romance y apenas se post-graduaron contrajeron matrimonio y Mario pasó a formar parte de un escritorio de abogados que resultó ser una fachada de negocios sucios y al borde de la ley. El padre de Gina, el principal accionista, mantenía relaciones muy estrechas con miembros de la *Cosa Nostra*. Su trabajo y el de su staff consistía en aprovechar cuanta hendija dejara abierta la ley para sacar de la cárcel o impedir que pararan en ella los miembros de las familias newyorkinas constantemente envueltos en estafas, fraudes y el crimen organizado. Para entonces las familias mafiosas vivían unidas y fuertes. A Mario le encargaron el denigrante papel de investigador. En otras palabras, el trabajo sucio de averiguarle los pecados a los demás; particularmente a políticos, policías, hombres de negocios, artistas...y todo aquél o aquélla que pudiera tener alguna intromisión en beneficio o perjuicio de los negocios de las familias.

Un trabajo, aunque bien remunerado, era de naturaleza tan humillante y que aunado a un matrimonio que desde un principio fue infeliz pues Gina vivía para la superficialidad, las fiestas, el lujo y la ostentación: destrozaban a Mario. Quien era completamente diferente, aun tenía sueños idealistas y utópicos para sí y su mundo, y había creído ver en ella su salvación formando un hogar tradicional... la posible madre de sus hijos. Gina los evitó como a la peste. Como su marido insistía, se cambió de habitación y acabó por suprimirle toda relación íntima. Por algún tiempo, Mario se refugió en la bebida. Un día no aguantó más; le propuso el divorcio a Gina, quien lo aceptó encantada, y como ella era la rica no le demandó ni le exigió absolutamente nada; sólo le agradecía acelerar los trámites. Simultáneamente, le renunció a Podestá, quien no tuvo problemas tampoco, pues tenía otros planes sociales y comerciales para su hija y nunca le había agradado Mario ya que sospechaba que era honesto en el fondo y conservaba pruritos morales. Por lo visto, no estaba hecho para la tarea y aunque lo hacía bien, trabajaba sin convicción.

Mario no abandonó a Nueva York. Invitó a su amigo íntimo y consejero, al

Capitán Arthur O'Hara, recién jubilado de la Policía de Nueva York y uno de sus más conspicuos miembros y con ganas de trabajar todavía, para que se asociaran y abrieran una oficina de investigaciones.

Arthur O'Hara, diez años mayor que Cassini, lo trataba como un hermano menor y había hecho todo lo posible porque Mario renunciara a los Podestá y a sus vinculaciones mafiosas que tarde o temprano pagaría. Así que el día que le comunicó lo de su divorcio, su renuncia y su deseo de asociarse con él, lo celebró alegrísimo, más que como un amigo o un hermano, más bien como el padre que recibe al hijo pródigo, y se lo llevó encantado a su casa y reunió a toda su familia católica de cinco hijos con sus esposas y seis nietos para festejar la asociación. Mario, entre aquellas buenas, sencillas y honorables personas, sintió de nuevo el deseo de ser feliz. La felicidad seguramente estaba escondida esperando por cada uno de nosotros en una vida tan sencilla como la de los O'Hara.

La asociación resultó un negocio redondo y desde un principio fue exitosa; pronto se llenaron de casos interesantes y multimillonarios. Años tras años el equipo de "O'Hara & Cassini Consultants and Investigations" se reforzaba con nuevos detectives jóvenes, capaces y eficientes: los *yuppies* de los noventa, hijos de los *hippies* de los setenta, que tomaron por asalto los grandes cargos ejecutivos de fin de siglo en todos los Estados Unidos.

Así que para 1998, la vida del detective Cassini estaba dedicada totalmente a su trabajo y parecía a todas luces la de un abstemio puritano. Y sólo volvió a pensar en sí y sentir la existencia cuando recibió una llamada de Marina Stolk (todavía seguramente soltera por el apellido) para encargarle el caso de Ignacio Montaña.

2. El caso Montaña

Mario paró de repasar los avatares de su vida cuando la Cessna tocaba tierra en un pequeño aeropuerto (casi una carretera) en los terrenos del *PRI*. La avioneta se detuvo cerca de un Mercedes con un hombre al lado y de pie, de mediana edad, uniformado como chofer y en quien Mario reconoció al casi eterno conductor de los Stolk, llamado Joseph por todos.

Joseph le ayudó con la maleta y Mario conservó consigo el computador portátil donde guardaba sus archivos y *software* especialmente programados para su compañía como instrumentos esenciales en sus investigaciones (sustituían con creces la lupa, el microscopio, los recortes y los reactivos químicos que tanto aprovechaba Sherlock Holmes... según decía burlonamente O´Hara) y con los que además por una red privada se conectaba con sus socios transmitiendo datos, voz e imagen de videos.

—Bienvenido Sr. Cassini, la Dra. Stolk lo espera en su apartamento.

Un breve paseo lo condujo al conjunto de apartamentos donde vivían algunos directivos e investigadores más importantes del *PRI*. Joseph le acompañó hasta la puerta del que ocupaba Marina, y le dijo:

—Se le reservó un apartamento durante su estadía, el N° 7, al final del pasillo. La puerta está abierta, le dejaré su equipaje al entrar.

Mario tocó el timbre del apartamento de la Dra. Stolk....con cierto nerviosismo. Pasaron unos minutos y se abrió la puerta y el suave perfume español *Kenzo* se adelantó a su olfato antes de aparecer Marina. Estaba más bella y deslumbrante que nunca, enfundada en una bata de casa de un verde esmeralda como el color de sus ojos, que insinuaba su madura pero sensual anatomía; y el cabello rubio recogido y húmedo por un reciente baño la hacía más deseable; Mario experimentó de nuevo aquel viejo y nostálgico sentimiento que no dejaba de producirle vértigo.

Se abrazaron como dos viejos amigos besándose prudentemente las mejillas.

— Pasa—, le dijo Marina como saludo, y le extendió un escocés con agua que ya tenía en la mano, como le gustaba a Mario, y lo acompañó con otro para ella. De inmediato se volteó hacia una mesita y le alcanzó un papel que estaba allí, para resumirle la situación del caso Montaña, mientras tomaban asiento uno enfrente del otro.

—Este e-mail me llegó anoche. Por lo visto, hay dos sosias del doctor Ignacio Montaña-Adjiman en este mundo: llamemos como Dr. Montaña, aquél que rescatamos de los bajos fondos el año pasado, vengo tratando con la terapia SS y está en este momento durmiendo en una habitación de nuestro hospital; un primer Sosia, quien se debatió contigo anteanoche en Nueva York y, un segundo sosia, que dará una conferen*cia* sobre *"Teoría del todo: ¿una Utopía?"* la próxima semana en Washington D.C. ¿Quién entre ellos es el verdadero Dr. Montaña? Los tres se identifican como Ignacio Jacob Montaña Adjiman, dos deben ser farsantes que se hacen pasar por el Dr. Montaña quién sabe con qué siniestros propósitos, ¿cuáles entre ellos? Mario, te pido que me ayudes a resolver este misterio porque me siento casi en un estado de shock. ¡Esto no puede ser real, contradice toda lógica! He pensado en tantas posibilidades: he creído por momentos que el Dr.

Montaña, el Gobierno u otro país tienen un complot montado y me están usando. Pero, ¿por qué y para qué? También se me ocurre la otra posibilidad de que ninguno conoce de la existencia de los otros y hay en verdad tres hombres que son trillizos separados en su infancia y crecieron en lugares diferentes; pero, especulo también en el terreno de lo inverosímil que al Dr. Montaña le salió mal un experimento y engendró clones de sí mismo...sólo que tienen la misma edad, lo que no se supone de los clones que provienen de una célula de un original crecido y deben pasar por todo el proceso del crecimiento biológico y mental y en consecuencia tendrán distintas edades a su espécimen paterno o materno.

Mario no sabía qué contestar, y dijo lo primero que se le ocurrió; aunque lo que se le ocurrió tuvo sentido, quizás por la fuerza de la práctica como investigador.

—¿Por qué no investigamos al que está a mano, tenemos a nuestra disposición y del que hay más chance de verificar su identidad?

— ¿Qué hay que hacer?—preguntó Marina.

— Bien, podríamos comenzar con algo simple: tengo en mi computadora portátil un *programa identificador* que usamos los detectives para buscar personas perdidas desde mucho tiempo atrás. Si tienes una fotografía auténtica del Dr. Montaña, por caso cuando era adolescente, y le damos otra fotografía actual del sujeto a identificar, el programa transforma el rostro según la evolución natural del envejecimiento de la vieja foto hasta le fecha de la nueva y las compara: cuando hay un correlación del 80% entre ambas, la experiencia y las estadísticas nos dicen que se trata de la misma persona.— Y añadió —: Otra técnica más segura es comparar una radiografía maxilar del sujeto que se intenta identificar con la que le haya tomado algunos años atrás su dentista. Es fácil comprobar si se trata de los mismos maxilares. También se logra una identificación muy confiable con dos huellas digitales para saber si son de la misma persona. Y, claro está, hoy en día tenemos la infalible: el ADN. No hay dos personas con un código genético igual. Pero para eso necesitamos muestras de sangre del sujeto.

Marina colaboró diciendo:—tengo docenas de fotografías del Dr. Montaña en su expediente. La última de hace diez años. Algunas de tamaño pasaporte de frente y perfil, como la de su graduación de doctor en MIT a los 18 años. También podríamos recurrir al FBI por si tienen una huella dactilar del doctor. Y la radiografía, seguramente la podemos conseguir de su dentista en Boston con una llamada. Nuestro laboratorio cuenta con equipos muy avanzados en imagenología: escáneres, tomógrafos, rayos X para todo el cuerpo, incluyendo algunos para elaborar radiografías panorámicas de los maxilares para la prueba de identidad. Debo advertirte, que muchos documentos originales de identidad me fueron confiados por uno de sus biógrafos, por amigos colegas, quienes trabajaron con el doctor Montaña en MIT y luego en sus empresas. Cosas como una licencia de conducir que olvidó en casa de una de sus muchas amigas cuando era joven y estudiante en Boston.

—¡Bravo!—, exclamó Mario, contento.—Este es el plan: partamos de la hipótesis de que el Dr. Montaña de aquí es el Dr. Montaña verdadero, el auténtico, una vez aplicadas las pruebas de identidad. Luego, mi socio O´Hara, con todos los contactos que tiene en la policía de Nueva York y los barrios marginales, localizará al Montaña de Bronx, le detendrá para tratamiento antidrogadicción y nos conseguirá una muestra de su sangre. Después me ingeniaré para extraer la del Dr. Montaña conferencista en Washington D.C. Si comparamos sus códigos ADN sabremos la verdad. Si no, ya se verá qué haremos entonces.

— ¡Genial!, aprobó Marina con entusiasmo—Creo que tenemos todo lo necesario.—Y añadió, insegura—: supongo que estás muy cansado, comenzaremos mañana, Y se acercó a la puerta con la intención de darle paso.

—Sí, supongo que sí —contestó Mario con cierta resignación de quien no quiera marcharse pero le están echando cortésmente. Y se levantó dejando el whisky sin terminar sobre la mesa mientras miraba fijamente a Marina a los ojos.

Se movió lentamente con desgano, hacia la puerta, pero captó que ella expectante con los ojos húmedos y entornados también le sostenía la mirada... entendiendo...

— Mario...yo....—. Y se lanzó sin pensarlo a sus brazos, como Mario había soñado tantas veces en sus noches de soledad y de tragos; la besó esta vez en la boca, ardorosamente, mordiéndola con los labios abiertos para aspirarle el aliento tibio y perfumado, con el arrebato de una pasión muchos años contenida. Sin desprender su abrazo, la levantó en vilo como si nada pesase hasta sentir contra el suyo todo el cuerpo exquisito de la mujer amada, rendida a su pasión, con la cabeza reclinada sobre su hombro y los ojos cerrados en gesto de abandono; entonces, la cargó hacia la habitación, cerrando la puerta con el pie de un golpe.

A Mario se le desapareció todo cansancio y hasta la mañana siguiente no recordó su equipaje que esperaba por él al final del pasillo sosteniendo fielmente semiabierta la puerta del apartamento N° 7.

***

Mientras se afeitaba la barba en el baño de su apartamento temporal que habitaría los próximos días, después de acomodarse en él cuando dejó a Marina en el suyo al amanecer a Mario le pareció que acababa iniciar un sueño del que nunca quisiera despertar. Toda una noche de pasión con Marina le volvió el optimismo y unas ganas absolutas de vivir. Todas sus malas experiencias y tristes recuerdos desaparecían sin dejar marcas: "¡esta vez durará! Ya no somos unos niños y nos necesitamos uno al otro"—se decía. Y estaba en lo cierto.

***

Marina en su habitación pensaba igual. No habría ninguna razón en este mundo que no les permitiera comenzar de nuevo: Mario era el verdadero amor de su vida. Y le pareció una a-casual sincronicidad que en la radio que había encendido antes de entrar al baño con la intención de acicalarse para enfrentar el día, se escuchaba la versión de "Begin the beguine" ejecutada por la desaparecida gran banda de Artie Shaw... la interpretación preferida de sus padres.

El Dr. Gregory Stolk había enviudado muy joven cuando Marina apenas tenía dos años de edad y por lo que no recordaba mucho a su madre Elizabeth sino por fotografías. El Dr. Stolk no se volvió a casar ni tener otra pareja sentimental, dedicó el resto de su vida de lleno a su hija y a fundar el PRI; y cuando se sentía nostálgico, escuchaba triste sus bandas preferidas de los años cuarenta: Glenn Miller, Artie Shaw, Harry James, los hermanos Dorsey...

***

Mario terminaba de vestirse con una chaqueta de cuero negro, camisa deportiva azul, un suéter blanco y pantalones de gamuza azul, para protegerse del frío otoñal de Wisconsin, cuando el timbre del teléfono reclamó su atención.

—Hola amor, caminemos juntos a la cafetería, es un día precioso.

— Sí... Marina... oye, te amo. Eres la única mujer que verdaderamente he amado en mi vida. Quiero que ahora sea para siempre.

— Yo también lo quiero así, Mario; la vida nos está dando una nueva oportunidad, no la perderemos como antes

Entre risas y una euforia inocultable de quienes recuperan un paraíso íntimo perdido, se comportaban como adolescentes en su primera experiencia de amor. Se sirvieron un desayuno desacostumbrado para ambos por lo copioso y a medida que médicos, investigadores, administradores y personal subalterno del *PRI* saludaban a su Directora, Marina presentaba al Dr. Mario Cassini como investigador *outsider* al servicio de las necesidades de pesquisas del *PRI*, quien estaría algunos días de visita atendiendo averiguaciones relacionadas con algunos casos en estudio. Tal actividad era usual en el Instituto, pues algunos pacientes o sus familiares no podían suministrar información completa sobre sus actividades públicas o privadas: particularmente aquellos desaparecidos por mucho tiempo y que bajo efectos de sus estados mentales alterados o drogadicciones habían infringido la ley.

Aunque todos se daban cuenta que Marina no era la misma, y la causa, evidentemente, se le debía a la presencia de aquel apuesto caballero a quien miraba con no disimulado embeleso.

***

A las 9:00 a m se trasladaron al despacho de Marina; cuando entraban, ésta le ordenó a su secretaria, la Srta. Stevens, que no pasara llamadas; y comenzaron a ejecutar el plan de identificación.

Una vez que la fotografía de graduación del Dr. Ignacio Montaña-Adjiman fue pasada por el escánner, como también la última que se había tomado en el Instituto, el programa del computador portátil de Mario fue envejeciéndolo, ante los ojos expectantes de éste y Marina. El Dr. Montaña envejecía en segundos: de tener 19 años pasó a 20...25...30...40...50 años. Al llegar a esa edad, las dos fotos a la vista eran muy parecidas, el programa arrojaba una correlación del 82%; sólo que el actual era mucho más delgado que el procesado.

— ¿Cuánto pesa el Dr. Montaña, Marina?

—75 kilos, 15 menos de lo que debía pesar.

Mario pulsó los datos al computador, e inmediatamente las fotos se hicieron idénticas; y el programa arrojó una correlación del 97%, una de la más alta que Mario recordara. Aun así, probó colocarle un cabello canoso, pues en la foto del actual Dr. Montaña aparecía afeitado al rape, y el resultado entonces alcanzó el 100%.

— Marina, no hay duda, este hombre es el doctor Ignacio Montaña-Adjiman, de cualquier manera seguiremos con las otras pruebas.

La segunda prueba consistía en tomar una radiografía panorámica de los maxilares del Dr. Montaña y mandarla a Boston para que en la clínica, donde por años se trató el Dr. Montaña su higiene dental, compararan las radiografías y confirmara si se trataba de la misma persona. Así que le hicieron un juego de radiografías periacapicales en el hospital del *PRI,* como parte de sus exámenes, y se comunicaron con los administradores de la clínica bostoniana quienes estuvieron dispuestos a colaborar, pero el Instituto debería, por supuesto, correr con los gastos que se acarrearan. La panorámica de los maxilares del Dr. Montaña fue *escaneada* y enviada por correo electrónico con un programa especial y reconstruida en la clínica en pocos minutos. El diagnóstico lo prometieron para el día siguiente.

—Marina, hay otra prueba que pudiéramos emplear. Se trata de someter al Dr. Montaña a una batería de preguntas sobre su conocimiento y su pasado buscando contradicciones.

— No es necesario, ya esa prueba está hecha, pues la Terapia SS a la que ha sido sometido reporta, si fuese el caso, una impostura de la identidad y personalidad del sujeto; y no lo hizo, aunque no es una prueba determinante...algunas personas pueden adueñarse totalmente de una identidad como lo hacen los espías o los actores...en todo caso, un detector de mentiras por ejemplo, no sería aceptado por el Dr. Montaña que no espera que dudemos de su identidad. Y podríamos hacerle daño serio cuando ya estamos curándolo, en el caso de que sea el Montaña auténtico.

— Bien, olvidemos esa.

Mario le advirtió a Marina que consideraba perentorio llamar a su socio y ponerle al tanto de su investigación: tenían un compromiso de no guardarse secreto alguno en materia de investigaciones. Marina aceptó que sería la única otra persona fuera de ellos dos en que confiarían el misterio de la múltiple identidad del Dr. Montaña.

Mario le explicó por teléfono a O´Hara lo que pasaba. Que era necesario aprender al vagabundo que el confundió con el Dr. Montaña, mantenerlo en custodia y tomarle una muestra de sangre que debería ser enviada por algún medio especial de conservación a la brevedad posible y le dio la dirección que necesitaba en el *PRI*.

Arthur le apoyó gustoso y le dijo que se tomara el tiempo necesario, que él personalmente se encargaría de todo y de las cosas dejadas pendientes por Mario (le parecía que su socio bien merecía por ganado unos días distintos después de tantos años de trabajo sin tomarse unas vacaciones; y, además, pasarlos con una mujer que le atraía tanto y desde siempre, como en alguna oportunidad le había confesado, aunque se excusara en una investigación); asegurándolo, además, que Montaña sería capturado y, el espécimen de sangre, enviado por *AirNet Express* en una valija térmica especial, como antes lo había hecho en parecidas circunstancias.

Como no había otra cosa que hacer por ahora, se dedicaron a otra más placentera pero de igual importancia para sus vidas, en estos momentos: su recomenzado romance. Caminaron despacio, yendo y viniendo, andando en círculos, deteniéndose para tomarse de las manos y mirarse a los ojos, por todas las veredas del Instituto; reconstruyendo sus errores. Ambos habían logrado lo que querían para sus vidas a costa de grandes sacrificios: Marina renunciando a la maternidad; Mario a su integridad. Juntos restañarían sus heridas para siempre. Cuando se hizo tarde, se retiraron a sus propios apartamentos para cambiarse de vestimenta y luego cenar juntos a la luz de velas con una cena que preparó Marina con resultados deliciosos y relajantes, gracias también al buen vino francés con el que la acompañaron y el embrujo de su música preferida. Otra vez Mario y Marina durmieron juntos, ansiosos por recuperar tanto tiempo perdido.

***

La clínica de Boston envió sus resultados por e-mail y no les sorprendieron: como esperaban, el Dr. Montaña era el Dr. Montaña. No había dudas que los maxilares del hombre hospitalizado en el *PRI* pertenecían a la misma persona en la que se había adaptado la última prótesis once años atrás, según las radios hechas entonces y constan en el expediente clínico del Dr. Ignacio Jacob Montaña –Adjiman, con las señas: RESEARCH CENTER DEMIURGO S.A.; 984 Lowell Road, La Castellana, Ayer, Mass. Sólo que había algo muy raro, inexplicable: al doctor Montaña le había nacido una muela donde antes se le había extraído. No se explicaban este hallazgo y dejaban a los interesados buscar el error. La clínica no tenía ni el personal ni el tiempo para ello. Seguramente estaba en alguna falla de imageanología en los equipos del *PRI*.

***

También coincidieron las huellas digitales del Dr. Montaña hospitalizado y las de registros del FBI—que colaboró interesado en apoyar el *PRI*, como antes lo había hecho en el pasado, enviándoles uno de sus archivos no secretos para la fecha, con huellas dactilares del Dr. Montaña, cuando aquél tenía acceso como investigador privilegiado de empresas privadas, a proyectos *top secret* asignados en algunas Agencias del Gobierno Federal de los Estados Unidos — según les confirmó otros de los programas especiales que Mario tenía en su *lap top*.

***

Había que desenmascarar a los otros farsantes, comenzando por el más conspicuo: el conferencista. Una prueba de ADN en cada uno despejaría toda duda e inconsistencias, como lo de la muela. Entonces decidieron viajar a Washington D.C. y conocer en persona al Dr. Montaña conferencista e intentar conseguir una muestra de su sangre o de manera alternativa una huella digital para comparar con las aportadas por el FBI ya digitalizada en el portátil de Mario.

Aunque el detective ya había ingeniado cómo podría lograr el espécimen de sangre; después de todo sólo se necesitaban unas gotas. Pero, era perentorio viajar un par de días antes de la conferencia y hacer los preparativos. Eso significaba que debían de reservar vuelo y habitaciones para el día de pasado mañana.

Mario le dejó ver a Marina que a él le gustaría conversar con el Dr. Montaña, su paciente. Sería útil oír su voz, observar sus gestos, conocer cómo piensa. Marina no vio inconveniente alguno, un año atrás se habían conocido cuando Mario logró localizarlo y convencerlo de tratarse en el *PRI* bajo la dirección de su vieja amiga, la Dra. Stolk.

3. El hombre humilde e iluminado

—¿Cómo está usted doctor Montaña?—saludó Mario sonriente.—¿Me recuerda?, soy Mario Cassini.

—¡Hola! Cómo le va, detective Cassini—contestó Ignacio Montaña con su voz meliflua, alzándose de pie de la posición en cuclillas en que se encontraba, con una facilidad que a Mario le asombró, como si se deslizara contra la gravedad en levitación, para saludar al abogado-detective alzándose una cabeza de alto sobre la de Mario, quien medía el metro ochenta. El Dr. Montaña parecía un asceta salamana budista, con la cabeza rapada envuelto en una vestidura amarilla que le colgaba con soltura como túnica y que seguramente había guardado en el equipaje con que lo internaron el *PRI*. Estaban en una terraza a la que se salía del dormitorio que habitaba Montaña, abierta a un inmenso jardín. El sol quemaba con ganas a pesar del frío otoñal. Mario acercó una silla que le señalaba el monje con la mano extendida con un gesto amable de invitación... Y el hombre de apariencia de asceta volvió a sentarse sobre sus calcañares sin tocarlos o así se adivinaba debajo de su túnica.

El Dr. Montaña de dirigió a Mario y le preguntó de improviso:

—¿Olvidó Vietnam?

—¿Cómo podría?

— Sí, cómo podría—convino el Dr. Montaña. — Otro episodio más en el ilimitado renacer del sufrimiento humano en ese largo trajinar por el dolor a que ha estado condenado el hombre desde la caverna al rascacielos...Siempre perseguido y torturado por la miseria, por el odio, por otros hombres, por la suerte; permanentemente amenazado por la desdicha aun en sus momentos más felices—, sentenció resignado el Dr. Montaña.

De súbito Mario comenzó a verlo con otros ojos. Le pareció que aquél no era el mismo hombre asustado y callado en estado de narcosis y que apenas logró se identificara como Ignacio Jacob Montaña-Adjiman en Bronx el año pasado y consiguió despachar para su tratamiento a cargo de la Dra. Marina Stolk en el *Psychophysical Research Institute* que dirigía la afamada psiquiatra en Wisconsin. Mientras le oía hablar sobre el Bien y el Mal en el mundo, como un discípulo que escucha a un maestro religioso.

El rostro de aquel maestro era el de un santo relajado, con el sosiego de quien ha alcanzado alguna cúspide moral a la que añoran los otros hombres; su mirada tranquila parecía la de un niño sano abierta al mundo como quien lo mira por primera vez. Sus gestos de por sí hablaban de paz, tranquilidad y beatitud; que no buscaba nada porque ya todo lo había alcanzado de alguna manera: en él se reflejaba sólo paz y luz.

¿Y de qué hablaba? No parecía dirigirse a Mario exclusivamente, aunque la conversación comenzó con él, pero a cualquiera que le interesara escuchar sus reflexiones en voz alta; aun así, Mario, y Marina también que se acercó después en silencio, se sentían, directamente, personalmente aludidos por el maestro.

4. Washington D.C.

Un taxi los esperaba en la salida del terminal norte del *Ronald Reagan National Airport.* El chofer que atendió el llamado del despachador de salida, un hombre joven de aspecto latino, Antonio García, saludó a Mario y a Marina con un marcado acento hispano, y bromeó con Mario silbando: ¡ *fui...fuio !*

— ¡ *Viejo bastardo!* Y esta belleza. Tú siempre con tan buena suerte—. Marina sonrió obviando el vulgar piropo y se acomodó en el asiento trasero entrando al taxi por la puerta que Mario le abría galantemente. Luego que se aseguró que Marina estaba cómoda, se movió con confianza cargando parte del equipaje para ayudar al chofer y en la parte de atrás del carro, y mientras colocaban las maletas, le preguntó: "¿Ya sabes del vuelo del Dr. Montaña?"—Sí—contestó García con seguridad y satisfacción de quien cumple una encomienda que le será bien gratificada.— Por esta misma salida, pasado mañana a las 11:00 a m en *Delta Airlines* desde Boston—y añadió confiado—: tengo todo listo.

Partieron hacia el Dupont Circle y al *Washington Hilton Hotel and Towers* donde se celebraría el CONGRESO DE CIENCIAS FÍSICAS Y COGNITIVAS DEL MILENIO. Por la autopista 395, al cruzar por unos de los puentes sobre el río *Potomac,* Marina alcanzó ver a los lejos los cerezos esparcidos alrededor de los monumentos de Jefferson, Lincoln y Washington y distribuidos en poligonal con el Capitolio que distinguían la Capital de los Estados Unidos de América, particularmente en primavera cuando los capullos florecen en rosa dándole un contraste alegre de colores a la ciudad con el azul del cielo, el verde de los jardines con flores amarillas y el blanco de los monumentos. Recordó su juventud y los años sesenta: ¿Qué fue de las más grandes marchas de jóvenes protestando las políticas gubernamentales? Los rostros del Che y de Mao pasaron a enriquecer la industria textil impresos en camisetas que algunos izquierdistas anacrónicos del tercer mundo vestían en ocasiones. Marcuse, Thoureau, Goodmann... ¿quién los lee? Las heridas del pueblo americano se restañaron con la renuncia de Nixon.. la nueva ola patriótica después de la Guerra del

Golfo...Qué distinta fue su generación con la nueva generación de *yuppies* que sólo buscan el éxito económico y no quieren nada que ver con ideologías...¡Cuántas preguntas quedaron sin respuestas!...y no resistió tararear calladamente para sí:

"The answer, my friend, is blowin' in the Wind. The answer is blowin' in the wind..."

***

En el camino, Mario le pasó a Antonio García un juego de fotografías donde aparecía un hombre cerca de cincuenta años: en algunas fotos delgadísimo, en otras con lo que pudiera ser su peso normal y otras con sobre-peso. En unas con barba, en otras con solo bigote y algunas más afeitado al rape

—¿Y esto? — indagó el chofer latino, perplejo—. Mario le aclaro: " Son montajes de un computador pues no sabemos cuál es la verdadera apariencia actual del Dr. Montaña: alguna de ellas te permitirá identi

Ya en la habitación 442 del Hotel, Mario y Marina se instalaron para los tres días que se hospedarían en el *Hilton*; luego bajaron para almorzar un *lunch* ligero; Marina se despidió con un beso sin recato para pasar a inscribirse en las conferencias que le interesaban, particularmente la del Dr. Montaña cuyo cupo parecía llenarse rápidamente, y conocer quiénes de sus colegas estaban allí, mientras Mario subía al 442 a descansar un rato.

***

Al día siguiente, Antonio García acechaba con atención nerviosa a los pasajeros que salían por el Gate 3, arrojados organizadamente del vuelo de la *Delta Airlines* procedente de Boston. Entre ellos identificó la figura elegante de un hombre altísimo, delgado y con pelo y barba canosos bien cuidados. Buscó entre las fotografías que le entregara Mario el día anterior y consiguió una sumamente parecida que apartó de las demás. Mientras el pasajero barbado buscaba su equipaje, Antonio se apresuró a salir del terminal, le entregó la foto escogida al despachador que le esperaba y corrió para aguardar por una señal de aquél dentro del taxi estacionado a pocos metros y con el motor encendido. Transcurrieron escasos minutos cuando apareció el Dr. Montaña, que se acercaba con un liviano equipaje y se encaminó hacia la puerta del taxi que se arrimaba a recogerlo a la seña del despachador de taxis, que al parecer pasó a prestar atención a otra cosa pues no le abrió la puerta como lo hacían con los VIP para ganarse una buena propina. Cuando apretó la manilla de la puerta con la mano derecha sintió un puyazo y dos dedos le sangraron heridos con lo que parecía un filo de algún metal roto metido en la puerta. El chofer terminó de abrirle desde adentró y le preguntó por lo que le pasaba.

— ¡Mierda! Me corté... la manilla de la puerta tiene algo filoso adentro— reclamó Ignacio Montaña muy molesto, aunque con voz suave y controlada—. ¡Me ha herido los dedos! —. Y buscó el pañuelo para apretarlos con la mano izquierda y restañar la herida, ya dentro del automóvil. Aunque no era gran cosa y el dolor pasó pronto.

—Lo siento mucho, señor —se excusó el chofer y metió la mano, diestramente como si estuviera esperando el incidente, en la guantera del carro, buscando un pequeño maletín blanco y azul de primero auxilios.

— Esto podrá ayudarle—. Tan pronto lo deje, llevaré arreglar esa manilla defectuosa, que me está causando problemas con mis clientes, ¡qué pena con usted señor!—. ¿A dónde le llevo?

— Al Hilton en el Dupont Circle—. Le informó Ignacio curándose con algodón, alcohol y un parche adhesivo a los dedos. Sin darle más importancia al asunto. Tenía cosas muy graves en que pensar.

— Apenas descargó a su pasajero, Antonio arrancó veloz y salió fuera del Hilton por la Avenida Connecticut. A una escasa cuadra del hotel entró a un estacionamiento público. Recogió el ticket de la máquina automática y aparcó en el primer puesto libre que encontró. Salió del taxi enfundándose unos guantes de látex, y con una pinza en la mano se acercó a la puerta trasera de su automóvil para cuidadosamente extraer de la manilla una lanceta oculta, ahora con la muestra de sangre del Dr. Montaña. La introdujo en una probeta que sacó del bolsillo envuelta en un *gelpack* y la envolvió de nuevo con el espécimen dentro para guardarla en el bolsillo de su chaqueta raída de cuero color marrón y con pasos presurosos se dirigió al Hotel Hilton que había dejado atrás, entrando por una de las puertas de servicio. Evitó en lo posible todo contacto con persona alguna y subió a la habitación de Mario. Éste lo esperaba. Recibiendo el paquete *gelpack* verificó su contenido. Inmediatamente lo introdujo en una valija especial que preservaba la muestra. Luego, le extendió un sobre al chofer García.

—Gracias Antonio, ¡buen trabajo!

—Siempre a sus órdenes, detective Cassini—contestó formalmente Antonio García, como acostumbraba a comportarse cuando recibía dinero por servicios especiales. Se asomó por la puerta con sigilo mirando al pasillo antes de abrirla completamente para desaparecer. Mario lo siguió cerrándola tras de sí y con la pequeña valija consigo pasó a los servicios de Courrier del Hotel donde la encomendó al Dr. Glenn R. Murphy, Jefe de la Unidad de Estudios y Exámenes del *PRI*, en Baraboo, Wisconsin, quien sabía que hacer.

De allí salió con destino a una de sus dependencias favoritas del Hotel: el *Capitol Café*, con la intención de disfrutar de un *lunch* con la mujer amada. Marina lo esperaba con una sonrisa. Cuando acercaba su cara para besarla, sonó el timbre de su celular.

—¡Aló!

—Mario, es Arthur. Misión cumplida: tengo al tal Dr. Montaña en una clínica privada. Lo vigila uno de nuestros hombres y le programé una custodia de 24 horas continuas. La muestra de sangre está en camino al *PRI*.

—¡Bien hecho, Arthur!—, respondió Mario contento.

—Algo más—añadió O´Hara—, este hombre no está drogado; pareciera tener una especie de narcolepsia, los médicos que lo han visto no están seguros, pero su sangre está limpia. En las pruebas que le mandé hacer buscando tóxicos para aprovechar la muestra de sangre según tus instrucciones, no aparece nada anormal.

—Bien, cuídalo. Yo te llamaré luego que decida nuestros próximos pasos.

—¡OK! Cuídate tú también y saludos a la bella doctora.

Mario se dirigió a Marina que seguía la conversación atentamente.

—Bien, ya todas las pruebas están en proceso: el Dr. Murphy nos dará el resultado mañana en la noche. Y preguntó: "¿Puedo asistir también a la conferencia del Dr. Montaña?"

—Claro, pero no creo que te vaya a interesar: el tema es altamente especializado.

—No importa. Tengo otros intereses.

5. La conferencia y el conferencista

Cuando se levantó ágilmente el delgado Dr. Montaña detrás del podio, después de ser presentado por el Chairman del Congreso, Mario se percató de algo que no había considerado antes: que el conferencista tenía un gran parecido con el actor Gary Cooper, pero con barba.

De pié, extrajo un papel y unas gafas de su chaqueta y comenzó su conferencia con algunas preguntas:

"¿Es este mundo el mejor de los mundos posibles? No pareciera ser así, el mundo a nuestros ojos pudiera ser mejor: ¿No están ustedes de acuerdo? Si estuviera en sus manos, ¿no mejorarían ustedes al mundo? ¿No acabarían ustedes para siempre con la enfermedad y el dolor, con la vejez y sus achaques, si fuera posible hasta con la misma muerte? Si hubiera estado en sus manos no habrían hecho menos azarosa y menos ominosa la vida del hombre en la Tierra, sujeta por siglos a las fuerzas ciegas de la naturaleza? ¿No organizarían una sociedad más justa en que no hubiesen pobres y todos los hombres tuviesen la misma oportunidad? ¿No destruirían ustedes todas las armas y eliminarían la guerra? Para mencionar algunas pocas cosas que por lo general no nos gustan y sufrimos con ellas y por ellas. No sólo nosotros, puesto que han sufrido todos nuestros antepasados y seguramente padecerán nuestros descendientes, aunque creo que siempre habrá hombres que luchen por que las cosas cambien para el bien. ¿Pudo haber Dios escogido mejor? Con razón Alfonso el Sabio dijo que si Dios le hubiera preguntado sobre cuál sería el mejor mundo posible, él le hubiera dado algunos buenos consejos..."

Extraño modo de comenzar una conferencia científica— pensó Mario escuchando al conferencista, para poner más atención a lo que aquél seguía diciendo:

"Hay unos cuantos problemas que ha preocupado a los hombres desde siempre y a través de las siglos algunos han encontrado soluciones; pero el que se ha presentado generalmente más difícil de resolver es el origen del Bien y del Mal, problema con que se han topado como si fuera un obstáculo infranqueable, la mayoría de los filósofos y sobre todo los teólogos: ¿Si Dios es, por qué el Mal?; ¿si no es, por qué el Bien?

La culta audiencia escuchaba en silencio pero al parecer no muy satisfecha con la orientación que tomaba la conferencia pues se notaban movimientos inquietos de posiciones y otros ruidos.

"Las repuesta al problema del Mal, de un mundo imperfecto salido de las manos perfectas de Dios, no puede contestarse como lo intentaron con buena voluntad los antiguos, sino con el apoyo de la ciencia, concretamente con la Mecánica Cuántica y la hipótesis de los tres mundos sobre la que fundamos nuestra Teoría Psicofísica o Teoría del Todo, porque es una Teoría que nos dice cómo es la realidad.

La realidad existe eternamente en el espíritu que las religiones llaman Dios; es decir, en las ideas, como propuso Platón, de las que existen infinitas variantes reflejadas en mundos físicos y de las conciencias en el universo, particularmente como la conocemos en el hombre que es el demiurgo que crea muchos mundos posibles con su libre albedrío. ¿Dónde se evidencia el demiurgo?— Se pregunta el Dr. Montaña—. Precisamente en su voluntad, en sus observaciones y decisiones humanas.

Bien, en 1956, con el apoyo del Dr. John Wheeler —nuestro admirado profesor, quien a sus ochenta y tantos años aún estudia como un joven investigador el papel de la conciencia en el cosmos—uno de sus estudiantes, Hugh Everett, publicó una meta-teoría de la realidad, a la cual llamó "la formulación del estado-relativo" y que ha venido a conocerse como "la interpretación de los muchos-mundos o universos paralelos" y otros nombres según sus seguidores. Esta teoría que muchos científicos consideraron insólita y hasta aberrante, tiene la aprobación del 58% de los físicos contemporáneos, según una encuesta reciente; entre ellos los más destacados premios Nobel en Física.

El problema central de la Mecánica Cuántica es que las cosas no existen como materia hasta que se observan. Es decir, son ondas de energía superpuestas hasta que al observarlas alguien o medirlas colapsan en partículas. El punto de vista del estado-relativo de Everett afirma que este colapso del comportamiento en onda en partícula es una ilusión. En primer lugar, la función de onda no es simplemente una descripción matemática del objeto físico que tratamos de medir: sino que es el objeto físico. Y la observación no tiene un papel primordial como en la llamada interpretación de Copenhague que sostiene que hasta que no se observa algo, aquél no existe. La *ecuación de Schrödinger* que es el formulismo que computa este fenómeno, se da en todas partes y en todo tiempo; que incluye al observador y al objeto observado. Lo que esto significa es que cada observación causa que la función de onda universal separa en dos o más bifurcaciones de mundos o universos que no se comunican y son paralelos con distintas historias. Como muchas observaciones, valga decir decisiones, se realizan a cada instante, infinitos universos se están generando en todo momento con historias distintas y simultáneas para cada uno de los mundos de ese momento. Si un sistema es compuesto de varios sub-sistemas, digamos los estados de un computador construido con partículas cuánticas por caso; el sistema es un producto de todos los estados de los sub-sistemas superpuestos. Y cada sub-sistema está "enramado" con los demás. Sin embargo se comporta autónomamente independiente de los demás. Lo que todo esto nos dice es que la verdadera historia de todo el universo es el conjunto de todas las historias de todos los universos posibles. Así que nuestra historia aquí es sólo una bifurcación, un estado de cosas. Por eso Everett los llama "estado relativo" porque cada subsistema o bifurcación es considerado relativo a los demás con los que ha interactuado.

En primer lugar, antes de seguir adelante, ¿hay evidencia de esta teoría del *Multiverso* como lo llamaron los seguidores de Everet ? Algunos la niegan porque hace más enredada nuestra noción de la realidad. Ya el universo en que vivimos es suficientemente complejo para hacerlo más complejo con un *Multiverso*. Sin embargo, debemos decir que matemáticamente es más simple esta teoría que la de sus oponentes.

Mi reporte para esta conferencia, es que sí hay datos detectables no sólo de la observación de otros universos paralelos al nuestro, simultáneos, con otras historias, sino de la posible comunicación entre las mentes de los sosias entre universos para un momento dado.

Vengo a informarles que yo he logrado experimentar científicamente la comunicación entre sosias de universos paralelos, partiendo de una teoría más completa que la de Everett o de "la formulación del estado relativo" y que yo llamó *"Psicofísica"*. Y al menos me he comunicado, hasta ahora, con una docena de mis otros doctores Montaña en otros universos paralelos. Pero de una vez lo advierto: el experimento sólo puede hacerlo y conocerlo el experimentador, ¡más nadie! Aunque otros pueden repetirlo y reportarlo como yo lo hago ahora"

Era aquel momento, sin duda el clímax de la conferencia, la audiencia se dividió, y entre ella los propios organizadores del Congreso tomaron una de dos actitudes. ¿Qué burla era ésta? Decían unos, si alguien demostrara la teoría de Everett, éste sería el mayor descubrimiento humano y la madre de todos los experimentos...el Premio Nobel le quedaría pequeño. Otros pensaban que sin duda, el Dr. Montaña no estaba en sus cabales. Con razón había desaparecido sin dejar rastro durante diez años. ¡Seguramente los paso en algún manicomio! Al final ambos coincidían en que fue una temeridad haberlo invitado a este Congreso del fin del milenio. Un hombre tan separado de la comunidad científica. De cualquier manera, qué clase de experimento científico es aquél que sólo lo hace el experimentador y nadie lo comparte con él. ¿Qué quiere decir que puede repetirlo?

La sala se había llenado de un murmullo de voces con los comentarios entre científicos sobre lo que decía el Dr. Montaña.

"Mi trabajo científico ha sido descubrir como se comunican esos mundos: el mundo de las ideas, el de la mente y el de las cosas físicas. Y creo que existe un lenguaje a escala cuántica cuya sintaxis es la llave que abre las puertas a todas las preguntas que el hombre se ha hecho y se hace sobre la naturaleza del mundo y su lugar en él como co-creador con el mundo del espíritu, con Dios, para conducir a cada mundo hacia la perfección o a la total imperfección: al orden o al caos. Y en mi laboratorio he dado los primeros pasos hacia una comprobación de la existencia de este lenguaje que llamamos *mentalese,* pues se descubre en la mente humana como intermediaria entre el mundo del espíritu y el mundo de la materia".

Mario y Marina aunque absortos en la conferencia notaban que algunas personas habían comenzado abandonar la sala, al principio con sigilo, luego abiertamente. Pero, el conferencista no parecía notarlo o lo notaba y seguía impertérrito.

"Todo comenzó en los años setenta cuando intentaba con mis colegas, en el centro de investigaciones de la DEMIURGO S.A., construir un generador universal virtual conectando las señales de mi cerebro con sensores táctiles y visuales de imágenes producidas por un computador....Y se nos ocurrió que el generador virtual por excelencia sería aquél que codificara las imágenes directamente al cerebro, pues según algunas teorías de la mente, la conciencia se originaba a escala cuántica, en el significado que el cerebro le da a sus símbolos, valga decir a la información que se procesa. Así que nos dedicamos a experimentar con el almacenaje de información o memoria a nivel cuántico. Para entonces el físico David Deutsch en Oxford proponía, en 1977, un experimento con el cual se probaría la existencia de otros universos paralelos o la teoría de Everett de muchos-mundos. De acuerdo a Deutsch, si uno dispone de un computador cuántico y el computador cuántico puede aceptarse como un observador, entonces puede observar cosas que distinguirá entre las interpretaciones que tenemos de la Mecánica Cuántica y la de los universos paralelos reportándonos sus hallazgos. El caso es que experimentábamos con mis voliciones para seleccionar con mi mente un dígito entre los ocho posibles dígitos que puede contener un registro de tres bits en una memoria cuántica que habíamos construido con rayos láser. El registro cuántico se supone que contiene los dígitos 0,1,2,3,4,5,6 y 7 en superposición, todos a la vez, y la observación aleatoria produce un resultado para que sea uno cualquiera de los ocho números el que midamos con el colapso de la onda en uno de las posiciones de las partículas que configuran el registro. Por el factor aleatorio no se sabe cuál será. El caso es que si mi mente tiene una relación con la materia a nivel cuántico, mi voluntad podría escoger de manera determinística el dígito que debe contener posteriormente en el registro. Es decir, si pienso en un 3 como el contenido que deseo tenga el registro entre ocho dígitos posibles cuando estoy conectado con el computador cuántico a través de un computador clásico; entonces, si de inmediato se *observa* por otro medio lo que contiene el registro y coincide con el número que seleccioné, de alguna manera mi mente controla la materia con mi voluntad consciente.... Cuando experimentamos la primera vez el resultado coincidió con mi voluntad; pero esto podía ser casualidad. Después de centenares de experimentos que confirmaban el resultado esperado si mi voluntad controla el registro, llegamos a la conclusión que mi mente sí estaba controlando el registro del computador. Pero, cuando decidimos medir el tiempo entre mi pensamiento (apretando un botón) y el resultado, éste parecía adelantarse a mi deseo. En otras palabras, mi pensamiento llegaba al registro antes que los impulsos de los circuitos modificaran el registro. Entonces, se nos ocurrió que posiblemente Deutsch tuviese razón y alguien en otro universo estaba controlando el mismo experimento y conectándose con nosotros a mayor velocidad o la mente tenía una relación extra circuitos. Era necesario disponer de registros mayores para aumentar las probabilidades de posibles escogencia. En el caso de un registro de tres bits u ocho dígitos es 1/8; pero en un registro mayor, menor era la probabilidad de pura coincidencia. Luego, se nos ocurrió algo más complicado para probar la existencia de otro investigador ...”

No había terminado de pronunciar la última palabra, cuando lo interrumpió un ruido que llamó la atención de la audiencia. Y buscar con la mirada su origen ...varios de los oyentes se habían levantado y salían de la sala molestos...algunos furiosos.

“ Es posible que este otro Dr. Montaña esté más avanzado en conocimiento en su mundo paralelo y quiera transmitirlo...”

Más gente optó por abandonar la sala...alguien gritó “farsante...charlatán...”

Por un momento, el conferencista titubeo e intentó continuar con su conferencia, pero también sus compañeros en el presidium se fugaban. Nadie pudo detener el fracaso estrepitoso de la conferencia y el repudio prácticamente unánime de los asistentes a lo que les parecía una burla, una ridiculez, una mentira. Ese supuesto hombre genial era un demente alucinado. No debería dársele nunca más una cabida en congresos tan prestigiosos como al que asistían. El Dr. Montaña calló y guardó lentamente las notas con que se ayudaba en el mismo bolsillo de donde las sacó...También guardó sus lentes y miró a Marina y a Mario desde la distancia...los únicos oyentes que quedaban, y con una gesto de tristeza hizo mutis por el foro llevándose lo que tenía que decir consigo, apenas había esbozado sus primeras ideas cuando recibió aquel rechazo tan unánime como inesperado...por primera vez en una vida llena de éxitos. Como tantas veces les ha sucedido a los grandes hombres con sus grandes ideas, incomprendidos e incomprendidas por sus semejantes.

— Este no puede ser el verdadero Dr. Montaña, tenemos un farsante, sus colegas lo han desenmascarado—dijo Mario dirigiéndose a Marina.

— No estoy tan segura—contestó la linda científica, pensativa.

6. ADN

Cuando Marina y Mario entraron en su habitación, la pantalla abierta del computador portátil advertía un nuevo mensaje. Era del Dr. Murphy del Laboratorio Genético del PRI y decía:

"Estimada doctora Stolk:

Previa confirmación de los resultados obtenidos, las dos pruebas de ADN realizadas a las muestras recibidas de Washington D.C. y de Nueva York, y la obtenida de la muestra del Dr. Montaña, han revelado que las tres poseen el mismo perfil de ADN. Aunque no desconozco los orígenes de las dos muestras que llegaron anteayer, los resultados indican, como más probable que las tres (dos recibidas de afuera y una recogida aquí) se le tomaron a la misma persona, dado que la probabilidad de encontrar tal perfil en la población es extremadamente baja.El procedimiento para su análisis fue el siguiente: se extrajo el ADN de cada una de las muestras y se procedió a la amplificación, mediante la técnica de la Reacción en Cadena de la Polimerasa (PCR), de veinte (20) sistemas genéticos de tipo microsatélite, quince (15) del genoma autosómico y cinco (5) secuencias exclusivas del cromosoma y masculino, las cuales representan marcadores específicos de tal sexo. La caracterización de las muestras amplificadas se realizó a través del equipo automatizado *AB I310 de Applied Biosystem* disminuyendo considerablemente las posibilidades del error humano como del tiempo para obtener los resultados. La frecuencia poblacional del perfil de ADN obtenido es de 1×10^{-13}. Es decir, una cada 13 billones de personas lo posee. Con este resultado, la Razón de Verosimilitud obtenida indica que es 10 billones de veces más probable que se trate de la misma persona a que se trate de personas diferentes. En otras palabras, nuestra conclusión es que:

Se trata de la sangre de una misma persona humana, fuera de toda duda razonable.

Dr. Glenn R. Murphy

Director of Genetic Lab.

Psychophysical Research Institute"

5 MULTIVERSO

1. DEMIURGO S.A.

Cuando Ignacio se recibió de *Phd* con honores en MIT a los 18 años de edad, en la recepción que ofrecían sus padres en su histórica y lujosa residencia de Beacon Bay en Boston, asistían como invitados grandes magnates, empresarios, políticos y funcionarios de gran influencia sobre las inversiones del Gobierno de los Estados Unidos en materia científica y tecnológica; y les acompañaban también algunos de los profesores y amigos de Ignacio. Comenzaba el verano de 1964 y la invitación, a solicitud del joven, sugería traje informal (única manera que algunos de sus pocos formales y protocolares colegas y profesores aceptaran presentarse) y en la terraza, sobriamente decorada, al aire libre, con atención impecable y solícita de mesoneros y mesoneras, a luz de la luna brillando con un trazo de plata sobre la bahía, y el fondo de música de cámara que interpretaban una reconocida orquesta de la Universidad de Boston, también integrada por amigos de Ignacio, entre los invitados conversaban cálidamente el recién graduado con sus dos más dilectos amigos: Lois y Frank Taylor.

Hace un año, ninguno de ellos hubiese ni remotamente columbrado que aquel encuentro ameno y civilizado fuera posible, cuando en sus emociones durante un quinquenio gravitó con peso insoportable la tragedia de la pérdida del padre de los Taylor y todavía quedaba agazapado un resentimiento que Frank y Lois sentían contra Ignacio, a quien los hermanos no le perdonaban definitivamente su incuria, particularmente Lois quien como consecuencia de aquélla, además de la pérdida irreparable del ser que más amaba, quedaba confinada a una silla para el resto de su vida; pero tampoco el joven Montaña se lo absolvía.

Si embargo, el destino había programado cuidadosamente su reconciliación con el apoyo de la reconocida habilidad de Alice Nelson, secretaria privada de Judith Montaña...o así coincidía en el juego cósmico del existir.

***

Casi exactamente un año atrás a esa noche en que celebraban el doctorado de Ignacio Montaña en Boston, la señorita Alice Nelson tocaba a la puerta del cubículo del instructor Frank Taylor, situado en el *Electronic Research Lab.* en el *campus* de Berkeley de la Universidad de California. Durante cinco años seguidos, dos veces al año, cumpliendo ordenes de los Montaña-Adjiman, Alice Nelson efectuaba la larga travesía aérea entre Boston y los Ángeles para visitar a los hermanos Taylor y cerciorarse que el arreglo tácito hecho entre las familias Montaña y Taylor, se cumplía fielmente para asegurarle a los deudos de Peter Taylor su bienestar económico. Sólo viajó una vez adicional al año, para encargarse del funeral de la viuda del desgraciadamente desaparecido profesor, quien moría unos meses después del accidente, a causa de la pesadumbre y depresión de la que nunca se recuperó después que se fue su marido para siempre, dejando huérfanos a los Taylor de padre y madre en menos de un año. Así los hermanos Taylor quedaban solos en el mundo, pero bajo la protección del poderoso complejo financiero Montaña-Adjiman.

Alice Nelson fue escogida primordialmente por los Montaña-Adjiman por sus dotes de relacionista y negociadora para la misión especial de mantener satisfecho a los Taylor. Aunque no ostentaba galardones académicos sobresalientes, con una maestría en psicología había hecho carrera en las empresas Montaña-Adjiman, manejando las relaciones humanas internas de la Corporación. En las oportunidades que Judith Montaña-Adjiman asistía a las reuniones de sus empresas, la hábil relacionista se encargaba de hacerle pasar los ratos en total complacencia y amenidad, evitando situaciones que pudieran resultarle desagradables con relación a las personas que se esperaba tratase en cada ocasión; al punto de que Judith decidió invitarla a alguna de sus reuniones íntimas, y solicitarle sus consejos para hacerlas un éxito. Finalmente, le pidió que pasara a ser su secretaria privada a tiempo completo. Alice le aceptó encantada y se fue a vivir a una de las viviendas de la pequeña comunidad de *La Castellana* para estar a la disposición de la familia día y noche. Alice era una solterona por vocación, aunque recién había cumplido las tres décadas de edad. Se comportaba casi sexualmente inocua, para sí y para los demás, así que no era el amor su punto débil y nunca sería la causa por lo que pudiera temerse un desliz escandaloso de su austera persona. Las ideas románticas que le daban interés al vivir, de sus amigas y amigos, no germinaban en ella; y no parecía sufrir la esclavitud de la frecuente demanda del instinto de apareamiento que agobia a los demás humanos; y así pasaba por la vida suavemente con pocas complicaciones personales, por lo que toda su inteligencia emocional la enfocaba hacia los acontecimientos relacionados con la vida de otros. De esta manera era una fiel y atenta confidente de los Montaña, y dispuesta siempre a servirles de medio a sus fines y enorgullecerse de la confianza que depositaban en ella. Aparte que gozaba como una celestina de las murmuraciones entre las personas que le llegaban de todas fuentes por su posición privilegiada en aquel circulo de gente pudiente y poderosa, financistas de carreras políticas, empresariales y hasta eclesiásticas; con la potestad de construir o destruir destinos de hombres y mujeres con quienes trataban.

Por cinco años, pacientemente, Alice fue convenciendo a los Taylor de que Ignacio no era ni culpable ni culposo en el fatal y desdichado accidente en que pereció su padre. Más aun, Ignacio nunca había dejado de amarles y quería una oportunidad para rehacer su amistad. El momento de solicitarla había llegado.

La eficiente señorita Nelson tenía razón: Ignacio amaba a los Taylor con la sinceridad y consecuencia de los primeros afectos; pero, los motivos de los Montaña no eran tan pulcros; con el trabajo cuidadoso de la señorita Nelson se aseguraban la tranquilidad de evitar cualquier tipo de escándalo en que pudiera verse envuelta la familia y afectar los negocios, primer *leiv motiv* de sus vidas: en esto eran en extremo celosos...aun por situaciones menos directas, como cuando algunos empleados de confianza cometían deslices; entonces, no importaba su rango o grado de cercanía a los asuntos de la familia o puestos dentro de los negocios, con inteligente delicadeza se deshacían de los imprudentes.

***

El verano en los Ángeles era muy caluroso y la Señorita Nelson vestía falda y blusa claras y ligeras luciendo más juvenil y menos formal...por alguna razón, lo liviano del vestido le hacía sentir optimista y que pronto saldría del peso de finalizar exitosamente lo que los Montaña esperaban de ella en este importante caso.

Entre los jóvenes Taylor y ella se había cultivado una amistad simple y llana, y Alice los conocía bien. Sabía que aquellos inteligentes y estudiosos muchachos, aunque no olvidaban y guardaban algo de rencor (no sabía cuánto), actuaron pragmáticamente aceptando la ayuda de los Montaña y no entraron en un largo y difícil juicio que supondría una demanda, que posiblemente enriquecería a sus abogados y no le aportaría ningún beneficio y satisfacción a ellos; aparte, de que de perderlo—como era muy probable por la vaguedad de evidencias—no tendrían como cubrir las costas del juicio, así que a duras penas convencieron a su madre, quien no perdonaba y clamaba por venganza, que aceptara los términos del arreglo, como se hizo. La alternativa era ominosa, verse en la calle sin el apoyo económico del sueldo de su padre ni lugar donde vivir, cuando su madre Laura era una simple ama de casa sin profesión o capacidad alguna para defenderse financieramente en la vida y los muchachos eran muy jóvenes y apenas unos estudiantes sin oficio alguno.

***

Esta vez, Alice era mensajera de una encomienda muy especial. Tocó la puerta del cubículo con firmeza.

—Adelante— se oyó decir desde adentro la varonil voz de Frank Taylor.

Alice empujó la puerta semiabierta y fue recibida con un abrazo y un beso en la mejilla de Frank quien al reconocerla se levantó solícito. Tomó asiento en la silla para visitantes, no se detuvo a curiosear la oficina que ya conocía y poco cambiaba con el tiempo, y de inmediato entró en materia.

— Querido Frank, tengo conmigo una carta que me pidió que te la entregara personalmente Ignacio Jacob. Sé que desde hace cinco años sólo conoce de ustedes por mí, y siempre está atento de sus éxitos y logros. También, que ustedes han rechazado hasta siquiera que lo mencione en nuestras conversaciones. Todos creemos que es el tiempo de la reconciliación, el perdón y el restañar de las heridas—y añadió convencida—por favor, léela. Si tu respuesta es la que se espera, en este dossier—y miró un maletín de cuero negro que reposaba en sus piernas—, hay un proyecto que te entregaré para que lo discutas con Lois. Esperaré en la habitación 101 de mi hotel, el Ramada Inn, por lo que decidan —. Y se levantó para salir dando la vuelta. Frank recibió la carta pero se quedó callado y ni siquiera se levantó para despedirla.

***

Frank no esperó por Lois, quien se encontraba en una reunión muy importante para su trabajo, abrió el sobre y leyó la carta:

Cambridge, 27 de Julio de 1963

Frank y Lois Taylor.

Sus manos.

Durante cinco años no he pasado un día ni una noche sin soñar con la posibilidad de cambiar el pasado y tener la oportunidad de hacer las cosas de nuevo y hacerlas bien.

Sería tan justo que el ser humano, de naturaleza tan falible, tenga la oportunidad de arrepentirse de sus errores con dolor contrito y enmendarse, ser perdonado y el perdón venga acompañado del chance de ejercitar las acciones que reversen el daño que haya podido causar a los demás o a sí mismo. Desde hace tiempo tomé la decisión de que mis recursos financieros y personales, como los talentos que la naturaleza haya dispuesto en mí, estén a la disposición absoluta de responder a estas preguntas de manera práctica, para que la respuesta eventualmente traiga beneficios a la humanidad.

Con tal propósito estoy creando, con el apoyo de mi familia y la Corporación Montaña-Adjiman, un Centro de Investigación que con el nombre "DEMIURGO S.A." concentrará los recursos necesarios para llevar a cabo proyectos cuyo objeto sea resolver científicamente los problemas que nacen a raíz de esta pesquisa y encontrar sus aplicaciones tecnológicas, industriales y comerciales, si las hubiese, como sus requerimientos administrativos y financieros y las consecuencias de sus impactos sociales, económicos y culturales.

El dominio de estos estudios se conoce como "realidad virtual" y los detalles de sus objetivos y métodos los resumo en documento aparte.

La sede del centro de investigación estará situado en nuevas instalaciones que ya comenzaron a edificarse en la Castellana con tal fin y tengo la intención de dirigirlo personalmente. Quisiera contar con ustedes entre mis cercanos colaboradores, para que se encarguen de los departamentos y laboratorios de electrónica y computación.

Si aceptan, la Señorita Nelson les hará entrega de un dossier con todos los detalles.

Espero que vuestra decisión sea favorable a las nobles intenciones que me animan y a los inmensos deseos que tengo de que volvamos a compartir, sueños, esperanzas y actividades.

Con el afecto de un hermano que por ningún instante ha dejado de ser consecuente con la unión espiritual que una vez enriqueciera nuestra vidas.

De ustedes,

Ignacio

***

Frank guardó la carta en uno de los bolsillos de su *jeans* y se encaminó a la oficina de Lois, quien ya estaba de regreso. Cuando la divisó a través de los amplios ventanales que dejaban ver el complejo computacional de la Universidad, con algunas docenas de unidades de cintas magnéticas que rodaban y rebobinaban carretes de cintas con millones de datos, parte de los archivos de las investigaciones del *Berkeley Computer Center*, otras tantas unidades de discos magnéticos con otros millones más de *registros* con acceso directo, varias ruidosas impresoras, lectoras y perforadoras de tarjetas, y una gran consola de luces que titilaban nerviosas con colores amarillos, verdes y rojos, haciendo visibles a los operadores los procesos en paralelo que a las deslumbrantes velocidades cercanas a la de la luz efectuaba uno de los computadores más grandes para entonces: la IBM 7090.

Una vez que entró al edificio, atravesó un pasillo y a través de los tabiques con vidrios, Lois, percatada de su presencia, le hizo una seña desde la sala de la computadora para que se encontrasen en uno de los cubículos de los programadores. Cuando Frank pasaba al indicado, Lois conducía su silla de ruedas sobre el piso falso que ocultaba los gruesos cables que unían a las máquinas y le daban poder eléctrico, para moverse hacia la puerta y una rampa inclinada hasta encontrarle.

La inteligente muchacha de apenas 22 años se veía saludable y lozana de la cintura para arriba, arropada con un suéter azul que la protegía del frío de la sala de la computadora; pero cuatro años de parálisis le habían dejado sus extremidades inferiores inútiles y atróficas, ocultas en una falda blanca larga que las cubría hasta los zapatos. Parecían dos mitades de cuerpos distintos haciendo a una persona.

Cuando Frank sin decir palabra le pasó la carta. Lois la recibió y leyó también en silencio.

—¿Que opinas?— preguntó con cierta ansiedad el muchacho.

El rostro de Lois se frunció con amargura. Cerró la puerta del cubículo tras de sí. Y contestó:

— Frank, a pesar de nuestro rencor, hemos manejado con inteligencia y cuidado la situación. Es una oportunidad que no perdería jamás gente que como nosotros haya decidido dedicar sus vidas a seguir los pasos de un padre que destinó la suya al conocimiento y a la investigación — .Y añadió:

—No me pidas que lo perdone. No puedo. Pero, creo que podré trabajar con él. Mas, nunca mis sentimientos para Jacob volverán a ser los mismos —. Y decidida, exclamó: — ¡Vamos al Ramada Inn! —, acostumbrada como estaba a tomar las decisiones por ambos. Frank la condujo empujando la silla de ruedas desde el centro de computación hasta el estacionamiento y le ayudó a subir por la puerta automática de la parte de atrás de la camioneta acondicionada para transportar minusválidos. Luego, dando la vuelta apresuradamente se acomodó en el puesto del conductor y manejo las dos millas que los separaban del motel.

***

La Señorita Nelson los esperaba en el comedor del motel Ramada Inn, segura de que vendrían... los conocía muy bien. Los invitó almorzar y después de hablar de cosas triviales — a la Señorita Nelson le encantaban los chismes de Hollywood y el suicido de la estrella Marilyn Monroe, once meses atrás, era todavía tema de conversación y especulaciones, sobre todo porque los hermanos Jack y Bob Kennedy, para ese momento Presidente y Procurador del Gobierno de los Estados Unidos, y a quienes Alice había conocido en Boston, se decían turbiamente involucrados—; les entregó el maletín, se despidió de ambos y se preparó para su regreso a Boston, satisfecha de haber culminado exitosamente su tarea. Su instinto y experiencia sobre la naturaleza humana le aseguraban que antes de partir tendría la respuesta afirmativa que esperaban de los Taylor.

***

Los hermanos Taylor se dirigieron al hogar de Lois: un apartamento de dos habitaciones donde vivía con una compañera, pero vecino al de Frank. Sobre la mesa del comedor abrieron el dossier que contenía la descripción del proyecto DEMIURGO S.A. , y las tareas y planes específicos para ellos en los próximos cinco años.

El material impreso estaba cuidadosamente diseñado, con textos, gráficos, fotografías en llamativos colores impresos por distintos medios en papel y cartulina costosa y perfectamente encuadernados para que su manipulación que se esperaba frecuente resistiera cualquier trato. Parecía un gasto excesivo la preparación de aquel dossier, dado que estaba dirigido personalmente a los Taylor; cuando su estilo y presentación se dirigían al parecer a una audiencia más importante, según humildemente opinaron ellos, como pudiera ser el caso de inversionistas cuyos capitales quisieran conquistarse para un proyecto. Pero, en la mente de Ignacio, la inversión que esperaba de los Taylor valía mucho más que la financiera (que después de todo no le hacía falta) en sus valores personales: la inversión del talento intelectual.

Lo que para ese momento ignoraban los Taylor es que, con el de ellos, una docena de juegos de dossier parecidos estaba siendo entregada a otros brillantes ingenieros y científicos que se reclutaban para el proyecto DEMIURGO.

En el folleto del resumen se establecía claramente el objetivo general y principal de DEMIURGO S.A.: estudiar la realidad "actual" a través de la realidad virtual. Su meta final: construir el primer generador universal virtual o GUV. Por supuesto, por lo amplio del objetivo, todos aquellos productos científicos y tecnológicos que se produjesen en el camino estarían bajo la propiedad intelectual y patentes de la empresa, no de los investigadores, quienes además de recibir un jugoso sueldo serían beneficiados con bonos y regalías por los resultados de sus investigaciones.

Ahora bien, como se desprendía de la literatura que leían Frank y Lois, *la realidad virtual* no es simplemente una tecnología en que los computadores simulan el comportamiento de un ambiente físico. El hecho de que la realidad virtual sea posible es un indicio fehaciente de la fábrica de la realidad; y no es sólo la base de la computación sino de la imaginación humana y la experiencia externa, la ciencia y la matemática, como del arte y la ficción. De manera que esta tecnología no es sólo una creadora de realidades inexistentes, aunque potenciales, sino un instrumento para experimentar con la fabrica del universo en que vivimos.

Los Taylor ya conocían los trabajos de simulación de vuelos como un prototipo de generador de la realidad virtual que comenzaron a usarse a principios de los cincuenta, y en la que a los pilotos se les ofrecía la experiencia de volar una aeronave sin despegar del suelo, evitando los riesgos y el azar del aprendizaje. El simulador de vuelos era una cabina (los diseñadores le daban forma de unos pequeños avioncitos con alas atrofiadas) montada sobre un aparejo que se movía según el aprendiz manipulaba los comandos. Pero el operador no tenía imágenes en los primeros que se construyeron y que le mostrarán el ambiente, el estado del tiempo y las pistas de despegue y aterrizaje. Un generador virtual tiene que ser un sistema en que una persona vive artificialmente la experiencia de estar en un determinado ambiente. En el caso del simulador de vuelos el generador de la realidad virtual debe darle al piloto en la medida que practica, las imágenes apropiadas que deberán aparecer por las ventanillas del avión mientras va de un aeropuerto a otro, con las sacudidas y aceleraciones justas que sentirían en un vuelo real, incluyendo las correspondientes lecturas de los instrumentos para cumplir con su plan de vuelo y llegar al destino escogido.

El dossier venía acompañado de diagramas e información técnica del estado del arte y desarrollo futuro de la realidad virtual. Sus interesantísimas aplicaciones en educación y en la investigación científica y tecnológica; incluían la económicamente muy beneficiosa de la industria de la diversión, donde la tecnología prometía un negocio multimillonario.

Fue evidente para los Taylor que la realidad es algo objetivo y como científicos eran realistas y así lo creían; que la realidad existe no importa cómo ni qué pensemos sobre ella. Pero nunca la experimentamos directamente. Nosotros experimentamos la realidad, el ambiente donde estamos, a través de nuestros sentidos y la manipulación del cerebro. El cerebro es el primer GUV que se conoce. De manera que para crear una realidad virtual manipulada a nuestra voluntad, no la que acaece, debemos dejar a un lado o sobreponer lo que los sentidos informan al cerebro con otra información. Y esta es la larga creación del arte. Toda técnica del arte *representacional* busca sobreponer lo que reciben los sentidos a lo que intentamos que reciba. Desde las acuarelas prehistóricas en las cuevas de Altamira que nos mostraban animales que no estaban allí, hasta todo el arte cinematográfico, la televisión y otros medios de comunicación que aunque sin precisión perfecta producen una representación mucho más precisa gracias al uso de sonidos e imágenes que las que ofrecía todo el arte previo.

Un generador de imágenes deberá disponer de los siguientes elementos para producir una experiencia interna de una realidad o ambiente en el que en realidad no estamos:

Un conjunto de sensores para detectar qué está haciendo el usuario.

Un conjunto de generadores de imágenes.

Un computador en control.

Después de una serie de consideraciones técnicas sobre estos dispositivos, Frank y Lois advirtieron que la investigación procedería a construir detectores de impulsos de los nervios; dispositivos para estimular los nervios y unos complicadísimos programas para codificar y decodificar ambientes en mínimos detalles que respondieran a las voliciones del usuario.

En un simulador de vuelo, por caso, el programa podría provocar una emergencia y de acuerdo a las decisiones del piloto salir de ella o estrellar la nave.

A los Taylor les parecía que la tecnología y los conocimientos científicos necesarios para los planes del DEMIURGO no existían en el año en que vivían: 1963; ni siquiera eran conocidos. Quizás pasaría un siglo antes de que se dispusiera de ellos... a menos que alguien las trajera de otro planeta con una civilización varios siglos más avanzada que la terrestre... o, como después añadiría Ignacio, alguien las sustrajera del futuro o de otro universo. Y dejaba la impresión de que este sería su más plausible origen cuando se oía hablar a Ignacio sobre el tema.

Sí, habría que traerlos de otro mundo, de otra parte del universo o de alguna parte del tiempo futuro—concluyeron simultáneamente Lois y Frank. Aun así, con algo tan poco probable o quizás ni siquiera posible, decidieron alistarse en el DEMIURGO y se comunicaron inmediatamente con la señorita Nelson.

***

El tema de la conversación entre lo tres brillantes jóvenes, era la posibilidad de viajar en el tiempo. Mientras su padre servía de anfitrión, en la fiesta de graduación de su hijo, junto a su madura y elegante esposa. Ignacio alejado de los demás invitados le comentaba con Lois y Frank sus ideas al respecto.

— Desde épocas muy remotas, como atestiguan el arte y la literatura universal, el hombre ha fantaseado con viajar en el tiempo. Los utópicos fijaron la república perfecta en el futuro o en el pasado, de la que nos traen noticias nostálgicas los viajeros del tiempo que han estado allí, aunque ninguna reporta el medio en que viajaron; quizás lo hicieron en sueños o transportados por un ángel o por los propios habitantes de aquel tiempo pasado o futuro. Hasta 1889, cuando Herbert George Wells escribió su famosa novela de anticipación "La máquina del tiempo", a nadie se le había ocurrido pensar que el medio pudiera ser una máquina, valga decir, un instrumento construido por la tecnología humana sobre bases científicas. Pero, Wells también se cuidó de explicar cómo funcionaba técnicamente aquella máquina o en cuáles principios científicos se basaba. Lo cierto es que la máquina de Wells se movía en el tiempo como una nave en el espacio pero en cuatro dimensiones: las tres del espacio, más la del tiempo. Los físicos comenzaron a considerar la posibilidad física de una máquina del tiempo, en principio al menos, después que Einstein publicó, en 1905, su

Teoría Especial de la Relatividad, para la cual, entre las numerosas soluciones posibles a sus famosas ecuaciones, hay algunas en que la flecha del tiempo no tiene un solo sentido —pasado, presente y futuro—, y no hay imposibilidad física para viajar en el tiempo... en principio; lo que en la práctica resulta complicado, pues, según la Teoría de la Relatividad, para poder hacerlo hay que montarse en una nave que viaje casi a la velocidad de la luz en una travesía de ida y vuelta al espacio por un año. Al regresar a la Tierra habrá pasado quizás un siglo en nuestro planeta mientras que el viajero sólo envejeció un año y en cierto modo aterriza en el futuro. Porque al viajar a la velocidad de la luz, entonces, tiempo y espacio se distorsionan y en principio un viajero adecuadamente equipado puede tomar un atajo al futuro o devolverse al pasado, aunque seguramente nave y viajero se hagan luz. Pero que sea una posibilidad física no quiere decir que sea una posibilidad lógica. Existe la muy conocida paradoja de que si el viajero del tiempo mata a su abuelo en el pasado no llega a existir para viajar en el tiempo y regresar al pasado para matar a su abuelo antes de aquél engendre a su padre. O la de las obras de William Shakespeare, que me gusta más, y que surge cuando el viajero del tiempo viaja con las obras completas de Shakespeare al siglo XVI, para comentarlas con el autor, a quien no consigue, quizás haya muerto, pero no están publicadas, por lo que decide publicar las que lleva consigo, quedando las obras de Shakespeare escritas sin que tengan autor. También, es interesante, aquella en la que el viajero del tiempo viaja a la época de los dinosaurios y deja una pareja de mamíferos en ese tiempo de la cual evolucionarán sus descendientes hasta el hombre y el propio viajero, siendo en consecuencia creador de su propia evolución...y otras más. De manera que viajar en el tiempo es lógicamente imposible; y por eso los físicos prefieren pasar por alto tales posibilidades. Pero la Teoría Cuántica tiene una interpretación debida al físico H. Everett proponiendo la existencia de infinitos universos paralelos. Cuando el viajero mata a su abuelo, el universo se divide en dos: uno del cual viene porque su abuelo estuvo vivo para engendrar a su padre y éste a él; y otro en el cual no llega a existir por haber muerto su abuelo antes de él nacer. En consecuencia, cada vez que se toman decisiones los seres humanos dividen el universo físico y el curso de la historia; y de hecho existen infinitos universos con distintas historias, sólo que los que viven en uno no saben de los demás. Algunos físicos creen tener evidencias de lo dicho a escala cuántica. Entonces viajar en el tiempo no es solo físicamente posible sino también lógicamente posible, además que no se viaja en el tiempo, sino que se transporta uno entre universos distintos, paralelos, con diferentes acontecimientos en los mismos lugares y personas. Después de todo, vivimos en el presente lo que antes fue nuestro futuro y de inmediato será nuestro pasado. Lo real es de lo que somos parte y sólo percibimos: uno de los ilimitados universos de un *Multiverso.*

— Por cierto—interrumpió Frank, quien también era un apasionado de la literatura de ciencia ficción—Wells tiene otra novela cuyo tema es la posibilidad de viajar a universos paralelos...creo que se llama " Hombres como dioses" y la publicó hace unos treinta años—para luego añadir: —sólo que el viaje lo hacen posible los científicos del otro universo, con una tecnología más avanzada...casi mágica, quienes en un experimento se llevan a su mundo a un grupo de ingleses que paseaban en automóvil por la campiña inglesa... con automóvil y todo lo que cargaba a bordo.

— Precisamente, de esto quisiera hablarles—insistió Ignacio—. Supóngase que queremos construir un GUV que nos haga vivir un viaje al pasado: ¿qué necesitaríamos de tecnología y qué debemos considerar? Partamos de una experiencia sencilla.— .Comenzó Ignacio a decir, cuando la Srta. Nelson se acercó al grupo.

— Dr. Montaña, Ignacio, permíteme llamarte doctor, estoy tan contenta con los honores conque te reconocieron tus talentos en MIT, pero me temo que tu padre quiere que te acerques a los demás invitados...

Ignacio hizo un gesto de resignación y acordó con sus amigos que tan pronto saliera del compromiso social, volverían al tema. Pero, eso no le fue posible. El resto de la noche lo dedicó a conversar con industriales, políticos, científicos, tecnólogos... toda una fauna de hombres muy importantes. Cuando se acercaba la media noche, Lois y Frank lo buscaron tímidamente para despedirse, entre los parlanchines asistentes animados por las bebidas; entonces Ignacio los acompañó a la puerta. Con un beso en la mejilla a Lois y un apretón de manos con Frank, les dijo:

— Quiero invitarlos este fin de semana a mi laboratorio, debemos hablar del experimento.

***

Una vez que decidieron aceptar la oferta de Ignacio para incorporarse al proyecto *DEMIURGO*, no les llevó mucho tiempo a los Taylor en arreglar todas sus cosas y emprender el viaje a Boston. En MIT los aceptaron encantados, como candidatos al doctorado en sus respectivas especialidades, pues ya habían trabajado con algunos de sus investigadores y la competencia de ambos era reconocida en los círculos académicos; de tal manera que continuaron sus estudios de postgrado con tesis relacionadas con el Proyecto DEMIURGO bajo la orientación de "Maravilla Montaña" y algunos de sus investigadores.

Prefirieron alquilar un apartamento en Boston y conmutar manejando por dos horas diarias su camioneta acondicionada para facilitar a Lois los movimientos de abordar y salir del vehículo, varios días en la semana, de ida y vuelta a *La Castellana*. Era cierto que más cómodo hubiese sido vivir en su anterior casa en *La Castellana*, que le habían ofrecido y permanecía desocupada; pero ambos jóvenes no lo quisieron así... los recuerdos resultaban muy dolorosos por la felicidad perdida y el ambiente sería una vivencia muy pesada de sobrellevar.

La primera impresión que les causó a los Taylor de la *nueva Castellana* fueron los cambios que se habían hecho a la hermosa finca de su adolescencia y que no habían vuelto a ver desde hacían ya cinco años, para poder alojar eficientemente a las edificaciones que requería DEMIURGO S.A. Particularmente les desagradaron las medidas de seguridad impuestas. Después de pasar frente a la vieja casa sin mayores chequeos, se entraba en un camino vigilado que conducía al centro de la finca, y allí, cerca de los lagos y detrás de una colina, rodeados por una cerca de alta tensión, y detectores electrónicos incluyendo circuitos cerrados de cámaras, con un camino patrullado por guardias y perros entrenados, se alzaban como el laberinto de Creta algunas edificaciones que ocupaban en una hectárea cinco edificios en forma de pentágonos, de tres pisos de alto cada uno y de un mismo color verde con distintas tonalidades (posiblemente para camuflarlo a la vista de un observador lejano con la espesa vegetación que los rodeaban), distribuidos en un cuadrado perfecto cerrado entre jardines internos, en el que en cada esquina se levantaba uno de los pentágonos, y un quinto edificio con un piso más, hacía de centro. Todos los edificios se unían por pasillos de tres pisos que servían para oficinas de logísticas a los laboratorios de distintos tamaños y uso según las necesidades técnicas y científicas de los proyectos, además de murallas inexpugnables. La seguridad que los rodeaba sólo parecía comparársela a la de Los Álamos, en Santa Fe de San Francisco, Nuevo Méjico, donde se armó y disparó la primera bomba atómica, bajo el estricto secreto militar del llamado *Proyecto Manhattan*, veinte años atrás. Sistemas de seguridad que se extenderían a otros proyectos del Gobierno de los Estados Unidos, el mundo y muchas corporaciones privadas para guardar sus secretos industriales: se vivían días de desconfianza universal y candente de la guerra fría, después de la crisis de los misiles en Cuba.

Los Taylor, mientras se aproximaban al complejo arquitectónico, reconocían los edificios cuyas fotografías y planos generales les habían entregado con el *Dossier del Proyecto DEMIURGO,* unas semanas atrás. Lo que no aparecía en los planos era la intrincada red subterránea de corredores, pasadizos, cables de teléfonos y otros medios de comunicación, y un sótano a dos niveles por debajo del suelo, con un refugio atómico bien provisto para sobrevivir unos meses sin contacto exterior. Todas estas precauciones fueron exigidas a los constructores por el padre de Ignacio Jacob. Para esos años, Ignacio III sufría un síndrome de paranoia con la Guerra Fría y la posibilidad de la hecatombe atómica, y quería contar con algún lugar seguro donde guarnecerse con los suyos, en el caso de que no pudiese huir de Norteamérica ante una conflagración atómica... si tal sitio realmente existiese. Fue Frank a quien se le asemejó el complejo científico a una especie de laberinto de Creta como el que levantó Minos el legendario monarca cretense, para su palacio en Cnosos, y se preguntaba si no serían su hermana y él algunos de los catorce jóvenes que anualmente se ofrecían como ofrenda al Minotauro. En sus casos, jóvenes científicos para alimentar al minotauro del *DEMIURGO S.A.* hambriento de nuevos conocimientos.

Cada pentágono alojaba a una de las cuatro áreas del conocimiento sobre los que Ignacio fundamentaba una teoría de la realidad que el llamaba *Psicofísica*: *La Teoría Cuántica, la Teoría de la Evolución, La Teoría de la Computación y la Teoría del conocimiento o Epistemología*. Según Ignacio, de estas teorías como un todo saldrá la explicación completa a la que todo otro conocimiento o actividad intelectual humana deberá ser incorporada, para que se expliquen los fenómenos de la vida, el pensamiento y la computación como un todo. Con ella, el ser humano alcanzaría el punto omega, la quintaesencia del conocimiento de su comprensión de la realidad en una sola teoría del todo: el cosmos (mundo 1), las mentes mundo 2) y las ideas (mundo 3).

Al edificio del centro le correspondería, entonces, al de la *psicofísica*. En sus dos primeros pisos trabajan los jefes coordinadores de cada uno de los demás proyectos bajo la directa jefatura de Ignacio; y así éstos a su vez supervisaban otros programas que a su vez dirigían a otros coordinadores más responsables de sub-programas hasta alcanzar al investigador a cargo de determinada tarea científica y tecnológica. Pero, dada la multidisciplinaridad e interdisciplinaridad de la tecno-ciencia moderna, estas tareas se agrupaban en planes muy concretos, cuyo producto o productos finales tenían un fin pragmático: crear prototipos de desarrollo tecnológico que fuesen comerciales para cualquier necesidad de las industrias Montaña-Adjiman. Cuando surgía uno de estos muy comercial, se le entregaba a la industria correspondiente para su desarrollo, manufactura y producción, mercadeo y aprovechamiento comercial. Claro que detrás de este esquema estaban las mentes prodigiosas de Sara y María Montaña-Adjiman con los consejos de sus padres y asesores financieros y de mercadotecnia que necesitaran.

***

DEMIURGO S.A.

Los habitantes del complejo — jóvenes todos, la edad promedio de los investigadores era 27 años— le dieron nombres fantasiosos a cada uno de los pentágonos. Bajo la influencia de Frank, todo el complejo arquitectónico era referido como el *Laberinto Verde*. Mientras que cada pentágono recibía el nombre de *Trampa* seguido por el apellido del más conspicuo de los fundadores de la investigación que allí se hacía: así el de Física recibía el nombre de *la Trampa de Plank* en mención al padre de la Física Cuántica, Max Plank. Luego, el de Computación, *la Trampa de Turing,* por el matemático Alan Turing quien diseño el paradigma matemático universal de Computación; el de Biología, *la Trampa de Darwin* en referencia al autor más conocido de la Teoría de la Evolución, Charles Darwin; el de Epistemología, *la Trampa de Popper* en reconocimiento a Karl Popper, y finalmente el edificio de la *Psicofísica,* claro está: *la Trampa de Montaña.*

En general, si uno se resignaba a soportar estoicamente las molestias de las medidas de seguridad, la podía pasar muy bien, pues el ambiente intelectual en el *Laberinto Verde* era estimulante y el trato entre sus moradores afable y cómodo por lo informal, con bastante camaradería, cooperación y pocos celos profesionales. Pero sobre todo, los salarios eran fabulosos, si se comparaban con los de un académico promedio. Se vivía en *DEMIURGO S.A.* una experiencia muy especial, que algunos de quienes la experimentaron la copiaron posteriormente en las empresas que fomentaron al salir de allí, en los mercados internacionales de la computación, la electrónica, la inteligencia artificial, las ciencias cognitivas y otras ramas avanzadas del conocimiento científico y tecnológico. Cuando quedaron abruptamente sin trabajo con el cierre inesperado de *DEMIURGO S.A.*

***

El mismo día que llegaron, los Taylor fueron invitados almorzar en la casona de *La Castellana* con la familia Montaña-Adjiman. Durante el almuerzo se sintió cierta tensión, pero la Srta. Nelson supo manejarla con virtuosidad, casi como anfitriona más que como empleada en relaciones públicas, y el trato normal entre los dueños del complejo científico-industrial y los huérfanos Taylor se restableció.

A los pocos días fue formalizado el contrato de trabajo y los Taylor firmaron, no sin cierta extrañeza, el número exagerado y exigente de cláusulas que obligaban a la total confidencia que deberían de guardar los firmantes sobre los secretos industriales desarrollados en *DEMIURGO S.A.* Aun cuando ya no trabajasen en la empresa, hasta por diez años más de sus vidas, cuando el tiempo los habría hecho obsoletos o innecesarios.

***

Frank y Lois se establecieron en las afueras de Boston, en el condominio que consiguieron a su gusto y a menor distancia posible de *La Castellana,* para conmutar por auto entre su residencia y el trabajo a diario, bajo el mismo esquema en que vivían desde hace algunos años, en dos apartamentos muy cercanos, de manera que Frank podía asistir a su hermana minusválida y tener la libertad que necesitaba para su propia vida. Lo mismo hacía Lois quien prefería la compañía femenina a la masculina. Frank así lo notaba, pero no se lo atribuía a ninguna desviación en las preferencias sexuales de su hermana, sino más bien como una defensa personal para evitar sufrir al verse involucrada en alguna relación sentimental con el sexo opuesto y que no podía llevar a su culminación natural por el impedimento de su estado físico o, quizás, más por un complejo de inferioridad estética, en su particular valoración de sí misma.

El primer trabajo de los Taylor como jefes de la *Trampa de Turing* fue ensamblar y poner en marcha el computador TX-36. Diseñado y construido en el *DEMIURGO S.A.* por la misma gente que había diseñado y construido en MIT el TX-0. El 36 se lo acuñó Ignacio en memoria del año en que Alan Turing publicó su famosa monografía "On computable numbers, with an application to the Entscheidungsproblem" donde establecía que era o no computable y ponía los límites a la computación. En esa década de los años 30, Kurk Gödel, principalmente, y otros colegas de Turing demostraron otros teoremas que provocaron una crisis en los planes humanos por alcanzar un conocimiento indubitable. Los resultados de Turing, luego, se conocieron popularmente (en medios científicos) como el principio Church-Turing que dice "Que todo lo que es computable tiene una máquina abstracta llamada máquina de Turing o definición formal de procedimiento mecánico que lo computa y que hay una máquina universal que computa todo lo que compute cualquier otra máquina".

Con este paso la humanidad, que hasta entonces creía que el arte de computar era un arte puramente humano, se encontró que podía ser realizado por una máquina: una máquina de Turing. Luego, en los años ochenta un grupo de investigadores, entre ellos Ignacio Jacob Montaña comprobaría que no solamente la computación era artificial y no puramente una capacidad del intelecto humano, sino también natural, que las leyes de la naturaleza eran computaciones llevadas a cabo por procesos físicos. Como lo resumió uno de ellos, David Deutsch en 1985, en una nueva versión del Principio de Church-Turing *"Existe un computador abstracto universal cuyo repertorio incluye cualquier computación que un objeto físicamente posible puede realizar".* Y que posteriormente modificara para GUV o generadores universales virtuales y que sería la hipótesis que tomaría Ignacio para sus investigaciones: *"Es posible construir un generador virtual de la realidad cuyo repertorio incluye el de cualquier otro generador virtual de la realidad físicamente posible".* El TX-36 se construyó a mitad de la década de los sesenta con toda la tecnología que seguirían los computadores en dos generaciones por venir; tales como terminales, puertos para anexarles cámaras de TV o redes de comunicaciones; varios procesadores, multiprocesamiento, intérpretes... Y serviría de apoyo a todas las investigaciones que se hacían en el *Laberinto Verde*. En los veinticinco años de vida en actividades de investigación científica y tecnológica que tuvo *DEMIURGO S.A.;* esta organización contribuyó de manera productiva y competitiva en el mundo de electrónica, la comunicación y la computación, registrando patentes en componentes de *chips, microchips,* los *LSI (Large Scale Integration),* luego *VLSI (Very Large Scale Integration)* que permitían construir los más variados dispositivos de todo tipo: contadores, memorias, decodificadores y CPU, hasta casi finales de los años ochenta cuando se asomaba la quinta generación de computadores; como artefactos cada vez más pequeños hacia la *nanotecnología* cumpliéndose la llamada Ley de Gordon Moore, de la INTEL, quien lo formuló precisamente en 1965 y dice que el número de componentes en semiconductores en un chip se dobla cada doce meses. Así, extrapolando la serie hacia atrás se encontraba que en 1950 se necesitó un billón de electrones para almacenar un *bit,* es decir un 0 ó un 1; pero para los años sesenta bajaba a un millardo, y los años que siguieron se cumpliría fielmente por lo que había de esperar que sólo sería necesario un electrón para almacenar un *bit,* y se iniciaría la computación cuántica en el mundo. Y este tema le fascinaba tremendamente a Ignacio Jacob, porque había ideado un experimento para comunicarse con los universos paralelos, si estos realmente existían. Más aún, de comunicarse con su alter ego de otro universo. Contaba para ello con la ayuda de Frank y Lois, a los únicos que podría confiar sus *planes... y ahora era el momento de hablarles del Multiverso* y cómo probaría su existencia con sus investigaciones.

2. Intersticio.

Fieles a su compromiso, cuando aceptaron la invitación a pasar un fin de semana con Ignacio para que éste les hablara de algunos de sus proyectos más personales, los Taylor se movilizaron el fin de semana acordado previamente hacia *La Castellana.* El *Laberinto Verde* estaba semi-vacío, pues muchos investigadores siempre tenían algo que hacer en sus trabajos en los días feriados, y algunos laboratorios estaban funcionado. Apenas anunciaron su llegada, una de las secretarias de Ignacio les hizo pasar a las oficinas de aquel tercer piso de la llamada *Trampa de Montaña.* Las oficinas de Ignacio, que Lois y Frank visitaban por primera vez, estaban casi solas. Un escritorio muy amplio con un terminal de la TX-36, algunos estantes con libros, revistas y otros papeles, una mesa de conferencia con cuatro sillas, una gran pizarra. Algo parecida a la de Einstein en el *Instituto de Estudios Avanzados en la Universidad Princeton.* ¿Pero, dónde estaban los laboratorios de sus proyectos, si Ignacio Jacob no era un físico teórico? Muy pronto lo sabrían. Después de saludarlos con abrazos y un beso a Lois, Ignacio les hizo un resumen, más o menos así: "Mi proyecto es conocer la realidad según nuestras teorías actuales y sus proyecciones. Pero, el centro de mi interés ahora, es la posibilidad de realizar cómputos a escala de las partículas elementales. Llamémosla computación cuántica, y a la de hoy, la tradicional, computación clásica. En principio, podría diseñarse un computador cuántico de manera simple; difícil es construirlo, aunque ya se avizoran distintas tecnologías que lo harán posible. Todo lo que necesitamos para registrar información es un dispositivo físico capaz de permanecer en uno de dos estados. Uno de los cuales identificaremos por 0 y el otro por 1 y encadenando tales dispositivos se van construyendo los *gates* lógicos o switches y circuitos que operen como un conjunto básico lógico de conjuntores. La base del cálculo lógico y la computación: todo lo que se necesita para diseñar un computador. Como algunas partículas atómicas toman uno de dos estados, como es el caso de los *fermiones* que existen en sólo dos estados *(espín up)* ó *(espín down).* De esta manera el 1 puede ser el *espín up* y el 0 el *espín down.* Para procesar información al nivel cuántico, no hay ninguna otra cosa especial en los *fermiones* que su *cuantificación* para representar en el *espín up* o en el *espín down* discretamente un *bit* o dígito binario (que para diferenciarlo del bit clásico de los computadores usuales, lo llamaremos *quantum bit* o *qubit* como algunos de mis colegas me ha sugerido). Y es de esperarse nuevas propuestas con otros estados de partículas atómicas que pudieran representar *qubits,* como la dirección de polarización de un protón o el estado de nivel de energía de un átomo excitado. Una vez que se han codificado los valores binarios 0 y 1 en un sistema físico, ya podemos visualizarlo como un registro y hasta una memoria completa de registros. La pregunta que de inmediato ocurre es: ¿disponemos hoy o dispondremos en un futuro de los medios tecnológicos para trabajar con una partícula atómica o elemental a fin de operarla como una máquina de Turing o un computador? Dicho de otra manera: ¿llegaremos a controlar la naturaleza al nivel de los átomos y fotones? La respuesta es sí. Ya se han logrado experimentos, como los de *superconductividad* en que los átomos son controlados por fotones atrapados en una cavidad de superconducción. Otra posibilidad es el empleo de iones transportados en una radio-frecuencia que los hace inter-relacionarse con otros iones intercambiando vibraciones y cada ión puede ser localizado y polarizado por un rayo *laser.* De manera que su polarización o no (1,0) puede ser detectada, y con ello la información que carga. *Pero, lo más sorprendente es que enviando la mitad del pulso que se requiere para cambiar de un estado a otro, esto es de 1 a 0 ó de 0 a 1, se logra una superposición en que el estado del átomo o de un fermión es a la vez 1 y 0.*

Y este es uno de los fenómenos más incompresibles para nosotros y nuestro sentido común: la superposición de estados. No tenemos manera de imaginárnosla.

Pero, hay otro fenómeno más interesante a escala cuántica, que como ustedes saben, pero quizás no les haya preocupado mucho o nada para diseñar, construir y programar a los computadores clásicos, donde no es materia de estudio; se trata del llamado "enramado" o " *entanglement"* que es la habilidad de un sistema cuántico de exhibir correlaciones de estados en una superposición. Si tenemos dos *qubits* en superposición de 0 y 1, los *qubits* se dicen "enramados" si la observación o medida de una variable nos proporciona información sobre otra con la que está enramada: es decir, siempre se correlacionan. Lo más interesante de este fenómeno es que las partículas enramadas permanecen así sin importar las distancias que las separan y cambios en una producen cambios en la otra de manera instantánea. Volvamos a la interferencia de una sola partícula, que luce como una paradoja. Como dijimos, la interpretación en los momentos actuales más aceptada, conocida como la interpretación de Copenhague— debida a dos grandes físicos Niels Bohr y Werner Heisemberg — que dice que hasta que no haya una observación los objetos físicos cuánticos no existen. Ahora, el Dr. E.H. Everet tiene otra explicación, que él llama de "Estados Relativos". Y a la que me adhiero" — dijo firmemente convencido el Dr. Montaña. Para luego explicarla, ante el silencio y absoluta atención de sus dos oyentes.

— Según ésta no hay superposición, sólo universos paralelos al nuestro que no detectamos. Cuando un computador, digamos de tres qubits o bits cuánticos está en los 8 estados posibles en binario desde 000 a 111, o sea desde cero a siete; en realidad son ocho universos encadenados, cada uno con uno de los estados. Si en nuestro universo hay un 000 en cada uno de los otros estarán los restantes estados del registro.

El Dr. John Wheeler, mi admirado profesor, aunque no comparte tal teoría por considerar que aun teniendo la ventaja de resolver las paradojas de que las cosas no existan mientras no las observamos a nivel cuántico y muchas otras más sofisticadas, complica mucho más el ya complejo universo en que vivimos.

— Bien, yo he leído al respecto, pero de qué nos sirve un universo al que no tenemos contacto y qué tiene que ver esto con *DEMIURGO S.A.* y la realidad virtual — interrumpió lleno de curiosidad Frank, mientras Lois los miraba indagante.

— Creo que sí podemos contactarlo, más aún, hay un número gigantesco de universos paralelos de posible contacto. Pero el intersticio, una ventana, entre nuestro universo y muchos otros paralelos con Lois, Frank e Ignacio en este mismo lugar, es más probable en aquellos universos que son casi idénticos en tiempo y objetos. Aunque en algunos de ellos la historia es distinta a partir de un estado en el tiempo dado. Es decir, el pasado es como un árbol con la misma raíz que se va separando por ramas cada vez que hay una observación y el futuro puede tener varias opciones. Pero, mientras que dos conciencias de universos paralelos no hagan contacto la verdad de la realidad como se ha desenvuelto en dos universos paralelos no se sabrá. Mi propósito es lograr ese contacto. Ahora, sobre la pregunta ¿cuál es el papel de la realidad virtual? Creo que es poder experimentar la simulación de universos paralelos.

Lois y Frank se sentían maravillados ante aquellas revelaciones del hombre más inteligente y sabio que conocían.

— Ahora bien, lo que voy a mostrarles es apenas el principio de lo que podemos hacer juntos— añadió Ignacio. Y advirtió cortésmente —Está demás de decirle que les pido guardar absoluto secreto sobre lo que van a saber... no porque hayan firmado cláusulas de confidencialidad, sino porque todo esto parece una cuestión poco creíble y para algunos de nuestros colegas científicos les parecería desvarío, magia, alquimia... qué se yo... y darlo a conocer puede perjudicar la carrera científica de cualquier profesional de la ciencia. Si ustedes saben a lo que me refiero; si después de saberlo, no quieren acompañarme en las investigaciones, lo entenderé perfectamente.

Luego, haciéndoles una seña para que lo siguieran, se dirigió al baño de su oficina con los Taylor detrás, Frank empujando la silla de ruedas de Lois. Ignacio abrió la puerta de un baño muy amplio y lujoso donde un armario empotrado con dos puertas de ancho, contenía lencería de todo tipo. Ignacio jaló una de las puertas y toco un botón escondido detrás de la puerta abierta. Inmediatamente todos los anaqueles se deslizaron silenciosamente dejando paso al interior de un elevador. Los tres científicos se ubicaron cómodamente a pesar de la silla de ruedas con Lois pues el ascensor era amplio como para cargar holgadamente con objetos voluminosos y pesados.

Una vez que todos estuvieron dentro, Ignacio apretó el único botón para bajar. En unos minutos el elevador bajó tres pisos hasta lo que hubiera sido un refugio atómico, pero que Ignacio había convertido en un laboratorio secreto.

— Bueno, amigos, ustedes son las únicas personas expertas que saben ahora sobre los artefactos con los que experimento. Las otras seis, son empleados míos de total confianza y quienes nos apoyaran como asistentes técnicos.

Ignacio se refería a tres hombres y tres mujeres jóvenes con uniformes enfundados con especies de bragas que parecían vestirlos confortablemente. El aire acondicionado era en extremo frío, pero ya Lois estaba acostumbrada a la temperatura de las salas de computación. El refugio había sido diseñado para que habitaran allí 36 refugiados. Tenía todas las comodidades necesarias con 6 habitaciones para 6 personas, con sus literas y espacios amplios, con pisos de baldosas, maderas y espejos para atenuar la claustrofobia. Frank calculó, por el tiempo que les llevó bajar hasta allí, que estaban unos 8 metros bajo tierra, también que aquel sótano ocupaba gran parte del terreno debajo del *Laberinto Verde*. Supuso, entonces, que tal complejo sería seguro como refugio atómico si no le explotaba directamente encima una ojiva nuclear y debería de estar forrado de plomo por todos lados como escudo a la radiación, y seguramente contaba con todo lo necesario en suministros y energía eléctrica, calefacción y aire acondicionado para sobrevivir dentro de él durante varios meses. Lois, por su parte, influenciada por la reciente charla de Ignacio, se imaginaba que en otro universo paralelo se habría desatado el holocausto nuclear y en este momento la familia Montaña-Adjiman sobreviviría aterrada allí y quizás otra Lois les acompañaría para salvarse. ¿Valdría la pena sobrevivir después, en lo que quedaría del mundo cuando millones de seres morirían incinerados en un instantes y todo vestigio de civilización hubiese desaparecido del globo terrestre, y aquellos hombres que quedasen, si sobrevivían algunos, sobre la Tierra, posiblemente mutantes, serían nada parecidos al hombre del siglo XX, y todo lo conocido habría sido devuelto al paleolítico inferior, pero contaminado de radioactividad?

¡Hmm!... Será un tema interesante de conversación que le encantará tratar a su compañera de apartamento Simone Carol... cuando regrese a Boston—se dijo para sí. Después de presentar a sus asistentes, una de las chicas les ofreció té, café y pastelitos.

— Para mí uno con chocolate y té de jazmín— dijo Ignacio con regodeo anticipado. Los demás aceptaron lo mismo y pasaron a conocer las instalaciones.

En lo que podría ser el centro del lugar, se distribuían distintos aparatos, instrumentos de precisión, equipos electrónicos y dispositivos de todas clases que los Taylor no reconocieron fácilmente en un principio— al menos la manera como se ordenaban—, además de sillas y mesas de laboratorio para facilitar el trabajo, y largos estantes con libros, revistas y monografías técnicas que tapaban las paredes. Todo muy impresionante. Pero, lo que más les sorprendió, tanto a Lois como a Frank, fue encontrar otro modelo de la TX-36 con cintas y terminales para el uso exclusivo de Ignacio y sus asistentes. Bueno, después de todo no deberían asombrarse por nada, Ignacio tenía cómo financiar él solo todos los gastos de sus investigaciones como le viniera en gana. Cuando se los enseñó, Ignacio se dirigió a Lois:

"El trabajo de programación lo puedes hacer desde tu oficina, así que no te molestarás bajando, pues conectaremos tu terminal con esta máquina". Por alguna razón a Lois no le agradó el gentil gesto; le parecía que recordaba su invalidez, aunque Ignacio lo hizo distraídamente sin esa intención, como lo hubiera propuesto el mismo Frank.

Ignacio pasó entonces a describir uno de sus más importantes laboratorios. Se trataba de cómo controlar una partícula elemental a voluntad, y para un neófito: cómo ver un átomo. El experimento se había logrado en varios laboratorios del mundo para entonces, 1964, Y significaba para Ignacio mucho más, era el principio constructor de cómo poder registrar la información cuántica de manera controlada y de un *gate* cuántico; es decir, de un registro y operador lógico a nivel cuántico: los elementos básicos de un computador en esa escala.

El experimento consiste en atrapar iones, es decir átomos con carga eléctrica por ganancia o pérdida de electrones, en campos eléctricos fuertes; en el laboratorio de Ignacio se conseguía ese efecto en un solo ión de bario estrechamente sostenido entre campos oscilante de electrodos. Con la combinación de rayos de luz LASER y campos eléctricos, el ión se desacelera de manera que su posición y velocidad, a pesar del principio de incertidumbre que impide medirse ambos a la vez, es observado como un parpadeo sobre la deslumbrante luz del LASER conductor, sin dejar el dominio cuántico. Los electrones sólo existen en determinados niveles energéticos discretos, que se asocian a bits 0 y 1, o en ambos en superposición. Lo que podría usarse para construir un computador a escala cuántica con combinaciones de ellos, pero Ignacio esperaba que sus futuras investigaciones lo llevarían hacia este fin. Con tal propósito invitaba a los hermanos Taylor a unírsele en una saga de investigación que llevaría varios años de problemas que nadie había enfrentado antes. Pero su objetivo no podría ser más fascinante: conocer la realidad última, probando una teoría psicofísica que comenzara a desarrollar Ignacio en su tesis de *Phd: experimentar con la realidad virtual simulando las posibles realidades para escoger la que más le convengan a la humanidad: algo como probar en una máquina del tiempo los posibles futuros y escoger el que mejores beneficios le depare al hombre.*

Ignacio se extendió entusiasmado sobre lo que entonces habría que hacer. Deberíamos conectar directamente al computador con el cerebro del agente, para darle los códigos de la experiencia a cada sentido. El agente entonces tendría una experiencia virtual que no podría distinguir de la real. Su cerebro estaría conectado al computador que le daría toda la información que ahora le dan los cinco sentidos. Más aún, el tiempo subjetivo para ese cerebro sería el que el computador le diese. Para lograr esto, el computador no sólo tendrá que controlar el sistema sensorial del agente, sino también la velocidad de procesamiento de su cerebro. El cerebro es un objeto físico, y todas sus funciones son procesos físicos que pueden ser desacelerados y hasta detenidos y vueltos a comenzar—en principio. El generador virtual final deberá tener la capacidad de hacer esto. Entonces, Ignacio recapituló el objetivo de toda la investigación: cada nervio sensorial es físicamente capaz de transmitir señales a cierta velocidad máxima, porque una célula nerviosa que se ha disparado no puede volver hacerlo hasta un milisegundo después. De manera que el computador cuenta con ese milisegundo para controlar el próximo disparo de la célula. Si al computador sólo le lleva un milisegundo preparar la información de la imagen virtual que quiere entregar al cerebro, no tiene problema; si la computación le lleva más tiempo, entonces baja la velocidad del cerebro y la calcula según su necesidad. Cuando la termina le devuelve al cerebro su velocidad. Quizás puede detenerlo totalmente y volver a iniciarlo. ¿Qué percibirá el agente? ¡Nada! Su experiencia se detendrá y re-establecerá sin que él lo note. El usuario sólo experimentará el ambiente que le ofrece el programa. El caso contrario, que el cerebro deba marchar más rápido que el programa, no lo hemos considerado, después de todo siempre habrá un límite: la velocidad de la luz. Tal generador virtual no tiene límite alguno de lo que puede simular, que no sea el de las propias leyes de la física.

Ahora, el computador ideal para este trabajo es un computador cuántico, pues así nos aseguramos las leyes de la física estén totalmente a nuestro lado. Un cerebro que se prenda o apague a nuestra conveniencia no tendrá ninguna interrupción en su experiencia consciente. La realidad y la virtualidad son dos caras de la misma moneda de la estructura de nuestros universos. No hay nada fuera de lo que pueda generar de experiencia un artefacto como el descrito que pueda existir.

Cuando terminó de hablar, Ignacio quedó en silencio, como en una profunda meditación, en un trance... se le ocurrió una idea más fantástica todavía que todo lo que acaba de decir. Pero no la comunicó.

Lois y Frank parecían también transportados por la imaginación con caras de iluminados. Los sentimientos de curiosidad y vocación científica excitados por la charla estaban al tope de su interés. Inmediatamente comenzaron aportar ideas de cómo podría conducirse la investigación y por horas se abstrajeron de todo lo demás. Los amplios conocimientos de matemáticas, física, electrónica y computación de ambos, más los enciclopédicos de Ignacio en ciencias cognitivas y otras docenas de materia salieron a relucir. No supieron de las horas que pasaban en aquella conversación y los asistentes se turnaban para suplir lo que necesitaban sobre libros, revistas, consultas al TX-36... inclusive, probaron la cocina del refugio sin tomar en cuenta con lo que se alimentaban. Cuando salieron de allí, el sol se ocultaba, con el ocaso del domingo, y los Taylor regresaron a Boston para continuar con su rutina e iniciar un programa de investigación secreto. Ignacio supo entonces, como ya lo adivinaba antes de proponerles nada, que contaba con ellos.

Frank tocó el timbre del apartamento de su hermana mientras se disponía a empujar la silla para ayudarla a pasar la puerta. En pocos minutos la puerta fue abierta por una muchacha morena muy alta y poco femenina, de gestos viriles, que al verlos se sonrió con cierto contento. Se trataba de Simone Carol, una estudiante del doctorado en MIT, a quien Lois ayudaba con sus estudios dándole habitación y le dirigía su tesis. En contrapartida, le servía de compañía y ayuda, como otras muchachas lo habían hecho durante mucho tiempo, formando el círculo íntimo de Lois en que uno de los pocos hombres era Frank, en su condición de hermano de Lois, y alguno que otro amigo o novio de las estudiantes.

—¡Vaya!— exclamó Simone —. ¡Cómo los extrañé en este fin de semana tan largo y solo!

—Yo no aguanto el cansancio, me voy a dormir —dijo Frank como despedida—. Simone tomó el control de la silla de ruedas y cerró la puerta una vez que movió a Lois hacia adentro.

—Tengo tanto que contarte querida, pero déjame tomar un baño primero.

¿Tienes algo para cenar? Estoy hambrienta— afirmó Lois, mientras accionaba el motor eléctrico de su silla conduciéndola hacia el baño.

6 TELEPORTACIÓN

1. Sin pistas

Después de enterarse del inverosímil correo del Dr. Murphy, Mario se sentó en la cama de su habitación del Hilton, muy pensativo, y esperó por la reacción de Marina, quien todavía leía una y otra vez, perpleja, hipnotizada, el e-mail que se desplegaba en la pantalla del lap top de Mario, y en el que se afirmaba que había tres doctores Montaña idénticos al extremo de la certeza que tenían el mismo ADN. ¡Un caso único en los anales de la ciencia! Como su chica no decía nada, habló primero.

—Marina, es necesaria una entrevista de inmediato con el Dr. Montaña conferencista, aquí en el hotel —dijo Mario, convencido. Cuando iba añadir algo más, el celular de Marina interrumpió.

— Sí, ¿quién habla? Hola, Mary —. Mario escuchaba con atención, y dedujo que la llamada venía de la secretaria de Marina, Mary Stevens.

— Repite, no te entiendo... ¿Qué el Dr. Montaña se fue del hospital sin permiso... qué no lo encuentran en ningún lugar del *PRI*... qué desapareció... tal que si se hubiese esfumado... como un fantasma?

Mario concentró su atención expectante en la cara de Marina quien mostraba un total desconcierto. Pero el urgente timbre de su propio celular le reclamó compulsivamente su atención

— Sí, Arthur... ¿Qué?... ¿El Dr. Montaña se te escapó de la clínica en Nueva York? ...¿Cómo es posible, si lo tenías bajo custodia? ...Pero, Arthur, ¿no estaba un guardia con él... no era su estado el de narcosis? ...Desapareció como por arte de magia: en un momento estaba durmiendo en la cama y en el otro no...

Mientras cada uno indagaba con sus colegas y otras personas, la misma noticia, casi simultánea, tenía un mensaje claro: los dos *alter ego* del doctor Montaña bajo sus custodias habían desaparecido al mismo tiempo. Uno en Wisconsin y otro en Nueva York. Como si estuvieran de acuerdo o se comunicaran telepáticamente, pues ninguno tenía acceso a un teléfono ¿De qué se trataba todo esto? Se preguntaban los amantes mentalmente sin decir palabra.

Mario rompió el silencio, tomó el teléfono de la mesa de noche.—Tengo un presentimiento—dijo, mientras discaba a la operadora.

— Por favor, la habitación del Dr. Ignacio Montaña, hospedado en el hotel.

— ¿Ya se fue?... Entiendo... ¿Tiene mensajes para él?... ¿Podríamos verlo? Bien, hablaré con el gerente—, remató Mario y cerró la comunicación, esperó el tono, y volvió a llamar.

—Hola Jack, es Mario, en la 442, ¿tendrías algún inconveniente en leerme el e-mail que recibió hoy el Dr. Montaña... sí, el conferencista...Ok... léelo, por favor—. Después de escuchar, dándole las gracias, se despidió de Jack, el gerente, y colgó.

Entonces, se volteó hacia Marina para hablarle de frente.

— Marina, estamos sin pistas ante el enigma de los enigmas. Nunca en mi vida he tenido o he conocido de un caso así, ni remotamente tan misterioso. Tres personas idénticas a un afamado científico, aparecen y desparecen sin dejar rastros—. Te juro que no dejaré este caso irresuelto—. Marina no contestaba, pues tampoco tenía alguna idea. De pronto, le dijo a Mario:

— Mario, para mí es algo más que un misterio, es el propósito de mi vida intelectual y profesional... casi existencial: significa culminar la obra de mi padre, pues Ignacio Montaña parece haber alcanzado algún conocimiento final sobre la *Teoría de la Psicofísica,* de la que la *Terapia SS* no es más que una aplicación. Te acompañaré con toda mi energía hasta que desentrañemos todo esta trama, conspiración o lo que sea. Por lo demás, sin el Dr. Montaña mis planes quedaron deshechos. Tomaré mi año sabático, si es necesario, para acompañarte en esta investigación. Además... sí hay un rastro: la familia del Dr. Montaña... Cuando localizamos al Dr. Montaña y lo internamos en el hospital del *PRI,* intenté comunicarme con su familia en Boston. A las horas, me respondió la secretaria de la familia, Alice Nelson, una señorita sexagenaria en extremo agradable como eficiente. Ella me dijo que sería nuestro único contacto con la familia Montaña-Adjiman. El padre no responde psicológicamente, la madre está muriéndose y las hermanas, María y Sara, no tienen tiempo sino para sus negocios y familia más cercana, esposos e hijos. Mario la interrumpió:

— No tendrían contacto directamente contigo, pero si con el conferencista. El gerente de comunicaciones del Hotel Hilton, un viejo conocido mío, Jack, después del fracaso de la conferencia no tuvo inconveniente en informarme sobre el contenido de un e-mail que recibió el Dr. Montaña antes de marcharse, con el que su hermana Maria le informa que el Dr. Montaña del *PRI* había recuperado su lucidez y estaba desaparecido. ¡Bien al tanto me parece a mí! Y, ¿entonces? ¿Cómo es que trata al que sospechamos un farsante, como a su verdadero hermano?

— Entonces, tienen una especie de espía en el PRI; esto se parece mucho a una conspiración mayúscula... como una película de James Bond. ¿Pero de qué y para qué? Y a mí que me consternaba la falta de interés de sus familiares para con mi paciente —se quejó Marina. Luego se acercó confidencialmente a Mario.

— Escucha. Quizás no fui muy precisa cuando te dije que mi paciente, el Dr. Montaña, había pasado todas las pruebas de identidad durante su terapia. No es exactamente cierto. Su cuerpo, como lo han demostrado las pruebas que le hicimos, pasa las pruebas de identidad, con la salvedad de la muela extraída que aparece como antes de la extracción y no se trata de una prótesis; pero no parecen propios sus recuerdos. Sus últimos siete años no coinciden con nuestra historia del mundo. Es decir, se refiere a hechos del conocimiento histórico reciente de manera distinta a como fueron. Lo tomé como datos acerca de su enfermedad. Por ejemplo, la Guerra Fría, para él no ha terminado ni sabe nada de Gorbachov ni ha oído hablar de la *perestroika* o del *glasnost* ni de la caída del muro de Berlín... Pareciera que su vida se bifurcó en una historia distinta a los demás humanos a finales de los setenta o algo así, diría yo, y nada de lo que ha pasado desde entonces aparece en su memoria o aparece otro curso de la historia para él. Eso pudiera ser posible para un amnésico... pero él la sustituye por historias distintas de las que se acuerda con precisión.

— Vamos, Marina... me estás diciendo que el chiste de los mundos paralelos es verdad y los tres Montaña son tres sosias, cada uno de un mundo paralelo que se reunieron aquí en este universo, sólo que distanciados por mil kilómetros... Difícil de creer; prefiero la versión de los trillizos separados en su infancia y vueltos a reunir como adultos. Fíjate, que uno es un científico—el conferencista—; el otro un monje que parecía un mendigo, quien fue sometido a tu terapia en el *PRI*—y el tercero, que teníamos en una clínica en Nueva York— un vagabundo pordiosero. Mejor me hablas más de la terapia—le pidió Mario buscando pistas.

2. La psicoterapia SS

—El tratamiento se fundamenta en algunas proposiciones del discípulo de Freud, Carl Jung—comenzó por explicar Marina. Y se expresó en términos no técnicos dictándole a su enamorado una especie de clase que Mario, atento, animaba a proseguir, más o menos así:

"La SS persigue someter a un paciente todas las experiencias posibles emocionales y perceptivas para relacionarlo equilibradamente con los arquetipos o significados de su cultura con la de la cual, de alguna manera, se ha disociado; y buscar se sincronice con ella y sus significados"—aclaró Marina, para luego continuar exponiendo la técnica psicoterapéutica creado por su padre partiendo de los trabajos psicofísicos de Montaña.

"Jung buscaba símbolos para cada arquetipo. Para el "yo" escogió el círculo y la cruz. El arquetipo de la persona, lo representa como la imagen pública del "yo (una actividad que nunca tendrá fin, pues nuevos arquetipos son incorporados al inconsciente colectivo mientras avanza la historia); de la que Cristo y Buda son dos casos en que el arquetipo alcanza la perfección.

La psique, entonces, tiene acceso a un conocimiento ilimitado organizado en arquetipos y vive de ellos y con ellos. Ahora, ¿cómo funciona? Según esta teoría, existen algunos principios de operación para la psique; algo equivalente a las leyes en la física. *El principio de los opuestos,* por ejemplo, dice que a cada deseo inmediatamente le surge el opuesto; a un buen deseo le nace irremediablemente uno malo: para tener un concepto del Bien, debemos tenerlo por igual del Mal. Este principio de opuestos crea la libido o poder de la mente y la libera energía al chocar (chocar, en sentido figurado aclaró) al igual que en física lo hacen las fuerzas opuestas, como cuando se conectan los polos de una batería o se divide el átomo. Así Jung definió una docena más de principios psíquicos con analogía a la física, pero no formaban una teoría científica. Y para Freud y otros contemporáneos era pura charlatanería.

En realidad Jung aspiraba a que algún día el trabajo interdisciplinario de psicólogos y físicos llegaría a desarrollar esa teoría psicofísica que se necesitaba para hacer preciso y riguroso el tratamiento de re-establecer *la sincronicidad* del arquetipo "yo" con los inmensos diferentes arquetipos del subconsciente colectivo en que vive el individuo dentro de una cultura, y con tal fin estuvo trabajando con unos de los pioneros de la Mecánica Cuántica, Wolfgang Pauli. La muerte prematura de éste último a los 50 años de edad abortó el proyecto en la década de los cincuenta, hasta que el doctor Ignacio Montaña Adjiman lo retomó en la de los setenta.

Mi padre y el doctor Montaña creían que los arquetipos de Jung, con símbolos externos convencionales, tendrían a escala neural o quizás atómica unos códigos más biológicos y naturales o más matemáticos, quizás, como los códigos genéticos, pero que formarían la psiquis humana, los *psicotrones* de Montaña. Mientras no se tuviera ese lenguaje *mentalese* podría lograrse algún adelanto en devolver el equilibrio la sincronicidad, de manera un poco empírica como hacían los behavioristas en sus psicoterapias, a las personas que la hayan perdido y lo manifestaran en distintos comportamientos psicóticos— desde manías y fobias hasta esquizofrenias y paranoias —por medio de las vivencias virtuales que ayudaran a reprogramar el equilibrio perdido. Porque, especulaban ellos, quizás la mente-cerebro sea un computador cuántico con un programa innato que acepta cambios por medio de las conductas bien dirigidas. Pues, dependiendo de la energía atada a los complejos o choques de arquetipos en un individuo, el "yo" sufrirá despiadadamente... en algunos las consecuencias son las de una persona masoquista o drogadicta o personalidad perturbada que se hace daño hasta el suicidio, si la energía acomplejada se vuelve hacia el ser; o un sádico, asesino y depredador si la dirige hacia otros o al mundo en que vive.

He aquí donde se originan los problema mentales: si uno pretende que su vida es en extremo virtuosa, que sólo busca hacer el Bien; que uno no tiene ninguna capacidad para mentir, robar, engañar, asesinar... entonces cada vez que usted hace el Bien, aparece agazapada detrás de uno el fantasma, la sombra, del Mal. Si esto se da por mucho tiempo los complejos podrán tomar posesión de su alma y aparecerán variadas personalidades

El proceso de levantarnos sobre nuestros opuestos y evitar los complejos es lo que Jung llamó la *trascendencia*, y que se realiza en la perfección con la muerte de una vida plenamente equilibrada y vivida.

El propósito de la vida no es otra cosa que trascender y realizar el *ser,* según Jung. El ser es el arquetipo que logra trascender a todos los opuestos. La vida equilibrada entre los opuestos, de manera que cada opuesto tengan su lugar: no somos ni buenos ni malos, ni hombres ni mujeres, ni "yo" y "sombra"...

Lo que me permite ahora enunciar *la Terapia SS* — argumentó Marina —y la manera más simple de comprenderla es por el fin que persigue: lograr que el paciente viva todo. Lo bueno y lo malo en cada complejo, cuando estos se han instalado en la psique. La realización del ser debe buscarse como los místicos buscan a Dios. Este es la razón por la que los santos alcanzan experiencias de sincronicidad como ningún otro ser humano y deben imitarse.

 No sólo Jung sino físicos tan renombrados como Pauli, Schrödinger o Heisemberg fundadores de la Mecánica Cuántica, y antes que ellos Jeans y Eddington . . . creyeron que existe una realidad más profunda que la de la mente y la materia y que hay una mente universal en que todos compartimos su existencia o somos parte de ella; no hay multiplicidad, ni dualidad sino unidad. La *Terapia SS* busca hacer vivir al paciente esta realidad, trascender, vencer sus complejos y llevar una vida equilibrada cada vez más perfecta; lo que logra viviendo todos sus arquetipos... pero esto es menos que imposible para la vida de una persona, no hay suficiente tiempo vital cuando los arquetipos son ilimitados aunque sólo algunos afecten con prioridad a una persona. Precisamente, las técnicas en que trabajaba Montaña se basan en la inteligencia artificial y ciencias cognitivas, hoy evaluadas en la realidad virtual, y por el principio de superposición en que a nivel cuántico todos los estados están superpuestos; en consecuencia, es en principio posible que un individuo experimente todas las posibilidades de su vida en períodos breves de tiempo, acepten todos sus opuestos sin contradicciones y logre la trascendencia del ser sin esperar el envejecer y el morir, mediante la *realidad virtual.*"

Mi padre y el doctor Jung especulaban que la realidad trascendental se reflejaría en el *mentalese*: si este pudiera ser modificado, la conducta humana también lo sería. La consecuencias de tal posibilidad son inimaginables desde todo punto de vista: psicológico, social, cultural...Las utopías soñadas podrían ser fabricadas según lo quisiera la humanidad."

Terminó por concretar Marina, para añadir lo referente al doctor Montaña tratado el *PRI.*

" El procedimiento en que trabajaban el Dr. Montaña y mi padre buscaba darle esa experiencias al paciente mediante la realidad virtual. Durante la década de los setenta, el Dr. Montaña nos proporcionó distintos instrumentos, artefactos, dispositivos electrónicos para que experimentáramos con la curación de las fobias en nuestro instituto y lo hicimos con éxito. Por medio de un generador de realidad virtual a un claustrofóbico al que se le colocaban unos sensores visuales de imágenes y guantes, experimentaba las experiencias de estar encerrado en una ascensor o una cueva y hasta ser enterrado vivo. Después de varias secciones el paciente estaba dispuesto a entrar en lugares estrechos, aun quedarse sin salida y no sufrir pánico... claro, la experiencia de enterrarlo vivo nunca la probamos".—finalizó Marina riendo. Mario la acompañó con una sonrisa. Y preguntó.

— Pero, lo de Ignacio Montaña era mucho más serio que una fobia.

—Por supuesto, pero recuerda que todo era experimental. Parece que los Montaña buscaban manufacturar algunos productos comerciales para auto-psicoterapias ambulantes sin necesidad de psiquiatras, es decir terapias masivas y económicamente enjundiosas: *¡Cúrese sus fobias con el Generador Virtual Montaña y sea su propio psiquiatra, en su casa, sin ninguna ayuda, muy barato!* — Parodió Marina al imitar un anuncio de la TV, impostando la voz sonora de un anunciante, de buen humor. Y siguió:

—No, el Dr. Montaña estaba en estado de narcolepsia, de un sueño del que costaba sacarlo más de unas horas en el día. Nunca pudimos esclarecer un diagnóstico de su enfermedad. Pero le aplicamos la *SS*.

— Oye, querida, ¿no puedes referirte a la terapia con otra abreviatura? Esa me recuerda a las odiosas policías políticas nazis: la *SchutzStaffeln* y su grupo asesino de la GESTAPO.

— Sí, ciertamente, dejémosla con una sola *S* de sincronicidad—. Bien, como quiera que sea, yo conocía muy bien el pasado del Dr. Montaña, y propuse una experiencia parecida al tratamiento de las fobias... pero con la experiencia del vértigo al subir por una montaña muy alta, cuando estuviera despierto. Yo sabía que el Dr. Montaña se culpaba del accidente en que murió su tutor Peter Taylor. Esto no dio mucho resultado, seguía durmiendo, alimentándose escasamente y sin comunicarse con nosotros. Pero, por casualidad, unas imágenes de una vieja abadía del siglo XVII fueron pasadas como experiencia. El resultado nos sorprendió. De pronto se alertó y habló como un iluminado, nos dijo que la teoría psicofísica en que tanto tiempo había trabajado, no era una teoría científica simplemente...no, siendo la teoría del todo, coincidía totalmente con la de los grandes sabios: Sócrates, Buda, Confucio y Jesús. Que al final era una teoría de lo místico, de lo insondable; que partiendo de la razón saltaba a otro grado de conocimiento "con el ojo divino, clarividente, suprasensible". Que permite comunicarse con esencias y mundos de origen trascendente. Y cuando se está sumido en tales estados para el observador externo el estado de meditación es de narcosis..."— Marina, terminó para preguntarle a Mario:

— ¿No te parece algo conocido? Por eso te dije que no estaba segura de concluir que el conferencista era un farsante. Mario, creo que estamos viendo todo este asunto erróneamente. ¿Porqué no razonamos de manera lógica, científica, y aceptemos como una hipótesis que el Dr. Montaña cruzó entre universos paralelos y trajo a dos de sus sosias al nuestro. Para que por refutación demostremos la tesis contraria?

— Acepto, pues no tengo ninguna otra ocurrencia ni pista que seguir. ¡Adelante!

— Entonces— concluyó Marina—, averigüemos qué fue lo que descubrió. Indaguemos sobre sus investigaciones...

3. Una pista

— Bien— consintió Mario—creo que es el momento de comunicarnos con Alice Nelson, pero antes conectaré al teléfono del hotel con un amplificador a mi computador para grabar la conversación y así la oigamos ambos a la misma vez, ¿tienes el teléfono de la Srta. Nelson?

— Sí, aquí grabado en la memoria de mi celular—y se lo pasó a Mario, quien cambió de idea e hizo las conexiones necesarias simplemente colocando un dispositivo sobre el auricular del teléfono móvil, y pulsó la tecla con el número del celular de Alice Nelson. De inmediato se oyeron los tonos, y la voz de Alice, quien al parecer esperaba la llamada: — Hola, doctora Stolk, a su orden.

—Srta. Nelson, me temo que soy portadora de malas noticias— dijo Marina con nerviosismo—. El Dr. Ignacio Montaña, mi paciente, se ha escapado por sus propios medios del hospital, y me avergüenza decirlo... a pesar de nuestro riguroso sistema de seguridad. Desconocemos su paradero.

—Dra. Stolk, para que se calme de inmediato, le participo que el Dr. Montaña se comunicó con nosotros y en estos momentos va en camino de regreso a su hogar, en una isla del Caribe. No hay nada de qué preocuparse.

Él está bien. Ya esto ha pasado antes. En estados de depresión él viaja a lugares distantes del planeta, y a veces se hunde en la depresión y en estados de narcolepsia. Pero, en los últimos diez años, no le ha pasado ninguna cosa mala, y la familia ha optado por aceptar su comportamiento extravagante. Dígame si debemos responder por algún gasto adicional y daré las órdenes para su inmediata cancelación. Por lo demás, la familia le está muy agradecida por todo lo que ha hecho por el Dr. Montaña. Creo que con esta decisión de él, que respetamos, queda cerrada la participación del *PRI* y el tratamiento del Dr. Montaña. Las hermanas Montaña-Adjiman, me han ordenado que así se lo diga y lo mucho que apreciamos mantener esta situación en silencio, como secreto profesional. Muchos podrían dudar del estado de salud mental de nuestro querido Ignacio y la familia evita escándalos por todos los medios.

—Bien... ¿ pero, no es posible contactarnos con él?

— ¡No! No lo creo. Nadie lo visita en su isla. De hecho, nadie es bienvenido allí. Ni sus hermanas ni yo misma la conocemos.

—Entiendo, buenos días.

Marina cerró la comunicación y le habló a Mario.

— Miente. Ni siquiera se dio por enterada que un doctor Ignacio Montaña era conferencista aquí en la ciudad Capital en un evento de categoría mundial—dijo molesta.

—Sólo nos queda entrevistar a aquellas personas que trabajaron con él en sus investigaciones, ¿conoces a alguna?— añadió Mario.

— Sí, a Frank Taylor. Era la mano derecha del Dr. Montaña, y hasta el cierre de la Sociedad Anónima el *DEMIURGO,* verificaba que los equipos para la *psicoterapia SS,* perdón, *psicoterapia S,* fuesen propiamente instalados y empleados. Con la desaparición del Dr. Montaña no volví a saber de él.

—Bien, Marina, esto es lo que haremos: viajaré a Nueva York para arreglar unas vacaciones largamente debidas y dedicarme al caso totalmente, sugiero que solicites tu año sabático en el Instituto... no tengo idea adónde nos llevará todo este misterio ni qué tiempo nos tomará, pero seré feliz si estás a mi lado. En Nueva York me comunicaré con Philip Goodman, el periodista (muy conocido) que dio la pista que me llevó hasta el primer sosia del Dr. Montaña. También haré los arreglos pertinentes para que se asignen algunos de nuestros muchachos a localizar a Frank Taylor.

Marina estuvo de acuerdo y se prepararon a despedirse para tomar vuelos diferentes, con la promesa de encontrarse de nuevo apenas pudieran.

A las pocas horas, Marina tomaba el avión para Chicago y de allí a Madison donde la esperaría Joseph en el aeropuerto; casi, simultáneamente, Mario tomaba otro vuelo a Nueva York.

4. Espionaje industrial

Un modesto restaurante italiano, situado en la calle 72 cerca de la Quinta Avenida, casi oculto, al sub-nivel de la calle, sirvió convenientemente al encuentro entre Philip Goodman y Mario Cassini, con el propósito de hablar sobre algunas cosas de mutuo interés y de paso cenar con los *spaguetti al pesto* preferidos por Mario en toda la ciudad.

Goodman era un hombre de cincuenta y cinco años, tan flaco que raras veces arrojaba sombra, pero con un buen humor que no le abandonaba ni en los momentos más trágicos y ominosos de la vida, y de un optimismo irresistible por lo contagioso; no era posible estar a su lado sin compartir con él su euforia...Philip vivía en el mejor de los mundos posibles... Mario lo conoció en Vietnam, servían en el mismo batallón; mas, las terribles experiencias que destrozaron a Mario, no causaron los mismos efectos en Philip. Al contrario, las tomó como una oportunidad para ejercitar sus virtudes de reportero. Mario lo recordaba siempre leyendo o escribiendo en una cuadernito alguna especie de diario. Cuando retornaron con la derrota en las espaldas y el rencor en el alma, el *Diario de Vietnam* por Philip Goodman, le dio reconocimiento mundial, sirvió de guión para una película en Hollywood y le llenó de fama al grado que desde entonces hasta la fecha trabajaba *free lance* para varios periódicos y revistas en los Estados Unidos y en el extranjero.

Un año atrás, Philip contactó a Mario con el propósito de contratar su agencia para que le ayudase a recolectar información sobre los asesinos en serie más connotados de Nueva York, que necesitaba para un reportaje que le había encargado una revista de alcance internacional, con un tiraje de centenares de miles de ejemplares mensuales en varios países del mundo. El nombre de Philip Goodman ya era mundialmente conocido.

Por esas casi imposibles coincidencias, hablaron del doctor Ignacio Montaña a quien Mario trataba de localizar y Philip le confesó que él era un admirador desde la infancia del genial científico; que había seguido su carrera por años, pues fueron condiscípulos en la secundaria en *Ayer* y Philip estuvo entre los compañeros de Ignacio invitados a *La Castellana* a su undécimo cumpleaños, aunque la diferencia de edad era de cinco años, Philip mayor que Ignacio; aun así, compartían la misma aula y se graduaban en la misma promoción en la secundaria. Luego, mientras estudiaba periodismo en la Universidad de Boston, Philip se interesaba en escribir una biografía de Ignacio que esperaba titular *Ex–maravilla*, y en la que buscaba reportar la infancia de Ignacio como genio infantil. Cuando supo que Mario había sido encargado de su localización por el *PRI*, inmediatamente le participó que cuando buscaba información para su reportaje de asesinos en serie, en un hotel de mala muerte con un aviso luminoso semi-prendido que lo identificaba como *Rialto Hotel* en Bronx, le pareció reconocer al Dr. Montaña, desaparecido hacia diez años para el mundo, como uno de los hombres narcotizados y desparramados en algunas de las viejas y deshechas poltronas del *lobby* del *Rialto*, aunque no estuvo seguro pues al tratar de acercársele el hombre se espabiló súbitamente y huyó veloz. Ésta fue la pista que condujo a Mario a rescatar aquel Dr. Montaña y transportarlo al *PRI*.

Mario llegó primero y escogió su mesa habitual, pocos minutos después entraba bajando por las escaleras Philip, quien venía con su sonrisa también habitual, y sin saludar a Mario le preguntó:

— ¿Sabes el último de Clinton y la Lewinsky?

Aunque ya Mario se aburría con casi dos años de esta misma clase de chistes de picardía obscena, por el incidente sexual que casi le cuesta terminar su mandato al Presidente, premió con una gran carcajada las ocurrencias de Goodman. Y al terminar de reír entró en el asunto.

— Philip, quiero que me digas todo lo que sabes del Dr. Montaña y sus investigaciones.

— ¿Tiene que ver esa pregunta con el retorno del Dr. Montaña a la palestra pública? Supe que ayer su regreso al escenario científico mundial fue catastrófico, según me contaron amigos del *Washington Post*.

—Sí, se trata de eso— confirmó Cassini.

— Bien, no se puede contar en pocas palabras lo que sé de "Maravilla Montaña", como se le conoció en MIT. Así que por qué no ordenamos primero y te suelto todo lo que sé después.

Mario aceptó y dedicaron unos minutos a leer la carta y ordenar.

En el proceso de elegir la cena, tomar un buen vino tinto y después de ella, a lo largo de dos horas, Philip resumió su versión del hombre que nació para lograr la grandeza. Ignacio Montaña-Adjiman sin duda alguna pertenecía a la raza de hombres sin cuya grandeza la existencia sería trivialidad sin historia. Tenía todo para alcanzar las más altas cúspides del conocimiento humano: genialidad, dedicación, motivación, voluntad férrea, ninguna distracción, pasión, energía vital desbordante e indómita, poder de creación espiritual, fuerza intelectual avasallante y recursos sin límites. Sólo le faltaba lo que han tenido los grandes hombres, un proyecto universal en el que se expresara su figura humana. Así que se propuso, desde muy temprana edad como Leibniz lo intentara una vez, dar una respuesta a todo el conocimiento humano con una teoría que lo integrara completamente: una teoría del todo, que respondiera tanto a los fenómenos mentales como a los fenómenos físicos y a las creaciones intelectuales y las ideas que las sustentan. En otras palabras, nos contestara a los humanos— ¡por fin!— la mayor pregunta que se hace el hombre acerca del mundo en que devino: "cuál es la realidad", y a esa teoría la llamó *"psicofísica"*, inspirado en la que había iniciado en la mitad del siglo XX Wolfgang Pauli, uno de los fundadores de la Teoría Cuántica y premio Nobel de Física. Pero, también bajo su dirección, en el DEMIURGO S.A. se construyeron prototipos de dispositivos ingeniosos para la industria de la computación y las telecomunicaciones. Algunos de ellos pasaron a ser parte de armas de guerra muy avanzadas como las que posteriormente se emplearon en la Guerra del Golfo... las llamadas bombas inteligentes.

Durante veinte y tanto años trabajó en la teoría a la vez que en la producción de tecnología de frontera para las industrias de su familia, con un equipo humano de la más alta calificación en el llamado *"Laberinto Verde"*, de la hacienda *"La Castellana"*— cerca de mi ciudad natal, *Ayer,* en Massachusetts. Pero, allí se cocinaba también algún experimento secreto. Lo supe porque Ignacio me permitió escribir algunos reportajes sobre DEMIURGO S.A. y entre corrillos se coló algo. Además, de los distintos equipos en proyectos complejos bajo estricta seguridad industrial, se hablaba de un proyecto ultra-secreto. La palabra clave era *Teleportación.* Según se especulaba, el Dr. Montaña con sus asistentes los hermanos Taylor intentaban trasportar objetos a grandes distancias, desasociándolos en ondas en el sitio de origen e integrándolos en partículas y cuerpos enteros en su destino. Por mucho tiempo tema fantasioso de novelas y películas. Algo como lo que se hacía en la serie televisiva *Star Trek* cuando el Capitán

Kirk era *teleportado* a la nave *Enterprise* por su lugarteniente Scotty a bordo de la nave espacial: —*"Beam me up, Scotty!"*— Bromeó Philip abriendo el celular y acercándolo a su boca para imitar al Capitán Kirk de la televisión.

—¿ Y qué pasó con todo eso? ¿Qué lo acabó?   —Preguntó Mario impaciente

— No hubo ninguna mosca en el *Teleportador* que disparara el caos, como en la película *La Mosca*— aclaró el periodista sonriendo con picardía—.Y añadió —de hecho, no se supo nunca si alguna vez hubo un *teleportador*—. Para agregar con sorna: —lo que sí hubo fue una espía industrial, una mosca en la sopa. Con nombre y apellido: Lois Taylor.

—¡Aja! ¿Y cómo es eso?

De esa historia estoy bien enterado. Eso ocurrió a finales de la década de los ochenta cuando trabaja para varios diarios de Boston, entonces escuché el rumor por boca de mis colegas, que se le había nombrado un gran jurado por acusación del fiscal público contra Simone Carol, argelina de nacimiento y estudiante de postgrado en MIT, que el FBI investigaba hacía un tiempo por sospechosa de espionaje industrial; y la tal Simone era compañera de habitación de Lois Taylor. Por ella los Taylor se vieron involucrados. El propio Ignacio III estaba personalmente detrás del asunto y también había contratado sus propios sabuesos. Las empresas Montaña-Adjiman comenzaron a perder mercados y mucho dinero cuando otras empresas en Europa anunciaban dispositivos avanzados en electrónica y comunicaciones, que apenas estaban saliendo como prototipos de DEMIURGO S.A. Lo más grave es que algunas de las empresas europeas vendían estos dispositivos al Gobierno Soviético cuando todavía había Guerra Fría. El espionaje industrial podría ser transformado en acusaciones mucho más graves y la estudiante Simone Carol corría el riesgo de ser penada con varias décadas de cárcel o deportada a su país.

De pronto, Philip hizo una pausa y bajó la voz.

— ¡Epa! Mario, aquí pasa algo, ¿qué estas buscando? Mi instinto de reportero ha encendido una lucecita. Lo que sea, quiero participar y tener la exclusiva del reportaje. Todo lo que esté relacionado con Ignacio Jacob Montaña-Adjiman le interesa a la gente: ¡genio y millonario! Los únicos casos similares que conozco son los de John von Neumann y Louis de Broglie quienes además de genios científicos provenían de familias multimillonarias europeas, ¡Claro¡ Bertrand Russell y Ludwig Wittgenstein también pertenecían a familias adineradas y , en el caso de Russell, a la realeza británica. Pero, esos eran filósofos. Como científicos los que te mencioné, y Montaña.

— Sigo trabajando a las órdenes del *PRI,* del que ya sabes, pues tu ayuda fue vital para encontrar al Dr. Montaña el año pasado, y estoy en deuda contigo. Y mi clienta es la Dra. Marina Stolk, para quien busco la información que me estás dando—contestó Mario con cortesía—. No sé si hay o no para un reportaje, pero para que conozcas más sobre el caso, debo tener permiso de la Dra. Stolk.

— ¡Cómo no va haber un reportaje, Mario!—Exclamo Philip. Experimentos secretos, espionaje industrial y hasta militar, aunque haya acabado la Guerra Fría. Además, un científico como Montaña, que el mundo entero conoce, que desaparece sin que nadie vuelva hablar de él, para aparecer de pronto, dictar una conferencia loca ante una audiencia mundial, decir que tiene la piedra filosofal... ¡Carajo! Claro que hay un reportaje. No juegues conmigo Mario, podría ser muy útil... tú eres detective, pero mis contactos son mayores que los tuyos en este caso en que el involucrado es amigo de mi infancia.

— Bien, te diré hasta aquí: el Dr. Montaña desapareció de nuevo... su familia habla de una isla en el Caribe dónde vive. A Marina... quiero decir... la doctora Stolk... le es muy importante completar ciertas fases de un tratamiento psicoterapéutico en que el padre de la Dra- Stolk y el Dr. Montaña fueron coautores, y no tiene muchas pistas de cómo llegar hasta él. Pensamos que los Taylor pudieran ser la vía que nos conduzca a su persona de nuevo.

—¡Ok! Acepto lo que me has dicho hasta ahí... por ahora. Creo que me ocultas muchas cosas... Mario, pero ya las sabré. Mira, yo sé como localizar a los Taylor. Después del escándalo de Simone Carol, se llegó a un acuerdo con ellos. Prometieron no trabajar en su campo en empresas competidoras con el DEMIURGO S.A. ni divulgar otros secretos que conocían a cambio de no hacerles cargos... lo que no fue fácil por las implicaciones políticas. La Carol sí fue condenada y creo que aún permanece en la sombra cumpliendo su condena en una cárcel federal. Los Taylor se fueron del país, si mal no recuerdo, para Monterrey en México donde trabajan para una pequeña compañía de computación y asesoran a los estudiantes del Instituto Tecnológico de Monterrey en proyectos académicos. Yo podría localizarles y pedirles una entrevista. Después del ridículo hecho por el Dr. Montaña, no creo que haya pacto de confidencialidad vigente. Ya todo el mundo sabe de las extravagancias de un científico que ocurre ser también un multimillonario... Pero que ya no dirige ningún laboratorio conocido. DEMIURGO S.A fue cerrada. El llamado *Laberinto Verde* desmantelado y *La Castellana* hoy es un *SPA* con el mismo nombre. Los científicos que trabajaron con Montaña, fueron transferidos a otras empresas de los Montaña-Adjiman hoy conducidas por María y Sara. Sus padres viven retirados en Suiza en precarios estados de salud... y hasta allí debería terminar toda esta historia de los Montaña-Adjiman.

— Me parece muy razonable lo que me dices. Esta noche me comunicaré con la Dra. Stolk, y si ella acepta, trabajaremos juntos.

Después de comunicarse sus sentimientos mutuamente y prometerse un pronto reencuentro, Mario le dio detalles a Marina de sus conversaciones con Philip Goodman y su interés en participar en la investigación con el propósito de tener la primicia de un reportaje. Marina estuvo de acuerdo con incorporarlo, pero le advirtió a Mario:

— No debe saber por ahora la existencia de los trillizos Montaña.

— Cuenta con ello—le aseguró Mario, y quedó en llamarla tan pronto hubiese noticias de los Taylor.

5. ¡Eureka!

Frank Taylor, de la misma edad pero más envejecido que su amigo Goodman, esperaba con evidente impaciencia en el aeropuerto *Mariano Escobedo*, de Monterrey, el vuelo de la *American Airlines*, que traía desde Dallas a sus dos amigos, Marina y Philip, acompañados por el detective Cassini. Por teléfono Philip le explicó lo que querían: toda la historia secreta de la investigación en el DEMIURGO S.A. en la que participó con Lois bajo la dirección del genio Montaña. Frank se sentía ahora libre de compromisos con las industrias Montaña-Adjiman, después de la interrumpida conferencia de Ignacio Montaña en el Hilton Towers de Washington D.C. en que Ignacio intentó anunciar al mundo sus fantásticos descubrimientos, sin éxito, hace pocos días; y estimaba que ya era hora dar a conocer la verdad. Por otra parte, a su situación de hombre casado y con dos hijas pequeñas, le vendría muy bien la significativa suma que Philip había ofrecido por ella y su aprobación para publicarla. Lois también necesitaba dinero pues los sueldos de ambos no eran tan buenos como en los Estados Unidos y Monterrey era una ciudad cara, aunque en su exilio, los dos científicos americanos, Frank y Lois, eran bien acogidos en la comunidad científica y tecnológica pujante de aquella ciudad industrial mexicana.

El avión de la *American* llegó a tiempo, a la 1:01 p.m. hora de Monterrey. Para viajar juntos, Marina se desplazó de Chicago a Dallas mientras casi simultáneamente Mario y Philip lo hacían desde Nueva York. Afortunadamente convergieron en Dallas con pocas horas de diferencia, a tiempo para tomar el vuelo a Monterrey la mañana siguiente a su llegada a Dallas. Durante la cena y en el vuelo a Monterrey especularon libremente sobre el Dr. Montaña y sus investigaciones. Pero Mario y Marina no confesaron a Philip que sospechaban que Montaña no era un loco y de alguna manera había traído a sus sosias de mundos paralelos al nuestro... al menos dos de ellos.

***

Frank, en tres movimientos seguidos, abrazó a Philip, luego besó a Marina en la mejilla y después le extendió la mano para estrechársela a Mario.

— Les reservé tres habitaciones en el Hotel *Ancira*, en el centro—. Mario y Marina se miraron.

En las afueras del terminal del aeropuerto, Frank les sugirió que esperaran por él mientras buscaba su automóvil en el estacionamiento. Una vez que todos lograron acomodarse en el pequeño *chrysler neón 1998* de Frank y durante una travesía de veinte minutos al hotel, acordaron comenzar con la entrevista a Frank por la mañana, en el desayuno, cuando Lois también se uniría al grupo. Mario y Marina optaron por una misma habitación. Philip se hizo el indiferente y se fue a tomar un trago al bar del hotel. Antes de terminar el segundo había ligado una compañía femenina para la noche.

Sólo Philip llegó tarde al desayuno. Besó a Lois en la mejilla y se atrevió un piropo.

— Lois, luces estupenda. ¿Cuánto tiempo sin vernos?

— Y tú te ves joven todavía. Seguramente estamos bien porque seguimos solteros (asumo que no te has casado). Mira lo que el matrimonio le ha hecho a Frank—. Su hermano la miró con cierta molestia, por llamar la atención sobre su avanzada calvicie y sobrepeso. De cualquier manera—se consoló Frank— ya todos se habían acostumbrado a su figura de un científico entrando a la edad provecta.

Un desayuno muy fuerte mejicano de quesadilla con huevos *y chilaquile* sólo fue ordenado y despachado completamente por los Taylor, quienes habían cambiado sus costumbres después de diez años en México; no así sus amigos que mantenían su buena forma física con cereales, leche descremada y jugo de frutas. A Philip le pareció conveniente alquilar un reservado para reuniones ejecutivas donde Frank y Lois, por primera vez, narraron con detalles la investigación en realidad virtual y los descubrimientos hechos con el doctor Montaña en el *Laberinto Verde* durante el tiempo que trabajaron juntos. Frank llevó la voz cantante con aprobaciones y correcciones para precisar los hechos por parte de su hermana quien curiosamente acompañaba con movimientos de la silla de ruedas para aprobar lo dicho.

Esto fue lo que contaron: La investigación siguió las pautas trazadas por Ignacio Montaña. Se perseguía la realidad virtual última. Para construir un Generador Universal Virtual o GUV abreviado. Es decir, una especie de creador de mundos irreales para el agente que usara el GUV. Esto es, conseguir los códigos de la información con que los sentidos rinden como sensores al cerebro para que éste construya la realidad del mundo en que el sujeto toma conciencia de su ambiente y de su cuerpo. De manera que un computador al construir con esos códigos cualquier realidad posible, le hace vivir al cerebro del agente otro ambiente que el que en realidad percibiría si su sistema sensorial no estuviese conectado al GUV.

Pero, en realidad Ignacio no sabía cómo comenzar siquiera.

Durante años se construyeron dispositivos visores para crear imágenes que se presentan a la vista, sin ir al nervio óptico; al oído, sin tocar las ramificaciones nerviosas auditivas; gruesos guantes capaces de transmitir cualquier experiencia táctil simulada y otros dispositivos para ofrecerle al agente una experiencia sensorial no presente y estos resultaron éxitos industriales y comerciales una vez que pasaron de los laboratorios del DEMIURGO a las industrias tecnológicas de los Montaña-Adjiman... pero eso no era el primer interés de Ignacio. Ya tenía todo el dinero que pudiera aspirar; su sueño era otro: ensayar con la realidad virtual de manera tal que estos experimentos sirvieran de pruebas a una teoría de la realidad. Según sostenía: "Lo que es virtualmente producible es realmente factible" . De esta manera, si se construyera un GUV fundamentado en la Mecánica Cuántica, entonces el ambiente presentado por este artefacto sería la prueba de la validez de una teoría sobre la realidad. Si por caso, podemos simular en el GUV cuántico universos paralelos, entonces estos existen. Si viajamos en el futuro o al pasado en el GUV es porque es posible el viaje en el tiempo y así.

La teoría que esperaba demostrar Ignacio la bautizó con el nombre de teoría psicofísica como estoy seguro que ya ustedes han oído hablar por Marina. Y, él aspiraba que fuese una teoría del todo, la final, la última, la definitiva... La teoría que uniría el mundo de la mente con el de la física y las ideas.

La idea central de la psicofísica es esta: *el mundo físico descrito por las leyes de la física es una estructura de tendencias en el mundo de la mente. La mente se identifica con el proceso de creación. Todo lo que existe es creado por este proceso y consiste en una secuencia muy bien ordenada de actos creativos llamados eventos. Lo primordial de este proceso es el libre arbitrio que constituye la esencia del ser humano. Cada vez que el hombre toma una decisión crea nuevos universos. Esa fábrica se realiza al nivel cuántico en el cerebro humano por un proceso internamente determinado, pero externamente indeterminado. Por eso, es que el proceso es único en cada ser humano que registra el acto y lo almacena en su memoria en un todo que se denomina conciencia. De manera que la fábrica de la realidad es en última instancia la conciencia de cada persona.*

Inmediatamente, Frank aclaró: esto no es una vuelta al solipsismo, pues podemos observar los actos volitivos de la persona en el mundo que comparten otras conciencias. Más aún, los experimentos que luego se hicieron, perseguían exteriorizar el acto creativo de la realidad, y con ello conocer su estructura, su organización, su inteligibilización para construir nuevas realidades. La búsqueda de códigos de percepciones se transformó en la verificación e identificación externa de los estados mentales. Ignacio se imaginaba el experimento último que podría llevarse a cabo sobre la relación mente-cuerpo-ideas, dentro del marco de referencia de la Teoría Cuántica: supóngase que nuestra tecnología logra conectar cada neurona del cerebro a un aparato, digamos un computador, de manera que aunque registra el momento en que cada una se dispara; y se es programado, induce un disparo de las neuronas según el programa. Adicionalmente dispositivos nanotecnológicos (de dimensiones dadas en millardésimas de metro) registrarán los microcampos en unas retículas de espacio en un mapa del cerebro reticulado con tal fin, en una secuencia de intervalos de tiempo. La extensión espacial de cada neurona será proyectada al exterior por alguna técnica que no interfiera con el funcionamiento del cerebro vivo. Mientras otros dispositivos registran a su vez verbalmente, a viva voz, del sujeto, las experiencias que tiene. El experimento nos daría como resultado la identificación de los patrones neuronales y campos de actividad asociados con cada entrada de información al cerebro; seguidos de otros patrones de cómo el cerebro reorganiza la información, extendida por otros patrones de actividades asociadas con las respuestas motoras conscientes. Entonces estaríamos en condiciones de investigar cuáles son los códigos de la información de las percepciones y las voliciones, como cuando decidimos levantar el brazo y sin controlar cada célula nerviosa o músculo el brazo se levanta hasta donde queramos. El fin último sería proveer de alguna manera estos códigos y lograr que el sujeto experimente realidades virtuales no presentes. De la misma manera que lo logra un hipnotizador con el sujeto al cual hipnotiza o con estados alterados por las drogas o quizás también en los estados de contemplación mística.

Este experimento final no había cómo realizarlo con la tecnología y el conocimiento de los años ochenta. En verdad, algunos experimentos muy importantes se estaban haciendo en otros centros de investigación, midiendo por caso el flujo de la sangre en el cerebro mientras el paciente realiza una secuencia de operaciones aritméticas o pensamiento silente. El aumento del flujo cerebral es un indicador de la actividad neuronal. Varios experimentos con estas técnicas mostraron que la atención concentrada de un pensamiento produce cambios físicos en el flujo de sangre en ciertas áreas del cerebro como en las ondas cerebrales. Diferentes pensamientos silentes como restar en secuencia descendente una serie de números, leer series de palabras, imaginar secuencias visuales, etcétera, siempre activaban la misma área cortical de ambos hemisferios del cerebro.

Y en esos días fue cuando volvió a lucir la genialidad de Ignacio: ¿por qué no estudiar los estados mentales que son privados en las ondas cerebrales que son públicas y podemos medir? ¿No existirá un código en la secuencia en que se dan las ondas que se correlacione o sincronice con los estados mentales de dolor, placer, percepción de una determinada sensación, del mismísimo proceso de darle significado a un símbolo, de la intencionalidad? Eran las preguntas que nos hacíamos entonces en la *Trampa de Montaña*, como apodamos su laboratorio. Así que comenzamos a construir computadores analógicos que transmitieran amplificadas las ondas a un computador digital, concretamente al TX-36, y por programación identificar las ondas. En todo estos experimentos el objeto y sujeto de la investigación era el propio Montaña, con nuestra ayuda— la de Lois y la mía y un pequeño equipo de asistentes cuya fidelidad era a prueba hasta de Mefistófeles.

Para mediados de la década ochenta habíamos logrado identificar un código en las ondas cerebrales. Nuestro mayor avance científico, y con el que seguramente algún día recibiríamos el premio Nobel. Por ahora, nadie debería saber de tan inmenso descubrimiento.

Como es del conocimiento general, el cerebro tiene una actividad eléctrica que aunque es muy limitada, ocurre de manera muy específica registrada en ondas que oscilan entre mucha actividad a muy baja actividad. Un cerebro en estado de alerta en alguna actividad consciente muy tensa emite ondas *beta*. Las ondas *beta* son de baja amplitud, y a la vez las más rápidas de las cuatro ondas. Su frecuencia oscila entre 15 a 40 ciclos por segundo. Cuando una persona se envuelve en una discusión su cerebro está emitiendo ondas *beta* con gran rapidez. Igual caso se da cuando se defiende una tesis, se presenta un discurso o se ofrece una clase... La onda *alfa,* por su parte aparece cuando el individuo está en calma, con oscilaciones de 9 a 14 ciclos por segundo. Por ejemplo, cuando alguien termina una tarea intelectual y se sienta a descansar. También cuando se medita o reflexiona.

En cambio, cuando la persona está soñando despierto, las ondas que se registran de su cerebro son un poco de más amplitud y baja frecuencia que las anteriores, entre 5 a 8 ciclos por segundo, y se le han dado el nombre de ondas *theta*. Usualmente una persona que realiza una actividad mecánica sin pensar en ella está en estado *theta*.

Ahora, las ondas de mayor amplitud y más baja frecuencia entre 1.5 a 4 ciclos por segundo, reciben el nombre de ondas *delta*. Nunca bajarán a cero pues en tal caso la persona estará muerta. Sin embargo, un sueño muy profundo puede hacer descender las ondas a su más bajo nivel: cuando en la noche después de leer un libro buscamos el sueño, pasamos de ondas *beta* a *alfa, theta* hasta *delta*.

Existen pues cuatro tipos de ondas y estados cerebrales, de manera más simple: *alfa, beta, theta y delta*. Ciertos estados mentales de idealización y creatividad se asocian a determinadas ondas... pero estas nunca están solas. Una puede predominar sobre otras, aunque las demás están presentes.

Uno de los grandes descubrimientos de Ignacio fue asociar un código cuaternario de 0 (*alfa*), 1 (*beta*), 2 (*theta*), 3 (*delta*) a estados cerebrales. Es decir una secuencia como 00012333111000, podría ser la representación cuaternaria de una operación mental de sumar 1+1=2 y cosas más complicadas. Esto era el principio de una representación externa del lenguaje mental innato que suponían los psicólogos y científicos cognitivos debería usar la mente para representarse las cosas y aprender los lenguajes naturales... es decir, como lo llamaban aquellos: LOT ("Language of thougth") o *mentalese*. Puesto que estábamos lejos de conocer, en nuestra opinión, cómo en realidad el cerebro representa el contenido de los pensamientos, llamamos al código cuaternario de ondas cerebrales *meta-mentalese*. Porque nos debería permitir codificar, al nivel de las ondas cerebrales, lo que pasa en el cerebro.

Por algunos años fuimos perfeccionando esa representación de ondas para operaciones aritméticas muy sencillas. Y aquí pudimos pasar a nuestro experimento para probar la existencia de los estados *psicofísicos,* valga decir, realizar operaciones físicas con el pensamiento más allá de nuestro sistema sensorio o motriz, fuera de nuestro sistema corporal por conexiones electrónicas de las ondas de nuestro cerebro a un computador analógico, de éste a un digital que trabajaba en código *meta-mentalese.* Y desde el digital, otra vez a otros analógicos que registraran al nivel cuántico por rayos LASER nuestra imagen mental o nuestro acto volitivo. Así comenzamos a imaginar o a decidir, más bien, sobre un registro cuántico alambrado desde nuestro cráneo por estos artefactos de sólo ocho posiciones en binario; es decir de partículas en superposición cuántica que tenían todos a la vez los números de 0 al 255 o el equivalente a un *byte;* así que con uno logramos representar todo el alfabeto y caracteres especiales como se hace en computadores no cuánticos usuales; suficiente para combinar las letras del alfabeto y otros caracteres. Así, una vez, puesto el registro cuántico en superposición con todos los números binarios de 00000000 hasta 11111111. es decir de 0 a 255; aislado de toda observación para evitar la *decoherencia,* Ignacio escogía el dígito, por caso, a un exacto momento apretando un botón y grabándolo simultáneamente con su voz para fijar el momento del pensamiento y su contenido. Un reloj muy preciso dentro del computador registraba toda esta operación en términos de nanosegundos. Y luego leía el registro... centenares de veces se repetía el experimento sin que el número escogido mentalmente y correspondiente a un determinado código *meta-mentalese* de ondas no coincidiera con el leído en el registro y grabado en un casette. La conclusión era obvia: se comprobaba cuantitativa y analíticamente la acción mental sobre la materia. La teoría *psicofísica* de una realidad *mentemateria* estaba siendo científica y matemáticamente evidenciada.

Todo una tradición de superchería y palabrería de la búsqueda de la piedra filosofal, de la alquimia, control de objetos materiales por el puro pensamiento... telepatía, fenómenos *deja vu....* en general, la sincronicidad de Jung-Stolk... prometían ser explicados científicamente por la pequeña rendija que abrimos a la *psicofísica.* Más aún, la realidad no era mente y materia separadas sino una maraña compleja y a la vez simplísima *mentemateria,* donde el significado de un símbolo en el cerebro se grababa en un registro a escala cuántica... *pero todavía faltaba lo más increíble, la evidencia del mayor descubrimiento en la historia humana... el contacto con otros universos paralelos al nuestro, idénticos pero con diferentes historia, como lo teorizara Everett, DeWitt, Deutsch y otros.*

La audiencia de Frank, si se exceptuaba a Lois, que esperaba la perplejidad de los oyentes, no podía oír con atención más atónita aquellos descubrimientos posiblemente los más grandes de la historia humana. En esos momentos, la puerta de la pequeña sala de conferencia se abrió lentamente y un mesonero pidió permiso para hacerles entrar unos bocadillos y bebidas. Ya era casi media mañana y todos encontraron oportuna la interrupción para relajarse un poco. Marina aprovechó el *cofee break* para ilustrar a sus compañeros con sus propios conocimientos sobre el tema, mientras Frank se servía un fuerte café. Marina dijo:

— Ciertamente, uno de los mayores triunfos de la neurociencia moderna es el descubrimiento en el siglo XIX, por el psiquiatra alemán Hans Berger, de que el cerebro manifiesta una actividad eléctrica continua que puede ser registrada, al punto que su ausencia se toma como prueba de muerte cerebral. El registro electroencefalográfico (EEG) —añadió Marina. Y amplió su descripción —usualmente se toma colocando electrodos o pequeños discos metálicos que seguramente ustedes conocen, en el cráneo del paciente; un amplificador poderoso aumenta la señal un centenar de veces y en los primeros modelos y por muchos años hasta la llegada del computador electrónico, a través de un galvanómetro con una punta de tinta que se mueve continuamente sobre una tira de papel registrando entre 8 a 40 canales en paralelo las señales EEG. Y desde los tiempos de Berger se supo que las características cambian en diferentes situaciones de vigilancia, tensión, descanso, cuando se duerme y cuando se sueña. Hoy sabemos mucho más. El electroencefalograma es usado en neurología y psiquiatría para ayudar a diagnosticar las enfermedades del cerebro como epilepsia, desórdenes del sueño y tumores cerebrales. Con el computador se magnifica de manera positiva para ayudar al individuo a que aumente sus capacidades intelectuales aprovechando la potencialidad creativa durante un estado *theta* cuando la persona realiza actividades desprendidas del pensamiento, como conducir, tomar una ducha, trotar.. o recién despertar. Muchos genios han reportado estos estados como presentes en los momentos de mayor creación intelectual. Finalmente—dijo Marina, para pasarle la voz a Frank quien se limpiaba la boca con la servilleta y hacia gestos de querer continuar —el computador analógico, como el que usamos en el *PRI* , llamado *analog-digital-converter* es un dispositivo electrónico que toma una variable continua como la onda y la transforma en una lista de números, en que cada número es una medida de la amplitud de onda a intervalos regulares, llamadas "muestras" y cada muestra es registrada en un disco del computador; luego, programas especiales la presentan en la pantalla. Con análisis matemáticos de distintas especies y usando colores han logrado conclusiones muy importantes para la neurociencia actual, alcanzando una completa topográfica del cerebro humano — concluyó Marina, dándole el pase a Frank. Mario intrigado y en estado *theta* intentó encender un cigarrillo de una cigarrera que el Hotel ofrecía a los fumadores, pero se arrepintió al recordar que había dejado de fumar, cambió el movimiento para dejarlo de nuevo en su cofre, y alargó un poco más el brazo para tomar la jarra con café y servirse otra taza.

***

Frank continuó donde había quedado Marina.

—En efecto, sin convertidores analógico-digitales, de los que contamos con los primeros arquetipos en el *Demiurgo,* no hubiéramos logrado una sintaxis para el *meta-mentalese.*

Recapitulando: hay cuatro ondas cerebrales que van desde altas amplitudes y baja frecuencia a baja amplitud y alta frecuencia, que se disparan de acuerdos a las actividades cerebrales y estados mentales. Desde un dormir profundo sin sueños hasta plena alerta. Estas cuatro ondas cerebrales se presentan en toda la especie humana sin diferencias en sexo, edad o raza. Son consistentes a través de diferentes culturas y países. Las investigaciones demostraron que un estado de onda es predominante según la actividad cerebral y mental del individuo, pero las otras también se mezclan. En nuestras propias investigaciones comprobamos que tal mezcla contiene patrones de acuerdo a la clase de actividad mental, valga decir, el significado del estado mental, como por ejemplo la representación de un dígito entero mentalmente. Comenzando con ello, fue posible construir un código mental que llamamos *meta-mentalese,* porque sería el lenguaje observable del lenguaje mental o *mentalese* que buscan desde hace décadas los científicos cognitivos pero no han podido observar. Empleando este código pudimos comprobar cómo un pensamiento de un dígito podía ser almacenado en un registro de un computador cuántico: es decir, que el significado o la información era la materia original de la realidad *mentemateria.* Pues el pensamiento puro actuaba sobre la materia a escala cuántica.

Frank tomó aliento y siguió con su historia.

— Como dije antes, todavía no sabíamos qué nos deparaban estos experimentos. Ya para finales de los ochenta, teníamos tanta evidencia que tanto Lois como yo esperábamos ser coautores con Ignacio de descubrimientos que harían historia (y yo no dudaba que nos esperaba el Premio Nobel), cuando a Lois se le ocurrió una prueba más concluyente.

Frank miró a su hermana, quien sonrió con satisfacción, pues hasta el momento, bajo un acuerdo privado pero con la fuerza del poder de las empresas Montaña-Adjiman, los hermanos Taylor no habían hecho del conocimiento de nadie, si se exceptúa a Simone Carol, piedra del escándalo, lo que allí decía. Y ya era hora que ambos recibieran su crédito por uno de los mayores hallazgos en la historia de la ciencia y en el que ellos habían participado, y que sin duda les hacía merecedores de reconocimiento, fama y fortuna. Aunque el destino decidió otra cosa. Así que Frank continuó con la prueba sugerida por Lois.

— Lois propuso ampliar la volición *psicofísica* colocando dos registros cuánticos: ambos recibirían como *input* un dígito de la secuencia de expansión del número Pi (la relación entre la circunferencia y su diámetro y se representa con la letra griega p), como todos saben no se repite y nadie puede adivinar de antemano hasta que se calcula. Claro todos conocemos los primeros dígitos 3,142857... supóngase que cada una de estas posiciones tiene un número cardinal 1°, 2°... y pregunto: ¿ qué dígito irá en el ordinal 125°? Bien, tengo que calcularlo. Un programa que lo haga colocará los dígitos en el registro cuántico, que tendrán en superposición los dígitos del 0 al 9. El programa que teníamos en el TX-36 sacado de la CDC 6600 calculaba 500.000 posiciones decimales. El otro registro se conecta con el sistema a las ondas cerebrales del agente, digamos Ignacio, quien tratará de colocar a su vez un numero según su voluntad... supóngase que él escoge 9. Si la secuencia aleatoria de Pi corresponde a un 7 por caso, en ambos registros debería aparecer 7, pero si el conectado a Ignacio tiene 9, entonces hay una alta probabilidad de que sólo el pensamiento traducido en *meta-mentalese* de Ignacio cambió su pensamiento dentro del cerebro por un hecho externo alambrado electrónicamente; es decir, artificialmente— dejó claramente establecido Frank. Para luego proseguir de seguidas.

— En muy breve tiempo estuvimos listos y se hicieron varios pruebas con resultados como los esperábamos. Cantamos victoria y gritamos ¡EUREKA! Tan emocionados como Arquímedes. Habíamos logrado descifrar el *meta-mentalese* y podíamos mostrar evidencia de *la psicofísica* como teoría del todo: de lo mental y de lo físico y lo matemático ideal, cuando una anomalía vino a ensombrecer nuestro éxito.

Frank se detuvo como lo haría un locutor de una radionovela de suspenso de mediados del siglo XX, para arrancar de nuevo:

— Esta anomalía surgió entre las lecturas de los relojes internos del computador. Desde el momento en que Ignacio apretaba el botón de tener un dígito en el pensamiento deberían transcurrir 0.5 microsegundos. Los relojes hacían aparecer el registro en   0.2 microsegundos. Es decir, el registro colapsaba de un estado superpuesto de todos los dígitos del 0 al 9 antes que Ignacio lo seleccionara... como si el registro adivinara el dígito que iría a escoger y pensar Ignacio. Centenares de nuevas pruebas mostraron este hecho de evidencia científica: ¿cuál era la explicación de tal sicronicidad extemporánea?

Mario no aguantó más y encendió el cigarrillo, aspirando chupó una bocanada de humo y lo aplastó en el cenicero más cercano... sólo Marina notó el gesto y sonrió comprensiva, mientras de nuevo Frank tomaba la palabra.

— Ignacio propuso una explicación insólita: no sólo teníamos los primeros códigos de dígitos del 0 al 9 en *meta-mentalese* sino que habíamos hecho contacto con un universo paralelo; posiblemente con otro equipo de investigadores como el nuestro, seguramente nuestros sosias efectuando el mismo experimento. Pronto lo comprobaríamos si le mandamos un mensaje por el mismo medio: una letra a la vez por medio de un *byte*, usando nuestro código para computadores estándares, concretamente el *American Standar Code for Information Interchange* o por sus iniciales *ASCII*. ¿Por qué podríamos esperar que este código lo conocieran seres de otro universo paralelo? Por lo que decían los elaboradores de la teoría del *Multiverso*: en cualquier momento en que se divide un universo, para el pasado ambos tienen la misma historia, y partir de ese instante son distintas. De manera que el *ASCII* que fue convenido en 1963, podría ser conocido por ambos universos. Y esto lo podríamos lograr en pocas horas. La explicación física de este posible contacto la elaboró Ignacio recurriendo al concepto de *teleportación* — y aclaró, como se supone se hace en la vieja serie de TV *Star Trek* y se explicó mejor—. se trata de lo siguiente: comencemos por decir que éste es un tema difícil de entender sin el conocimiento físico-matemático del experto, más arduo de imaginarlo dentro de nuestro quehacer diario y más complejo todavía de explicar. Puesto que la *teleportación* hasta la fecha no es para cuerpos del tamaño de las cosas que conocemos a diario: mesas, sillas, cuerpos humanos, animales... sino de partículas. Se teleporta partículas tales como electrones, neutrones, fermiones...y otros tipos entre las quinientas y más conocidas. Luego, no se *teleporta* una partícula como se hace con un fax... no. En el fax se conserva el original que no se destruye. No así en la *teleportación* Se *teleporta* información para que el estado de una partícula se le pase a otra instantáneamente, superando la velocidad de la luz, para que otra partícula de la misma especie tome el mismo estado: pero la originaria lo pierde. Hay que decir que las partículas de una misma especie son todas iguales, no hay posibilidad de diferenciarlas, sólo por su estado y lugar. Pero ambos no se pueden medir simultáneamente. Lo más curioso es el fenómeno llamado "superposición" y es que mientras no se observen cada partícula está en todos los posibles estados a la vez en una onda. Luego, al medirla u observarla la onda colapsa en un estado que tiene según probabilidades que se miden en números complejos, una parte real y otra imaginaria. Cosas ideales. Pero de esas cosas ideales es que se construye la realidad del Universo. Como dijo Platón veinticuatro siglos atrás.

Más aún, cada partícula elemental se asocia a una onda, pero ¿se asocia también a una onda un cuerpo grande formado por millones de ondas de partículas? Es decir, que no está en una estado sino en una mezcla complicadísima de estados.

Sin embargo, científicos de mundos paralelos parecen que lograron, resolver estos problemas, pues Ignacio, justo en el día de su cuadragésimo aniversario, logró codificar en *meta-metalese* y registrar en la memoria cuántica el siguiente mensaje:

" Ignacio Montaña, 15 de mayo de 1987, 40

Casi inmediatamente pudimos leer en la memoria del TX-36 que lo tradujo a ACSII, este otro

"Ignacio Montaña, 15 de mayo de 1997, 50"

Y otro más:

"Ignacio Montaña, 15 de mayo del 2007, 60"

Y otros más muy parecidos con distintas fechas. ¡Diablos! No nos habíamos comunicado con un universo paralelo al nuestro sino con centenares, pues por horas llegaban nuevos mensajes.

Aquello parecía un *chateo* en INTERNET como los de hoy en día, sólo que entre centenares de cerebros idénticos en distintos universos pero de distintas épocas aunque muy cercanas de horas, días, meses o unas pocas décadas en los que Ignacio (seguramente nosotros también) vivía simultáneamente, paralelamente pero con diferentes historias.

Frank calló.

Luego después de unos minutos de silencio, Philip no aguantó más.

—¿Y...?

— Ya ustedes conocen el resto. Mi hermana y yo fuimos acusados de conspiración, nos alejaron de todo. Nos hicieron firmar un acuerdo de confidencialidad a cambio de nuestra libertad. No pudimos hablar con nadie, hasta hoy, de todo esto. EL DEMIURGO se desmanteló, fue vendido, creo que hoy es un lugar de recreo... un *SPA*. No pudimos dar explicaciones a Ignacio que se apartó de todo y no supimos más de él, como tampoco el resto del mundo, hasta que nos comentaron acerca de la conferencia de hace algunos días atrás—. Hizo una pausa y añadió:

—Nunca pudimos corroborar aquellas comunicaciones. Aunque el TX-36 de los sótanos de la *"Trampa de Montaña"* estaba aislado, allí habían algunos asistentes, quizás todo era una burla de unos expertos programadores... Ni Lois ni yo tuvimos acceso al computador y sus programas para auditar lo que pasaba en aquella máquina. En fin, decidimos exiliarnos aquí en Monterrey, donde por supuesto no tenemos los medios ni la credibilidad para emprender otro proyecto similar y aprovechar lo que entonces sabíamos. Eso sí, nos mantenemos al tanto del estado del arte en estas materias por revistas científicas y técnicas, como por la red, y nos damos cuenta que Ignacio, quien nos dirigía —nadie lo duda—, y nosotros, hace un poco más de diez años habíamos adelantado más de lo que se sabe ahora o lo que quizás no llegue a saberse hasta dentro de otros treinta años más. Siempre nos preguntamos: ¿que habrá pasado con esas comunicaciones, si eran verdaderas, entre mundos paralelos? Seguramente, sólo lo sabe Ignacio— Y se levantó para servirse más café y dar así por acabada su intervención.

***

Cuando Frank terminó su historia y antes que todos propusieran algo sobre el almuerzo pues se acercaba la hora, Marina y Mario intercambiaron miradas y decidieron, al parecer telepáticamente, como hacen los enamorados, revelar su secreto. Marina tomó la palabra.

— Hay algo que ustedes no saben, pero ahora deben saber, tenemos evidencia que esas comunicaciones entre universos paralelos a las que se refiere Frank fueron reales... o son reales. Y el Dr. Montaña logró traer, o ellos se *teleportaron*, al menos dos de sus sosias, a nuestro mundo.

DEMIURGO S.A.

7 LA ISLA DEL DOCTOR MONTAÑA

1. La expedición

¡Bingo!— exclamó Philip, cuando terminó de hablar Marina — lo vengo presintiendo. Soy testigo del mayor acontecimiento de la historia humana... y como reportero. ¡Viva mi suerte!

Los demás asintieron. No hay duda, la evidencia de la teoría de Everett es uno, si no el mayor, de los grandes descubrimientos del hombre: el hombre no estaba solo en el universo, pero sí aislado de otras humanidades, cada una con su propia historia. Sólo las hazañas de los mayores descubrimientos humanos le harían parangón; evidentemente que no los geográficos del siglo XV, aunque para su época se hablara de un nuevo mundo descubierto, cuando no se había despegado del planeta Tierra, pero entonces así se apreciaba; ni los avances científicos del siglo XIX ni los del siglo XX que estaba terminando, lo opacarían. Los apellidos Montaña y Taylor se inscribirían en los anales de la ciencia, al lado de Copérnico, Galileo, Newton, Einstein... Así, lo veían Frank y Lois Taylor desde hacía tiempo, a menos que... A menos que la familia Montaña-Adjiman manipulara las cosas para quedarse con todo el crédito. Eso se sabría cuando se conocieran los planes, hasta la semana pasado fallidos, de Ignacio. Tanto Lois como Frank clamaban justicia por su largo ostracismo de los círculos científicos mundiales... Merecían ser reivindicados.

Philip volvió a dominar la conversación con su sonora y viril voz que en su delgaducho cuerpo parecía prestada de algún entrenado locutor de cuñas de la televisión y que le hacía tan popular entre el género femenino.

— Amigos, en una oportunidad, en un congreso mundial de periódicos y revistas en el que participaron colegas de todo el planeta y al que asistí, uno de los *magazines* de mayor circulación internacional, convocó a los directores de los medios impresos, para que opinaran acerca de cuál sería la más grande noticia de la historia contemporánea, la mayoría votó por el contacto con seres extra-terrestres. Esta primicia que estamos conociendo ahora es aun de mayor envergadura. El contacto con universos paralelos no lo ha esperado la humanidad, como sí ha sido con los extra-terrestres desde hace siglos, y, desde 1947, son tan innumerables los testimonios de su presencia entre nosotros que casi ya no es noticia la supuesta aparición de un OVNI en algún lugar de la Tierra, y el tema abunda en la literatura universal como fantasía del género humano; quizás, desde que Galileo descubrió las lunas de Júpiter.

Propongo un viaje, o mejor, una expedición, en búsqueda del doctor Ignacio Jacob Montaña-Adjiman, el hombre con las pruebas de esta noticia... donde esté, pues tenemos un interés vital en reunirnos con él.

Denme un par de días para acordar con mis editores la negociación financista indispensable. Aunque si fuera necesario recurriré a mi propio peculio, pero debemos emprender una cruzada para hacer público lo que hemos hablado aquí, pero con el apoyo de Montaña... Eso sí, con pruebas en la mano, para que no nos suceda lo que a Montaña en el Hotel Hilton en Washington D.C. hace unos días... Él ha debido presentarse con un *alter ego* al menos o con algo igual de evidencias. Por supuesto, los resultados de esta expedición darán su debido crédito a cada uno de quienes participemos en ella.

— Cuenta conmigo y con fondos del *PRI* más los míos propios— se anotó Marina.

— Estoy conteste— apoyó Mario, luciendo un término jurídico.

— Ni Frank ni yo podemos aportar a las finanzas de la expedición, dada nuestra precaria situación económica, pero sí con conocimientos, ¿nos aceptan?— preguntó Lois—. Por supuesto me refiero a Frank, pues no quiero causar molestias y desde aquí pudiera serles útil para cualquier apoyo que se necesite —terminó añadiendo

— Por supuesto— afirmó Philip, asegurando— en esta expedición cada uno es indispensable —y acentuó—: *Indispensable.*

Mientras se preparaban para el viaje, Marina tuvo oportunidad de conocer mejor a sus compañeros. Con Mario vivía la mejor Luna de Miel que hubiera podido imaginar a su edad. Excitación intelectual y emocional en el día, apasionado ejercicio del amor en las noches.

Con los otros, su sentido médico fue más perspicaz: Philip era un insaciable adicto heterosexual, promiscuo sin discriminación alguna. Hubiese invitado a una escoba con falda a su cama si no hubiere otra cosa parecida a una fémina disponible en los alrededores. Hizo bien en no casarse nunca. Como marido habría resultado un adúltero reincidente e incorregible; pero, entre sus virtudes, era justo reconocerle como un líder nato, confiable y de principios éticos profesionales.

Los Taylor parecían bellas personas. No menos brillantes que algunos laureados académicos que Marina conocía personalmente. Con mala suerte en su vida personal y profesional por los acontecimientos conocidos. Al parecer cuando las cosas marchaban bien, alguna desgracia les caía encima. Marina llegó al diagnóstico psiquiátrico que le reveló que ambos hermanos guardaban profundos rencores contra Ignacio Montaña-Adjiman y la sociedad, pero se veía que Lois instigaba y dominaba a su hermano. Ella era quien más amor necesitaba, de alguna manera sólo sentía confianza y seguridad con amigas, no con hombres de quienes se cuidaba con recelo visceral.

La muchacha mexicana con quien se casó Frank era una típica ama de casa latinoamericana que no entendía el trabajo de su marido ni de su cuñada; y la hacía feliz su papel de esposa que lava la ropa a su marido, le cuida los hijos, le prepara la comida y algunas noches le sirve de alivio a sus ímpetus sexuales. Frank no parecía necesitar más al respecto. Su propósito ahora en la vida era uno solo: reivindicar su nombre y el de su hermana para retornar al camino de la gloria y recobrar el reconocimiento de la comunidad científica mundial perdido, como lo había soñado con Lois desde niños. Contaban con los méritos, según creían, sólo necesitaban la oportunidad. Y en esta saga su hermana tenía más influencia sobre él que su mujer.

Pero en Lois algo oscuro, maligno, mezquino y siniestro se había apoderado de su alma. Como, un complejo junguiano que le hacía admirar hasta el extremo a Ignacio y al mismo tiempo alimentar un rencor morboso contra él subconscientemente.

***

Cuando los hermanos Taylor regresaban a sus hogares, Lois, metiendo la mano por debajo de su silla de ruedas extrajo un revólver Smith-Wesson, calibre 38, cañón corto, fabricado en los años sesenta en Springfield, Mass., según letras grabadas debajo del tambor. El arma estaba en su funda provista de una correa que le permitía ceñirla a una pierna y así llevarla oculta dentro del pantalón.

— Es un recuerdo de Simone que se preocupaba por mi seguridad; pero me sentiría mejor si lo llevas contigo. No sabemos qué enfrentarás...y nunca está demás, sino antes bien, ser previsivo.

Frank recibió el revólver, sin extrañarse apoyó el pie derecho sobre una silla, con lo que se le subió un poco el pantalón, así que pudo ceñírselo al rededor de la pantorrilla. Al bajar la pierna no se notaba el bulto del arma cargada con municiones.

***

A los pocos días, después del desayuno, Philip convocó a una reunión de expedicionarios.

— He aquí lo que tenemos—comenzó informando—: disponemos de suficiente dinero para financiar nuestra expedición. Haré del conocimiento de todos los nombres de los *sponsors* (son varios) cuando haya resultados concretos. Ellos, los patrocinadores, no quieren que además de mí, por ahora, se conozca su identidad.

Todos entendieron el anonimato de los financistas proponentes, se trataba de una empresa de resultados inciertos y si terminaba en fracaso, dejarían que sólo Philip y su grupo se hicieran responsables de las consecuencias. Luego, Philip pasó a otra materia.

— Creemos saber, gracias a las pesquisas de mis compañeros en Nueva York y Miami, cuál es el lugar más probable donde se esconde Ignacio. Posiblemente en una de las 32 islas y cayos pertenecientes a San Vicente, las Granadinas y Granada. En esa parte del Caribe hay varias islas que pertenecieron en distintas épocas a gobiernos ingleses y franceses, desde hace tres décadas son independientes y algunas han sido dadas en concesión a consorcios internacionales para planes turísticos, pesqueros, la siembra de bananas y cocos o para todos estos fines en conjunto. Algunas están deshabitadas y otras apenas cuentan con un millar de pobladores nativos. En alguna de ellas estará la casa o el complejo científico o lo que tenga el doctor Montaña-Adjiman. Nuestro itinerario será el siguiente: primero viajaremos a Ciudad de México para arreglar visados. Desde allí a Kingstwon y luego a Bequia donde nos espera un piloto veterano, el cubano Benito Ochoa, dueño de un hidroavión nuevo para seis pasajeros con que se gana la vida transportando a turistas y es un reconocido experto baquiano de la zona; además de veterano piloto. Él tiene noticias para nosotros.

***

Así lo hicieron y en un par de días llegaron a Bequia. Un paraíso tropical. De origen volcánico pero con suficiente agua de algunos arroyos que la hacen muy fértil para la siembra de todas clases de frutos: mangos, limones, arcados o árbol de las antillas, gran variedad de bananas, manzanos de Bequia, aguacates y árboles frondosos que sirven de sombrilla al quemante sol tropical y en promedio una soportable temperatura de 34° centígrados.

El grupo de tres hombres y una bella mujer (Lois resultaría una carga en este viaje y todos comprendieron sus deseos de quedarse en Monterrey, por lo que la única mujer del grupo era Marina) ocuparon tres habitaciones en un *resort* que para Mario y Marina era ideal, en lo alto de la colina de *Belmont Hill* en un edificio moderno con amplios corredores y una maravillosa vista sobre la *Bahía del Almirante* hasta Puerto Elizabeth que se ampliaba panorámicamente a todo el mar Caribe que rodeaba la isla.

A los pocos minutos de haber llegado a Bequia el grupo de norteamericanos, apareció el cubano Benito Ochoa anunciando su presencia, para esperarlos en uno de los corredores del edificio, en el que hicieron quórum para escuchar lo que tenía que decirles, como piloto de la expedición.

Benito resultó ser un destacado miembro de la aviación fidelista, comisionado en Granada, quien aprovechó la invasión norteamericana contra el Gobierno pro-cubano de la isla, en 1983, para desertar y esconderse hasta que recibió una visa como refugiado político del Gobierno de San Vicente y las Granadinas. Su habilidad como piloto para el turismo de aventura resultó muy útil en su exilio. Durante cerca de una década, apenas tuvo algún contacto con su familia que se quedó en Cuba, padres, mujer y dos hijos. Pero, en un gesto heroico logró aterrizar una pequeña avioneta en la mayor isla antillana y los rescató por la madrugada en una carretera rural poco vigilada entre cañaverales. Ahora, todos vivían cómodamente en Kingstown.

Después de presentarse él mismo ante los expedicionarios, Benito les dijo.

—Creo saber en cuál de las 32 islas del archipiélago antillano se esconde el Dr. Montaña que ustedes buscan. Se encuentra a sólo una hora de vuelo desde aquí. En ella habitan algunos pescadores y hay una mansión muy grande que supongo sea la residencia del afamado científico. Lo curioso de aquella isla es que se cuentan historias muy extrañas a su alrededor, como las que se dicen del Triángulo de las Bermudas, aunque no se hayan reportado naufragios y pérdidas de aviones. Sólo fenómenos naturales de marejadas que surgen de la nada cuando las embarcaciones se aproximan a la parte norte del islote. Como también de aviones que pierden contacto con radio y sufren otras averías en sus medios de comunicación—advirtió Benito con aire de misterio para interesar más a sus clientes.

— ¿Cuándo partimos?—preguntó Philip.

—Estoy listo... ¡ya!, si así lo desean—confirmó Ochoa

—Vamos, entonces—aprobaron los demás, ansiosos por localizar a Montaña.

Y sin más, tomaron una especie de autovía que subía y bajaba a los huéspedes desde la colina del hotel hasta el puerto de yates, donde un hidroavión rojo y blanco, con siglas y algunas identificaciones en negro con el nombre de *Ochoa's Tourism,* se balanceaba suavemente con las tranquilas olas de la bahía. A los pocos minutos abordaban el hidroplano en lo que sería su primer y único vuelo de exploración sobre la Isla del Dr. Montaña. Con los tanques llenos de combustible para tres horas de vuelo o más, y algunas viandas como almuerzo, en una cabina presurizada con aire muy frío, que hacía acogedor el interior lujoso de la aerodinámica avioneta, de una capacidad para seis pasajeros, con mullidos asientos alrededor de un mesita ejecutiva, más otros dos delante para piloto y copiloto (el puesto del copiloto lo ocupó Philip, quien tenía credenciales que lo acreditaban como tal). En pocos minutos el hidroavión se desplazó con la fuerza de dos motores sobre los planos de sus anchas alas alzando olas sobre el adormecido mar de la *Bahía del Almirante,* hasta que levantó vuelo con dirección noreste. Algunos temporaditas que tomaban sol sobre la cubierta de los yates lo vieron alejarse cada vez más alto hasta perderse como un punto rojo en el firmamento.

2. Aluciondas

El vuelo en un mediodía claro, sin ninguna nube, se mantuvo a cierta altura para ofrecer a los pasajeros una vista grandiosa. El mar Caribe tenía un color azul oscuro con ligeras ondas que rompían en centenares de olas suaves de espumosa blancura para interrumpir la monotonía azul marina. A lo lejos se veían islas de distintos tamaños y configuraciones. Hasta que Benito enfiló bajando la cabeza del avión hacia una de ellas, una isla verde, azul y blanca a la que se refería como la posible isla del doctor Montaña.

Entonces, emprendió una vuelta en el sentido del reloj sobre la tierra rodeada de agua, de unos pocos kilómetros de diámetro y de espesa vegetación, con palmeras y cocos en la playa y una montaña de unos 600 metros de altura en forma de meseta; cubierta por una nube de un blanco poco común que la envolvía tapando la selva en su parte más alta. Como si hubiese llovido hacía poco y quedaba una copiosa nubosidad en el lugar.

Hacia la parte oeste de la Isla del Dr. Montaña, se divisaba un pequeño muelle para pescadores, algunas pocas viviendas y al parecer galpones de almacenaje, con muy poca actividad humana. Luego la avioneta sobrevoló una carretera que llegaba hasta la falda de la meseta en donde se destaca una impresionante mansión de lo que parecía el lugar de vacaciones de algún magnate. Benito maniobró en vuelo rasante sobre la residencia. Los pasajeros no vieron a nadie, sólo una casa de grandes ventanales de vidrio y una piscina vacía con sillas, mesas y otros objetos regados alrededor, aparentemente abandonados.

— No se ve a ninguna persona— advirtió Marina.
— Nadie— corroboró Mario.

—Sigamos esa carretera— sugirió el piloto y sin esperar respuesta se dirigió hacia la montaña en línea con un camino de tierra suficientemente ancho como para permitir el paso de vehículos y al parecer en buen estado con reciente uso, que se perdía en la espesura de la vegetación. El camino se adentraba en la montaña y de pronto se vieron envueltos en una niebla muy espesa, seguramente estaban dentro de la nube que habían divisado desde lejos. Benito jaló el timón hacia sí y la avioneta se empinó al obedecer los mandos y alcanzar una altura de más de 700 metros, suficiente según sus cartas de navegación para superar la meseta, pero la nube no dejaba ver tierra. Ya alcanzaba los 1.000 metros de altitud y de pronto todos vieron al esclarecer un poco que se acercaban a la montaña como si ésta hubiese crecido más alta que su altura registrada. El hábil piloto activó una luz roja y todos se abrocharon los cinturones; luego aceleró los dos motores y el avión comenzó a moverse casi vertical y hacia un lado, pero no parecía superar los obstáculos. Cuando Benito intentó chequear los instrumentos sus lecturas eran desordenadas. El altímetro señalaba 2.000 metros y el nivel del avión estaba invertido y había una montaña al frente en su morro... quizás estaban volando con la cabeza hacia abajo, se dijo el piloto. Los demás permanecían en tenso silencio sin estar seguros qué pasaba. El instinto del veterano piloto le hizo maniobrar como ninguno esperaba, tiró con más fuerza el avión y sintieron que si los instrumentos no eran confiables, la gravedad no los engañaba y giraban en un *loop* con las ruedas hacia arriba y sus cabezas hacia abajo regresando a la trayectoria por donde habían venido, a la vez que entraban en una pérdida de velocidad, en caída libre mientras Benito enderezaba el avión y cuando menos lo esperaban la nubosidad desapareció y se encontraron a unos pocos metros del nivel del mar. Benito aceleró y salió de la pérdida de altura para colocarse en plano de acuatizaje y en línea recta en posición normal. Así logró colocar el hidroplano sobre el agua, hasta que bajó la revolución de los motores para deslizarlo, cómodamente. Cuando se detuvieron sobre aguas tranquilas, la isla había quedado unos tres o cuatro kilómetros atrás... se veía lejos.

—¿ Que pasó?—Inquirió Marina asustada.

— No lo sé— le respondió Benito—los instrumentos me dieron toda clase de información incomprensible— y desconcertado añadió: — no tengo la menor idea de cómo logramos llegar hasta aquí. ¿Qué hacemos?

— Volver—dijo Mario decidido. Los demás tampoco titubearon. El piloto procedió a cumplir la orden y lanzó el hidro en una nueva carrera de despegue. El avión avanzó alcanzando rápidamente la velocidad requerida, pero cuando Benito trato de levantarlo no obedeció y siguió en la carrera empujando con su peso y velocidad dos grandes chorros de agua a sus costados. De nuevo sintieron la angustia de lo insólito y del misterio. Benito aceleraba y movía los mandos sin respuesta. Justo en ese momento, de un costado de la isla adonde apuntaban surgió una ola gigantesca que empezó a moverse contra ellos. Parecía tener unos doce metros de alto, como las que producen los maremotos. Benito no encontró otra salida que seguir intentando el despegue para pasarle por encima, pero el choque parecía inevitable. La ola los voltearía y mataría a todos con el golpe, pensaban simultáneamente cada uno. Comprobarían después, que sus pensamientos eran idénticos durante el incidente, todos experimentaron las mismas sensaciones de pánico y de incertidumbre, sin saber qué pasaría. De pronto, Frank se desabrocha el cinturón, se coloca detrás del piloto y le pide que abra la radio a los canales normales, y le permita comunicarse con tierra; Benito le pasa el micrófono, y Frank grita:

—¡Mayday!...¡Mayday!...Ignacio escúchanos, somos tus amigos, Marina Stolk, Philip Goodman y yo, Frank Taylor... ¡ayúdanos!...

Y de nuevo repite la solicitud de auxilio. No había terminado de hacerlo cuando la pared de agua que se les echa encima, desaparece al achicarse antes de golpearlos. Benito reduce la fuerza de los motores y la avioneta se va deteniendo muy cerca de la isla. Cuando todos se asoman a las ventanillas, la apariencia de la Isla del Doctor Montaña es otra. En lugar de una montaña cubierta de vegetación y tapada por una nube inmensa y blanca, hay un complejo de construcciones modernas sobre la meseta con docenas de antenas parabólicas gigantescas, medianas y pequeñas, más una red de antenas de radiodifusión para emitir ondas electromagnéticas, todas de alta tecnología. Parece una red de comunicaciones como las que emplea la NASA para controlar sus satélites en distintas partes del mundo... y todo apareció de la nada. Igual que la lancha de alta velocidad que se aproxima hacia ellos. Cuando ésta se detuvo al lado del avión, un doctor Ignacio Montaña les habla por un megáfono invitándolos abordo. Obedeciendo, pasan por una pasarela que se les tiende, pero ya no es uno sino tres doctores Montaña más que les saludan, y uno de ellos les dice:

— ¿Están bien? Luego les explicaremos todo, por favor acompáñenos a la isla, allí les espera el Jefe, el Número A42. Él contestará sus preguntas.

3. La colonia

Todo lo que ocurría no parecía real, y en parte no lo era, como estaban a punto de enterarse. Los expedicionarios siguieron las instrucciones y se sentaron en las cómodas butacas de la lancha que les ofrecían aquellos hombres idénticos al doctor Ignacio Montaña y se dejaron conducir por ellos. Dos de los sosias se encargarían del hidroavión para llevarlo a la isla, otro tranquilizó a Benito Ochoa, con estas palabras.

— No se preocupe, lo atracaremos al muelle.

Un barco de por lo menos de 8.000 toneladas de desplazamiento, capaz de transportar equipos pesados, estaba anclado cerca en el llamado muelle. Ni barco ni muelle habían sido vistos antes. Obreros portuarios con overoles atendían la descarga de *containers* y la actividad parecía ser muy intensa. La lancha que abordaron pasó a un lado y entró por una canal de menor calado con espesa vegetación en sus riberas para conducirlos hacia la parte baja de la meseta. Allí los esperaba una camioneta rústica Jeep que se encargó de transportarlos a las edificaciones ocultas por la nube. Como algo insólito, la nube parecía un gran anillo alrededor de la meseta en cuyo centro despejado la visibilidad era perfecta y sobre la parte plana del promontorio, de unas cinco hectáreas de terreno, se alzaban edificios y antenas de radio y micro ondas de todo tipo y tamaño como ya lo habían notado; por fuera de la circunferencia del anillo, la nubosidad impedía ver más allá de unos metros. Funcionaba como gigantesca celosía que dejaba ver sin ser visto, para esconder lo que en su centro había y se hacía.

La camioneta se detuvo frente a lo que era el edificio más alto, seguramente el principal. Allí, entraron por una puerta de vidrio que se abrió automáticamente para dar paso a un corredor circular flanqueado por lo que parecían complejos laboratorios de computación y electrónica. Frank, el experto entre ellos, apenas lograba identificar algunos. La tecnología que se exhibía seguramente sería la del siglo XXI, nunca la del siglo que terminaba, el XX. Supuso que esa tecnología era producto del ingenio y el conocimiento de aquellos otros doctores Montaña provenientes de universos paralelos con ciencia y tecnología superiores al nuestro, que pasaban a un lado sin quisiera mirar a los visitantes, pues los laboratorios estaban operados por sosias de Ignacio Montaña de edades diferentes, entre 40 a 70 años, posiblemente. Además de ellos, identificó a algunos de los hombres y mujeres que conoció Frank en el Laberinto Montaña, allá en DEMIURGO S.A. Sólo seis de ellos, tres hombres y tres mujeres, quienes se portaban como asistentes.

Los demás expedicionarios notaban lo mismo, particularmente Marina. Luego de ascender por uno de los elevadores que trepaban o se deslizaban velozmente por el centro de un cilindro hueco con rampas conectadas a los pisos, se les ofreció una vista panorámica al mayor complejo científico-tecnológico posiblemente en existencia de este lado del *Multiverso*. En la medida que subían por la columna hacia el último piso de una estructura equivalente a un edificio de ocho pisos, Frank observó también que toda la construcción era un inmenso cilindro de cilindros, unos dentro de otros con compartimientos donde se habían instalado sofisticados equipos y le pareció que esta construcción geométrica la había notado antes en la *Trampa Montaña* para los generadores virtuales que diseñaba Ignacio. De pronto, se le ocurrió que estaban dentro de un inmenso *Generador Universal Virtual...* "¡Caramba!" —se dijo— "Ignacio había logrado con aquella colonia de sosias satisfacer su *elan vital*". También notó que en cada piso de los ocho se combinaban colores y la gente que trabajaba en un piso usaban bragas del mismo color del nivel en que operaban, con números y letras de identificación.

En el círculo base del edificio habían estampado en su suelo una inmensa *rosa de los vientos* con los 32 rumbos que tiene el horizonte. Arriba el cielo azul del Caribe se podía contemplar gracias al círculo con techo transparente de la parte superior del cilindro mayor; la luz azul se reflejaba en los centenares de ventanas de cristal. Toda la construcción de los cilindros era de metal y vidrio. Frank, imaginaba los miles de metros de cables conectados de cada uno de aquellos recintos con las antenas parabólicas y de radio de afuera. Marina, a su vez, elucubraba que seguramente la *rosa de los vientos* del piso simbolizaba algo. Marina sabía lo mucho que se dejaba influir Ignacio por los símbolos y su relación con los arquetipos. La presencia del pensamiento de Pauli, Jung y Everett era una constante en la vida de su amigo y parecía encarnada en la edificación.

Al fin alcanzaron la cima del edificio. Al salir del ascensor uno de los Montaña que los acompañaba le señaló el camino hacia una recinto muy amplio, desde afuera se veía una mesa larga y en uno de sus extremos el N° A42, quien los esperaba: un doctor Ignacio Jacob Montaña-Adjiman de 52 años y el único que lucía una barba muy bien cuidada. Era el conferencista de la semana pasada en el Hilton, sin duda alguna, reconocieron Mario y Marina.

Aquel elegante hombre enfundado en un traje sin bolsillos o separaciones de color azul y blanco, se acercó a recibirlos y le extendió la mano a cada uno, pero al llegar a Frank le abrazó como lo haría un hermano con otro. Marina notó lagrimas en los ojos de aquellos hombres. De inmediato el Dr. Montaña los invitó a sentarse. Así lo hicieron tratando de ocupar puestos cercanos al del que parecía ser la máxima autoridad de cualquier cosa que fuera todo aquello.

— ¿Cómo empezar?— se preguntó Ignacio—creo que siendo cortés dándoles la bienvenida al DEMIURGO II o la Fábrica, como también llamamos a este lugar. Quiero invitarlos a que sean nuestros huéspedes por una semana. Al final de ésta, comenzando hoy, ustedes tomarán una decisión de quedarse con nosotros o regresar a su hogar, pues para el último día del año y del milenio, es decir, dentro de dos semanas, para el 31 de diciembre de 1999, a las 12 de la noche, hora local, todo cambiará para que nazca un nuevo mundo. El mejor de los mundos posibles que aquí estamos fabricando para ustedes: una utopía o varias para la humanidad. Un nuevo mundo en que al menos cada uno tendrá la oportunidad de ser feliz... el sueño de los utópicos, el reino de Dios en la Tierra, como lo han predicado los grandes profetas de todos los tiempos: Sócrates, Buda, Confucio, Cristo, Mahoma... —Y se detuvo para decirles—: seguro que ustedes se hacen muchas preguntas.

Marina, Mario, Philip y Frank lo miraban asombrados. De pronto Marina se dio cuenta que el piloto no estaba con ellos, y se dirigió al A42.

— Doctor Montaña, si puedo llamarle así... hay tantos como usted por aquí; sí, tenemos muchas preguntas por hacer; para eso estamos aquí. Pero, antes que nada: ¿dónde está nuestro piloto y por qué no nos acompaña?

— He creído conveniente regresarlo a su hogar y a su trabajo. Como podría causarle problemas con sus amigos y autoridades lo que ha visto aquí, se le ha programado para que olvide lo visto. Dentro de una horas bajará de su hidroplano a *Kingstown* satisfecho del *tour* de cinco horas que les hizo a cuatro turistas norteamericanos a quienes dejó en la Isla Bequia y seguirá camino al Banco a depositar 1.600 dólares producto del pago por sus servicios. Dentro dos semanas, después del "despertar", recordará todo y estará tan agradecido de nosotros como lo hará pronto toda la humanidad.

Por los rostros de sus huéspedes concluyó que no entendían lo que decía, así que prosiguió a explicar mejor de que se trataba todo.

— Bien, estoy seguro que ustedes ya deben haberse hecho alguna idea de lo que aquí se está fraguando y quiénes somos, por todos sus conocimientos anteriores y el trato conmigo, que no tiene el piloto... por eso lo despachamos. Ustedes, por el contrario, serán testigos de excepción del mayor acontecimiento histórico, sólo comparable al de la Revolución Copernicana; la más grande de la historia cuando el hombre se convenció por los hechos que no vivía en el centro del Universo y que la Tierra gira en torno al Sol. Ahora se enfrentará con que ni siquiera su historia es una en el universo sino una de las infinitas historias del un *Multiverso*.

Comencemos ilustrándolos con una explicación de las experiencias que tuvieron al intentar llegar a nuestros laboratorios. Este edificio contiene en su estructura el *Generador Universal Virtual* final; y podemos imponer con él las experiencias que queramos a cualquier ser humano a nuestro alcance, por medio de ondas electromagnéticas de baja frecuencia (ELF) que emiten nuestras antenas de radio y que codifican arquetipos en *meta-mentalese* (estoy seguro que ya ustedes saben de los que les hablo, pues recuerdo a Marina y su amigo como oyentes de mi fracasada conferencia en Washington, y seguramente Frank les habrá dado más detalles sobre mis investigaciones) que ya hemos descifrado en su totalidad, para hacer interpretadas por los cerebros de quienes aquí se aproximen, y crean vivir cualquier cosa que queramos que experimenten: tormentas, huracanes, maremotos, terremotos, nevadas, incendios, avalanchas o experiencias de estar en cualquier sitio distinto a éste o de enfrentarse a un ejército o a bombarderos o a una armada... repito, cualquier experiencia dentro de la cultura de cada quien y sus arquetipos (claro que también podemos invocar experiencias placenteras, pero éstas no nos protegerían de visitantes indeseados). Y todo esto es posible porque el cerebro no sólo emite ondas *alfa, beta, delta y theta* cuya combinación   codifican la intencionalidad o significado o los arquetipos en una cultura, sino que a su vez también es un receptor de ondas para captar y actuar sobre la base de ese código. Este descubrimiento lo hizo Montaña C42 en su universo, y con él hemos podido construir el *GUV* sin necesidad de conectarlo con cables a los sujetos a quienes se quieren experimenten la realidad virtual programada.

— ¿Para qué y por qué hacemos esto? —se preguntó a sí mismo y se respondió de inmediato— para guardar el mayor secreto que se le haya ocultado a la humanidad: la construcción de una red mundial de comunicaciones que permita re-programar al hombre. Nuestro propósito no es nada más ni nada menos que fabricar un nuevo mundo para la humanidad, humanizar a la humanidad, no cambiando al mundo, sino cambiando al hombre.   Y de inmediato anunció la buena nueva: EL PRIMERO DE ENERO, A LAS 12.01 HORA LOCAL DEL AÑO 2000, NACERÁ UN HOMBRE DISTINTO, UN HOMBRE BUENO, UN HOMBRE MÁS HUMANO. UNA NUEVA HUMANIDAD.

4. La historia de una década

El Dr. Ignacio Montaña, ahora identificado como el A42, (que según dijo así de paso, interpretando el número de su chapa en el pecho, señala la ordenada en la dimensión ortogonal a la de los demás universos, del universo relativo de donde es originario su portador, más la edad que aquél tenía en su mundo en el momento de la *teleportación;* sólo el Dr. Montaña de este mundo se le dejó la edad que tenía en el primer contacto entre mundos, pues no fue *teleportado,* en su caso un estado relativo con la etiqueta A en el computador cuántico y su edad para ese estado de 42 años, hace diez años) contó la historia secreta de su vida en ostracismo que le permitió organizar en aquella apartada isla una fábrica para humanizar a la humanidad, con la ayuda de sus multi-alter egos de otros universos paralelos— un auténtico DEMIURGO. De la siguiente manera:

"Déjenme tomar la historia de la construcción de este complejo que por lo que sabrán luego no es solamente un *GUV*, más bien, es en última instancia *una fábrica de humanizar: un demiurgo de humanidades o de universos con humanos, en fin: una fábrica de las utopías de visionarios y profetas.* Comenzaremos con el contacto con varios sosias míos en otros universos, según les habrá contado Frank—para proseguir de corrido—: Después de contar con pruebas científicas de que habíamos hecho contacto, y estábamos por establecer un intercambio de información científica con universos paralelos, cada uno con el resultado de una de todas las posibles historias que pueden darse a partir de un momento dado en que un observador decide sobre posibles opciones históricas, mi padre me llamó a su despacho para notificarme que había sido advertido por el FBI que si no salíamos de Frank y Lois, de quienes se sospechaba pasaban secretos industriales a enemigos de América, a través de una argelina llamada Simone Carol, el Gobierno intervendría nuestros laboratorios y debíamos entregarle todo el conocimiento que hubiésemos alcanzado para poder determinar que tanto sabían los soviéticos de nuestras investigaciones. Ante la posibilidad de que el Gobierno de mi país o cualquier otro conociera de otros universos, y los emplease con fines egoístas y en contra los intereses de la humanidad, como tantas veces han hecho los burócratas y fanáticos oficiales, decidí participarles a mis *alter egos* de otros universos con quienes estaba en contacto, que mudaría mi laboratorio a otra parte y que por unas semanas no habría comunicaciones; pero que pronto las restableceríamos. Mientras Frank y Lois eran investigados, no podía tener contacto con ellos (perdóname Frank, sé que desde ahora entenderás); así que trasladé con la ayuda de apenas seis ayudantes, mi pequeño laboratorio a esta isla en el Caribe, que una de las empresas de la Corporación Montaña-Adjiman había conseguido en concesión del Gobierno de las Granadinas por veinte años para su negocio del turismo. Luego, firmé una serie de documentos que me liberaran de todo compromiso comercial o profesional con la comunidad científica, industrial, cultural y política del mundo, para dedicarme únicamente a la comunicación *multiverso*. Las únicas personas que me acompañaron fueron mis técnicos, tres parejas a quienes les aseguramos el bienestar de sus familias depositándoles anualmente sumas importantes de dinero en distintos bancos que nuestra propia familia controla a cambio de su confinamiento por quizás diez años. Es innecesario decir que mis hermanas y mis padres también compartían mi secreto y me sirvieron de total apoyo en la logística financiera necesaria para construir esta fábrica, y debo reconocerle sus méritos a Alice Nelson, quien ha sido una secretaria excepcional, de secretos muy bien guardados, y de una eficiencia insuperable; y por procedimientos muy sutiles fuimos manufacturando y trayendo todos los equipos que hoy tenemos instalados aquí. Esas parabólicas gigantes y superantenas de radio de sesenta metros de altura se trajeron desarmadas de distintas partes del mundo, como piezas ordenadas por las diferentes compañías de mis padres. Ni las compañías fabricantes ni las que los comerciaron se hicieron la menor idea para qué o quiénes eran los contratantes ni adónde se llevarían, tampoco las que trajeron los obreros para construir las edificaciones ni los técnicos que montaron las parabólicas, las antenas e instalaron los equipos de computación, comunicación y servicios. Algunos equipos estuvieron camuflados en muelles de puertos de distintas partes del mundo, antes que nuestro barco mercante la transportaran aquí; barco cuyo Capitán y tripulación creen transportar equipos para una red de TV comercial por satélite que usará esta isla como estación re-trasmisora .

Al principio trabajamos en la casa, hoy abandonada, de la parte más llana de la isla, después en esta meseta, cuando pudimos emitir ondas de alucinaciones o *aluciondas* como las bautizamos y ustedes experimentaron, para darnos protección sin necesidad de contar con un cuerpo de empleados de seguridad y sin más habitantes que nosotros y unos pocos pescadores (que ignoran nuestro trabajo, jamás han visto a dos sosias juntos; algunos los empleamos para cargar y descargar el barco bajo las direcciones de nuestros técnicos), los otros Ignacios *teleportados* de otros universos paralelos y media docena de empleados fieles que nos sirven de comunicación con el mundo, en distintas empresas nuestras, pero que también ignoran lo que hacemos. Hemos organizado una red para adquirir los equipos, de manera que ningún grupo sabe lo que hace el otro, y sólo conoce de una parte del equipo. En la medida que obteníamos información de otros sosias míos, supimos que los universos paralelos ocupan y solapan el mismo lugar pero no el mismo tiempo. Pueden estar unas horas de diferencia antes o después de nosotros en la flecha del tiempo, meses, años, quinquenios, décadas y hasta centenares de siglos. Sin embargo, los contactos sólo son posibles, para *teleportaciones* entre universos en que viven sosias que puedan enramar sus partículas cerebrales con otras copias idénticas, aunque quizás con diferencias de edades, como aquí lo habrán observado. Repito, el contacto entre universos es a través de las mentes y sus cerebros. De manera que una persona no *teleporta* a otra distinta, sólo puede hacerlo consigo misma en otros tiempos. Es un modo de viajar en el tiempo adelante o atrás, pero en otro plano paralelo u otra dimensión espacial si se quiere. Así que no hay tal conjetura de volver al pasado y matar a mi abuelo antes de que engendre a mi padre. Nada de eso. Por razones que desconocemos todavía, cuando las observaciones separan los planos del universo en copias idénticas, lo hace realidad en planos perpendiculares, según se cree, aunque se llamen universos paralelos; algunas se mueven más rápido con relación a otras en el tiempo debido a esa perpendicularidad. Algo así como que en una dimensión el tiempo transcurre en minutos, horas, días... más rápida que en otras, a partir de un instante. Y quizás mientras yo vivo una semana mi otro yo ha vivido un año o diez en otro universo, de resto es idéntico en cada una de sus partículas. Tal como sucede al viajero que se mueve a la velocidad de la luz en cualquiera de los universos, para que el tiempo de él sea distinto con relación a otros que se mueven a menor velocidad. Se necesitará pues una teoría de la *multi-relatividad,* de un nuevo Eisntein para esta nueva etapa de la ciencia. Pero, por ahora no es nuestro problema. La Física no ha terminado y tampoco hemos alcanzado la teoría del Todo como pueden ver. Sólo que hemos dado un paso nuevo, distinto, con *la psicofísica*. Esta relatividad del *multitiempo* (así lo llamamos) es lo que nos permitió ensamblar la tecnología de *la teleportación* de cuerpos de múltiples ondas, como es el caso de los cuerpos humanos, y no sólo de partículas con una sola onda.

Poniéndolo de manera más simple: ¿es una persona la mezcla de un número significativo de partículas cada una con su onda o tiene el conjunto una sola propia? Para ser más exactos: antes nos preguntábamos si es una persona 10^{32} ondas (dicho de otra manera, un número de 10 seguidos de 32 ceros) diferentes capaces de contener toda la información del estado de cada partícula requerida para *teleportar* un cuerpo humano, como ha sido calculado en 10 gigabytes (10 CD ROMs) que comprenden todas las partículas promedio de un cuerpo humano, en sus tres dimensiones con 1 mm^3 de resolución; o es una sola onda.

En el primer caso, la información, *teleportada* en un solo canal normal necesitaría un lapso de tiempo de cien millones de centurias para ser transmitida. Pero, no así para un registro cuántico de 32 bits con superposición de 0 a 9 dígitos. En la superposición todas las ondas están superpuestas y pueden ser enviadas a la velocidad de la luz todas a la vez, lo que exige una tecnología que se proyecta para el año 2020 en nuestra dimensión, justo en la dimensión que vivía el doctor Ignacio Jacob Montaña-Adjiman que bautizamos aquí como el Z62 cuando nos conectamos con él hace diez años, y quien fue uno de los primeros en comunicarse con nosotros y nos dirigió para que construyésemos un computador cuántico con tal capacidad. El Z62 tiene actualmente 72 años y entonces tenía 62 y es en este momento nuestro científico decano. Así que gracias a su computador cuántico de 10 *gigabytes* de memoria superpuesta podemos *teleportar* a seres humanos en segundos o a más tardar en unas pocas horas, según su nivel del tiempo en que vive.

Debo advertirles que el tiempo no es el factor determinante en el grado de desarrollo de una tecnología o variedad de la tecnología. En otros universos con una velocidad menor de tiempo o más jóvenes con relación a nuestra dimensión puede haber una tecnología superior en algún sentido o en una rama superior en otro sentido con relación a otros más viejos. Pero una vez que pudimos traer a Z62 se amplió la comunicación y pudimos *teleportar* más personas: más doctores Montaña, para que trabajásemos en una sola dimensión juntos y lograr con nuestra ciencia y tecnología construir, por lo menos en uno de los universos, el mejor de los mundos posibles, una nueva humanidad, apoyándonos en la tecnología de *GUV* que estábamos construyendo.

Nuestro objetivo fue, y es, construir un controlador de la mente humana que libere de la maldad y todo lo negativo a la humanidad y le permita vivir al hombre en un mundo mejor y eso es lo que estamos a punto de lograr."

El doctor A42 hizo una pausa. Los rostros de sus huéspedes reflejaban estupefacción. Frank aprovechó la pausa para preguntar.

— Ignacio, si sólo personas que han desarrollado una tecnología de *teleportación* pueden conectarse y hasta *teleportar* sus cuerpos en forma enramada y superpuesta, ¿cómo es que Marina y Mario reportan dos Montaña no científicos activos: un monje y un borracho?

— No tengo respuesta comprobada todavía a esa pregunta. Nuestra conjetura más sólida es que los universos ortogonales no sólo se separan sino que también se funden. Cuando abrimos la puerta de contacto entre universos, algunos muy cercanos al que buscábamos conectar, pero con otras historias diferentes, tales como que en una en que yo soy o mew convertí a partir de algún momento de mi vida en un monje budista y en otra un borracho perdido, se han podido materializar en el nuestro, pero su duración ha sido breve... un año a lo más, en el caso del santón deprimido que Marina trató psicológicamente en el *PRI* por ejemplo. Lo que hemos comprobado es que así como aparecen se esfuman en la nada. El lugar y el tiempo en que las ondas colapsan en partículas es aleatorio, posiblemente algunos hayan muerto de frío en el Polo Norte donde se corporizaron, y otros se hayan ahogado en las profundidades de los océanos. Este planeta es más agua que tierra y muy inhóspito en gran parte de su superficie. No sabremos jamás si los *teleportados* accidentalmente regresan a su universo propio que se vuelve a separar o se trasforman en energía, luz... ¿nada? No sabemos. Pero, permitidme decir algo del colapso de ondas en partículas. Lo que se *teleporta* es información sobre el estado de cada partícula de un cuerpo humano en mundo cuyo cerebro y mente están enramados en otro mundo con alguno otro idéntico hasta la separación anterior de ambos mundos, así que debemos tener una especie de plasma de partículas en un gas que tome casi instantáneamente la posición relativa de cada partícula con cada otra en un cuerpo, para que la onda colapse. Estamos hablando aquí de partículas elementales constituyentes de la materia de los sosias que aparecen por fusión de universos tomando las partículas de cualquier cosa, especialmente gases; en consecuencia, la fusión debe haberse hecho en algún plasma en alguna parte de la conexión entre universos, por ejemplo gases industriales como se producen en las grandes ciudades norteamericanas. El registro trae la información, por la técnica del doctor Z52 y se materializa en un cuerpo idéntico al que tenía antes, con memoria de su vida pasada y con toda su conciencia e identidad propia dentro de un cilindro computarizado (cuando lo hacemos nosotros artificialmente) que logra cuánticamente la estructuración correcta de cada partícula en un cuerpo, usando el plasma de partículas muy simples, *quarts* o partículas elementales, por caso; no entraré en detalles técnicos... pero así sucede. Claro, con la desaparición del original. De manera que cada Montaña *teleportado* es un Montaña que deja de existir, que se pulveriza o atomiza o irradia, en el universo de origen. Ya no podrá volver nunca a su mundo pues no tendrá un doctor Montaña allí con quien esté enramado, y éste es su sacrificio, su inmolación por el universo, deberá quedarse aquí entre nosotros para terminar su ciclo vital como haré yo, aquí mismo, mi lugar y tiempo originarios, hasta morir como me toque. Por lo poco que sabemos, hay tantos mundos, que ninguno de los *teleportados* dejó alguna familia o raíces que no pudiera abandonar para cumplir esta misión de demiurgo con el fin de crear un mejor mundo en alguna parte. Todos hemos comprendido que, de alguna manera, hemos sido escogidos en todo el *Multiverso,* en toda la creación, por alguna divinidad superior a nosotros, para que realicemos esta misión.

5. La misión

Habían escuchado al A42 por dos horas, y ninguno de los huéspedes mostraba signos de cansancio ni desinterés ni deseos de interrumpir la exposición. En una nueva pausa tomaron un ligero *lunch* mientras escuchaban atentos.

"Una vez que formamos un equipo de 205 Ignacios Montañas entre 42 a 72 años, nos dimos cuenta de que estábamos en capacidad de emprender cualquier proyecto científico-tecnológico por difícil que fuera, pues nunca se formaría un equipo humano que trabajase como un solo hombre, con doscientos o más cerebros sincronizados y 100% compatibles; o más sosias, según necesitáramos reclutar de otros universos, en condiciones intelectuales óptimas como el que tenemos nosotros. En todos los universos nos reconocían inteligencia superior y otras virtudes para lograr los objetivos que nos propusiéramos alcanzar. ¿Cuál sería el mejor propósito en que pudieran ser empleados estos talentos? Según decidimos: nada más ni nada menos que liberar al hombre del Mal.

6. La red

En fin, hemos logrado descifrar el *meta-mentalese* y sabemos que hay un algoritmo, un programa, innato en el hombre para aprender y comportarse para el Bien cuando aumenta la vida y su calidad; para el Mal cuando aplica sus conocimientos para destruirla. En cualquier hombre, no importa la raza o desarrollo cultural. Tomen en cuenta que en cualquier momento el hombre puede desatar un virus mortal que acabe con la humanidad. Imagínense éste en las manos de terroristas que creen alcanzar el cielo si se suicidan matando infieles.

Pero, si re-programamos ese algoritmo innato, como ya hemos probado entre algunos de nosotros la persona re-programada es otro ser humano, sin odios, ni celos, ni rencores, ni ambiciones que matan. Son los individuos a quienes Jesús llamó bienaventurados: los limpios de corazón, los humildes, los misericordiosos, los que claman justicia, los entregados a los demás, los que confían en la providencia divina, los altruistas...

Menos filosóficamente y más técnicamente, nuestro proyecto es así: dormir a la humanidad completamente durante 48 horas y entonarla en estado *delta* que induciremos con ondas magnéticas ELF de 6 a 10 Herzt, muy por debajo de la que se usa en la mayoría de los sistemas de electricidad en todos los países del mundo que oscilan entre 50 a 60 Herzt; y luego, la re-programaremos para construir ese nuevo hombre. La fecha escogida es el 31 de diciembre de 1999 a las 12 de la noche hora local de nuestra isla. Para el 2 de enero la humanidad será verdaderamente humana."

— ¿Y cómo se logrará re-programar a cada persona no importe en qué lugar se encuentre?— preguntó Frank, esperando una respuesta técnica.

—Desde aquí mismo, por medio de una red que ya cubre toda la Tierra—, fue la respuesta del A 42. Y pasó a darle algunos detalles: —Fíjate Frank, hemos construido empleando las comunicaciones normales y de poder eléctrico y una red de satélites que funcionan con 100.000 canales abiertos, uno por cada 60.000 habitantes del planeta (cualquiera emisora comercial abarca más) que llevará el programa *meta-mentalese* en microondas; luego, en pequeñas antenas parabólicas colocadas en edificios en todas partes del mundo (camufladas al lado de las de TV por cable), se cargará el programa a un PC que controla un oscilador de ondas magnéticas que serán radiotransmitidas por otras pequeñas antenas, en esos mismos edificios u otros en red hasta cubrir ciudades enteras en una superficie que alcanza la mayoría de las de zonas más pobladas. Ya cubrimos todo el planeta, al igual que lo barren todas las emisoras de radio del mundo. La primera fase consistirá en dormir a todo ser humano viviente o casi todos con esta red, al recibir un código envuelto en una melodía bien escogida con este fin (los cantos gregorianos, la música de Claude-Achille Debussy o las composiciones de sus discípulos son ideales con tales fines); en una segunda fase (por eso necesitamos 48 horas de re-programación) nos apoyaremos también en la red de radio emisoras del mundo entero, pero ya nadie podrá impedírnoslo, porque todos estarán dormidos Así que cada habitante de la Tierra, si exceptuamos zonas polares, desérticas o selváticas; cada uno, repito, recibirá señales de ondas magnéticas con un código que sustituirá al innato que le impuso la evolución a ese homínido llamado *homo sapiens*. De la misma manera que un programa sustituye a otro en un computador, así haremos con el cerebro humano y su mente. Un computador cuántico nuestro — programado con el código de *meta-mentalese* para que constantemente se repita, una y otra vez para siempre — logrará el propósito que buscamos. Los satélites funcionan con energía solar y fueron colocados por la NASA para las empresas Montaña-Adjiman bajo el pretexto de señales de comunicación mundial entre nuestros bancos; las antenas de radiodifusión al lado de centenares de otras privadas o públicas no han llamado la mínima atención. El fin, valió la pena, como el multimillonario gasto. Pero, en realidad, esas señales ahora son de ondas magnéticas que afectarán cada cerebro de cada habitante humano de la Tierra. No tendrán ningún efecto sobre los demás seres vivos. Claro, la señal es débil pero irá montada sobre millones de señales que actualmente se usan en la radiodifusión que llega a cada lugar del planeta, como las de emisoras de audio privadas y públicas en el mundo entero para que se re-programe toda la humanidad con un programa que eliminará lo que pudiera ser destructivo o autodestructivo en el ser humano, sustituyéndolo por lo que promueva la cooperación, la tolerancia, la filantropía, el desprendimiento... en fin, fraternidad y amor para con su prójimo y consigo mismo: *"Amar al prójimo como a sí mismo"*, éste era el principio codificado en el algoritmo del programa.

— Doctor Montaña— interrumpió Marina— ¿qué efectos colaterales tiene esta re-programación en el ser humano? —Y añadió con preocupación—: ¿Está usted consciente de las implicaciones éticas de esta misión, como usted la llama? ¿No debería ser consultada la humanidad?

— Marina, con relación a lo primero, no hemos tenido suficiente tiempo para saber si a largo plazo las consecuencias de la evolución biológica, cultural y social del hombre será modificada por los efectos de la re-programación del cerebro/mente/cultura humanos; la alternativa es dejar al hombre a su destino azaroso como el que hasta ahora ha tenido, con la posibilidad de que destruya a la Tierra por su obsesión suicida, en cualquier momento...como pudiera pasar. En cuanto a la consulta, ya conoces los resultados de aproximarme a la comunidad científica hace unos días atrás. Te puedes imaginar un referendo mundial sobre el tema. Seguramente será manipulado según los intereses de los poderosos: gobiernos, empresas, partidos políticos, sindicatos, agrupaciones civiles, ONG, iglesias y sectas religiosas...

Estas últimas se opondrán pontificando que hemos subrogado el poder de Dios, al quitarle el libre albedrío al hombre y al impedirle que pueda escoger entre el Bien o el Mal, pues se inclinará al Bien. Un hombre re-programado según el Sermón de la Montaña, humilde, misericordioso, justo, limpio de corazón... ¿Tú crees que vivirá para el consumo o la acumulación de cosas materiales? No puedo asegurártelo, pero quizás un comunismo no marxista ni ideológico de ninguna especie, sea la forma económica y social elegida voluntariamente por el nuevo hombre, tal como lo vivían los primeros cristianos en las catacumbas y en abadías o lo practican todavía los monjes budistas; ¿lo aceptarán las democracias capitalistas? Seguramente no. Lo harán los países socialistas que aún quedan a pesar de haberse derrumbado el Muro de Berlín. Es probable que hagan todo lo que puedan en propaganda para que la globalización en una sola humanidad sea rechazada por la mayoría engañada— si le consultáramos a la población humana del globo. Más aun, es posible que una anarquía organizada, si me permiten esta contradicción en términos, sea la forma de gobierno mundial que sustituya a los gobiernos nacionalistas en pugna de hoy en día. Estoy seguro que una opción de un hombre generoso, magnánimo y fraternal, altruista, filántropo, desprendido... aunque no totalmente libre para hacer el Mal, y para quien cada ser humano es su hermano, es infinitamente superior a la de esta civilización tan peligrosa que hemos creado. Llegó el momento de escoger para siempre entre el Bien y el Mal; pero esa decisión la tomaremos quienes somos capaces de cambiar las cosas.

Al terminar, A42 les invitó a descansar en habitaciones que tenían para ellos en el edificio de servicios al lado de la "fábrica". Así que salieron del cilindro hacia la planicie en el preciso momento en que brillaba un crepúsculo encendido en el ocaso por el sol. La oscuridad que le seguía era la de la primera noche de su estadía en DEMIURGO II o la *fábrica*. A través del anillo de la nube celosía se divisaban a lo lejos, navegando en distintas direcciones, grandes cruceros blancos y colores festivos, repletos de turistas, que seguramente gozaban de algunos días de vacaciones en el Caribe, lejos de sus preocupaciones y su vida de angustias, incertidumbre, recelos, lucha, crueldad y peligros. Si orientaran su mirada al sur, otearían un islote casi inhabitado con una rara nube blanca posada sobre una pequeña meseta, como aquéllas que dejan las lluvias después que pasan. Jamás podrían imaginar que allí se les programaba un cambio total en sus vidas y para siempre, y pudieran ser felices de verdad; no como aparentaban.

En los días que siguieron, los huéspedes del doctor Montaña y sus sosias conocieron más detalles del proyecto y se entrevistaron con los tres doctores Montaña que habían sido re-programados para conocer la efectividad y los efectos sobre el ser humano: los alter ego B32, C42 y F52.

La impresión que estos le causaron a Marina y a Mario fue parecida a la que les produjo aquel doctor Montaña del *PRI*. Parecían seres más allá del Bien y del Mal. Con una serenidad y sosiego de quienes son felices plenamente, absolutamente, sin que su bienestar dependa de cosas como la salud, la fortuna, la fama, el poder... más bien su actitud era la de los estoicos conciliados con su destino. Parecían vivir una vida serena y desprendida.

Después de conversar algunos días con ellos, Mario y Marina estuvieron de acuerdo con el cambio, y decidieron regresar para recibirlo en el *PRI*.

Philip prefirió quedarse como espectador y reportero.

Frank quería participar en el proyecto activamente y solicitó una audiencia privada al A42. En pocas horas fue complacido.

— Ignacio, en nombre de Lois, el mío y en memoria de nuestro padre, te pido como amigos que somos, que nos reivindiques ante la comunidad científica mundial—comenzó diciendo.

— Por supuesto Frank, ¿cómo esperas que lo haga en estos momentos?— Indagó Ignacio, dubitativo.

—Bueno, cuando des a conocer al mundo los resultados de todo cuanto aquí se ha logrado, reconocerás, entonces, públicamente, los méritos de nuestros aportes; y por supuesto que jamás te traicionamos o participamos en alguna conspiración de espionaje industrial o político internacional o nacional contra ustedes, contra nuestro país ni contra alguien.

— Querido Frank—dijo condescendiente el A42—¿todavía no has entendido? Nada de eso tendrá importancia después del cambio. Ni el reconocimiento ni los premios ni los títulos ni la vanidad ni la propiedad ni la riqueza ni los privilegios ni la fama, buena o mala, ni la ostentación ni las preeminencias ni tener o no tener... nada eso se tomará en cuenta después del cambio; sólo el amor tendrá importancia en la vida del ser humano, una vez que lo re-programemos— ; y añadió, con alguna esperanza de calmarlo—: Si te sirve de consuelo, he indagado en distintos mundos del *Multiverso* donde he podido contactar con mis *alter egos* porque su tiempo es muy cercano al nuestro, que tu padre y tu madre están vivos porque no hubo ningún accidente en el monte Monadnock, simplemente porque no fuimos o porque yo cambié las sogas al encontrarlas mojadas y podridas. También, por supuesto, en ese mundo Lois es una mujer con todas sus facultades, y ustedes son reconocidos científicos de fama internacional.

— Quiere decir entonces que nos niegas la justicia—dijo Frank contrariado y encolerizado.

Ignacio comprendió que la carga emocional de Frank, de casi una década de rencor, no se aliviaría con explicaciones ni se consolaría con otras realidades en otros universos, y colocando su mano en el hombro del amigo, le habló con dulzura:

—Haré lo que tu quieras, sólo que estoy seguro que todos pensaremos distinto dentro de muy poco.

7. Cuarteto para el fin de los tiempos

Frank regresó a su habitación convencido de que Ignacio no había sido sincero. Algo perverso le ocultaba y se tomaría todo mérito de los descubrimientos científicos y tecnológicos para él, como por años se lo machacara su hermana Lois. Pero, no lo razonó así, sino que se volcó mentalmente en contra de la misión, y en pocas horas se fue convenciendo que todo lo que allí se planificaba se hacía subrepticiamente en conspiración contra los intereses de la humanidad. Allí se estaba montando el mayor de los delitos de *lesa humanidad* jamás pensado. ¡Era necesario detenerlos! Y levantándose el pantalón sacó el revolver 38 cañón corto de su funda, para cerciorarse que las seis balas estaban en el tambor.

Claro que no se esperaba que un científico, un amigo, un hermano a quien se le abrían las puertas de la casa para que conociera el DEMIURGO II por dentro, llevase un arma oculta, donde la protección era de disuasión psicológica y no física, redundaba en situaciones y circunstancias para lo que no estaban preparados en aquella isla. Se evidenciaba en un estado de cosas ante los que resultarían indefensos, nadie allí lo previno. Las armas habían sido abolidas en el proyecto; aún para defenderse hombre a hombre de cualquier intruso, pues no era posible que alguien se acercara a ellos sin disuadirlo por los medios desalentadores y ominosos de las *aluciondas*.

En los siguientes días, Frank fue alimentando y acumulando contra Ignacio un odio que lo enfermaba. En algunos momentos, se sentía como Judas cuando traicionó a Cristo; el dilema de Iscariote que amaba a Jesús pero sentía, que era su destino destruirlo y del que no podía escaparse. Si para detenerlo debía recurrir a la violencia, lo haría. Por supuesto que no contaría con sus compañeros de viaje. Mario y Marina ya habían aceptado el cambio y en pocas horas dejarían *la fábrica* en un hidroavión que los recogería por el otro extremo de la isla, en el muelle, cerca de la mansión abandonada; deseaban estar en su patria para el momento del fin de los tiempos viejos. Mientras que Philip, con tal de tener la exclusiva del reportaje y ser el cronista del cambio; sólo sería un espectador incapaz de detener aquella conspiración mayúscula. Más aun, cavilaba Frank, jamás participaría en los acontecimientos pues para reportarlos tenían que suceder. ¡Cómo acabar la noticia antes que se diera! Así pensaba aquel mujeriego, se dijo Frank con desprecio.

Entonces, quedó persuadido por sí mismo que actuaría sólo, en el momento propicio, y enfrentaría al A42 y su locura de dominio universal. Estaba seguro que los demás Montaña dependían de la decisión de aquel barbudo. Si fuese necesario, lo inutilizaría con un disparo; aunque no era su intención liquidarlo. Frank no era un asesino. Por el contrario, se consideraba un héroe a quien si mata lo hace en defensa propia. En el presente caso, en defensa de la humanidad. Acaso, no había confesado Ignacio que desconocía los efectos a largo plazo de la re-programación. De cualquier manera, ¿quién había pedido ser re-programado? ¡Nadie! Si como consecuencia, el resultado de la re-programación dejaba a una humanidad pusilánime, como le parecían aquellos re-programados que conocieron, si mal no recordaba con placas que los identificaban como B32, C42 y F52. Además, no era evidente su sometimiento, el sólo hecho mismo de tener letras y números como nombres, ¿no era muestra de la dependencia de todos a las ideas del doctor Ignacio Jacob Montaña-Adjiman? — reflexionaba Frank en su desvarío.

Por otra parte — puntualizó para sí—cuánto daño le había hecho a ellos, a los Taylor: culpable de la muerte de su padre, de su desgracia profesional y ahora como el *Príncipe de este Mundo*, el verdadero demiurgo, con los más obscuros designios que hubiese para toda la humanidad. No había duda, Ignacio perseguía dominar al género humano re-programándolo. No hay otra opción, ¡es necesario detenerlo por cualquier medio!

163

Con tan sombríos pensamientos, Frank se excusó con ocupaciones de su interés por aprender el funcionamiento y operación de los equipos en el cilindro, para no despedirse de Mario y Marina, quienes se fueron extrañados de esa actitud.

En el camino, mientras la camioneta Jeep les llevaba por la carretera que habían seguido desde el aire con Ochoa cuando sobrevolaron la isla, y se aproximaban al muelle, donde había atracado un hidroavión, y algunos pescadores observaban con curiosidad, a Marina le sobrevino un raro presentimiento y apretó la mano de Mario, quien instintivamente también la tomó de la mano y miró la hora de su reloj-pulsera; le pareció que estaba atrasado.

***

En los siguientes días, en la fábrica todo era febril actividad. Poco cuidado se le daba a Frank y a Philip. Las comunicaciones con otros Montaña alrededor del mundo, con Sara, María y la Srta. Nelson, moviendo fondos, verificando conexiones, preparando los centenares de detalles tomando en cuenta la sincronización de los eventos y todo en el mayor secreto, revisando las antenas de cada ciudad (un pequeño ejército de empleados de la firma internacional "MA Telecomunications Inc". de los Montaña-Adjiman, se encargaba de la tarea ignorando los fines). En verdad, estaban armando la conspiración más grande de la historia y además perfecta.

Era indispensable iniciar el proceso a las 12:00 hora de la isla, 32 relojes que ocupaban un enorme tablero en el cilindro marcaban las horas locales en sitios claves del planeta.

Quizás lo que más le irritaba a Frank de toda la agitación que presenciaba es que él no era parte de ella, ni podía participar aunque le dejasen. La tecnología estaba quizás treinta años de adelanto por encima de sus conocimientos; necesitaría meses, quizás años, para alcanzarla. Nada de lo que había leído en los libros y revistas técnicas se aproximaba aquello; era el futuro ante sus ojos. Un futuro que muy pocos científicos contemporáneos avizorasen; y no eran aquellos los más publicados tampoco, porque todo el asunto parecía descabellado, ortodoxamente hablando.

La noche del 31 de diciembre de 1999 se presentó puntual.

En los últimos días se trabajaba en la fábrica las veinticuatro horas, en tres turnos de ocho horas cada uno. Philip trataba de llevar en un *lap top* (con el que sustituyó su cuadernito de guerra) la crónica de los acontecimientos.

Frank había quedado olvidado. Así que en lugar de cenar con los demás, se recostó muy temprano vestido, con las bragas que le suministraron para que mudara de ropa, en su habitación del edificio de servicios, a pocos metros del gran cilindro o la fábrica. Colocó en su reloj de pulsera una alarma que lo alertaría a las 10:50 p m. Aunque no era necesaria, no podía dormir. Repasaba su vida en silencio, y no lograba precisar su futuro. Su cerebro marchaba al compás *beta*.

Cuando sonó la alarma, Frank se sobresaltó: nunca en su vida se había enfrentado a decisiones tan graves. El corazón le latía acelerado. Salió de la habitación y se extrañó al no ver a nadie en los alrededores, tampoco en las veredas que comunicaban los edificios. La luz de la Luna se reflejaba plateada y serena sobre las antenas parabólicas y los tensos cables de acero de las antenas de radio regadas por la meseta; platos grandes de treinta metros hasta pequeños de cinco; como también torres de radio de diferentes tamaños. Las parabólicas se movían pesadamente sin hacer ruido perceptible a la distancia en que Frank se encontraba, impulsadas por la perfección de sus motores, tomando posiciones con las 32 direcciones de la *rosa de los vientos* y el cielo estrellado. Frank sintió frío y supuso que todos estaban ocupando los puestos de mandos y control, pues sólo faltaban sesenta minutos para la hora C (de cambio) según su reloj y no se veía a una sola persona. A su alrededor todo era misteriosamente tranquilo, en expectativa. De todas partes, por el aire sin precisar su origen, comenzó a oírse la monótona melodía del *"Cuarteto para el fin de los tiempos"* de Olivier Messiaen, compuesta por el virtuoso músico bajo la influencia de Debussy en un campo de prisioneros de guerra alemán, durante la Segunda Guerra Mundial.

Frank la reconoció inmediatamente por su carácter místico, pues era un culto melómano. Con la melodía cambió su estado mental de desasosiego, excitación y odio, y de pronto se sintió relajado, tranquilo, su cerebro pasó a un movimiento *alfa*, su corazón volvió al ritmo normal y una somnolencia placentera le dominaba, al punto que se detuvo bostezando para sentarse en un banco de madera que adornaba la vereda, bajo la luz de un farol al que le revoloteaban incansables docenas de taritas, al lado de unas palmeras y otros arbustos. No logró sentarse, pues cayó de lado sobre el banco profundamente dormido, en pocos minutos su ritmo cerebro/mental pasó directamente a *delta*. En sus últimos minutos de conciencia recordó la partitura del *"Cuarteto para el fin de los tiempos"*, que oía, y correspondía a una cita del Apocalipsis de San Juan (10-1-7):

" Yo vi un ángel lleno de fuerza descendiendo del cielo, revestido de una nube, con un arco iris sobre la cabeza. Su rostro era como el Sol, sus pies como columnas de fuego. Puso su pie derecho sobre el mar, su pie izquierdo sobre la tierra y, manteniéndose erguido sobre la tierra y el mar, levantó la mano al cielo y juró por Aquél que vive por los siglos de los siglos, diciendo. No habrá más tiempo; pero en el día de la trompeta del séptimo ángel, el misterio de Dios se consumará"

No le quedó conciencia para relacionar la profecía con lo que sabía se pretendía en el DEMIURGO II re-programando a la humanidad y la red del demiurgo erguido en la isla sobre el mundo con ondas que cubren al planeta entero.

Había allí cuantiosos arquetipos y sincronicidades ocultas...

Eran las 12.01; a Frank se le había olvidado ajustar la hora de su reloj de pulsera que marcaba la de Ciudad de México y seguía atrasada con relación a la de la isla en una hora y un minuto exactamente.

Asincronicidad...

8 UN MUNDO EN PAZ

1. El Cambio

Frank despertó en su cama, hasta allí había sido cargado por dos doctores Montaña que vestían una especie de cofias o fundas sobre sus cabezas que les cubrían desde la frente hasta la base del cuello por detrás. (En realidad eran mallas de cobre de alta conductividad que hacían al cráneo una *"Jaula de Faraday"* ó *JF*, es decir, un recinto de paredes conductoras para que el campo eléctrico dentro sea cero e impida la propagación de ondas electromagnéticas en su interior.) Quien la usaba no podía ser reprogramado pues con una de ellas puesta sobre su cráneo aislaba el cerebro de las ondas electromagnéticas.

Lo dejaron dormido y abandonaron la habitación... no le registraron ni advirtieron nada sospechoso. Asumieron que el cambio lo sorprendió a la intemperie.

Aunque Frank lo ignoraba, pues se encontró solo al despertar. Al pasar de las ondas *delta* a *theta*, de *theta* a *alfa* y de *alfa* a *beta* sintió que volvía de un refrescante sueño, con una sensación de bienestar físico y mental extraña, nunca antes experimentada. Con ganas y alegría de vivir. ¡Feliz! Se sentía repleto de euforia sin causa aparente. La sempiterna melancolía que lo acompañó en sus actos más cotidianos y sencillos, desde su adolescencia hasta hace unas horas, había desaparecido mágicamente.

Pero, ¿quién era él? Un peso y una molestia en la pierna le impulsaron a tocarse con la mano donde algo le perturbaba y palpó el revolver enfundado. Se sentó sobre la cama con los pies en el suelo, levantó el pantalón y se desabrochó la correa con la cual se ceñía el arma a la pantorrilla. La sacó de la funda para quedarse mirándola fijamente, como si no la reconociera. De pronto, una profunda pena por su anterior yo, colmó su conciencia, cuando la memoria relacionó el revolver con el atentado contra Ignacio Jacob Montaña-Adjiman que aquél otro Frank planeó cometer. Una piedad infinita por Frank Taylor el viejo, el anterior, le hicieron llorar como no lo hacía desde que era un niño.

Salió del edificio de servicios. Tenía que abrazar a Ignacio y pedirle perdón. Era una necesidad, una urgencia enorme, impostergable. Pero, no sólo sintió pena por su pasado egoísta, por cada pequeño pecado de desconsideración con los demás, por causas baladíes, sin importancia, pero que en su momento le hicieron molestar a otro ser humano: su esposa, sus hijas, sus alumnos, sus compañeros de trabajo, de investigación... los recordaba con un profundo arrepentimiento, contrito corazón y propósito de enmienda de no volver a ofender a nadie ni siquiera en intención.

No sólo lloraba por él y se arrepentía de sus culpas, sino que gemía quejumbroso por toda la humanidad. Tantos y tanto sufrimiento que el hombre se había infringido a sí mismo y a sus congéneres a través de la historia, cuando las cosas pudieron ser distintas con un poco de buena voluntad. Y el llanto le hizo bien, era necesario sacarse del alma tanta estupidez, tanto desamor, tanta mezquindad, tanto odio, tanta maldad, tanta vesania, tanto padecer...

****

Además de Frank, ningún hombre, ninguna mujer, ningún joven o viejo quedaron excluidos del arrepentimiento universal al despertar de la re-programación. Solamente algunos pueblos primitivos fueron libres de la insoportable angustia del pecado. Los demás ansiaron vehementemente expiar sus culpas, por pequeñas que fuesen, reparando en lo posible el mal hecho. Así que se inició en toda la Tierra un período de confesiones públicas y arrepentimiento universal, de individuos y naciones, por cada uno vivo y por sus antepasados muertos.

Cada uno fue a buscar a aquel otro a quien había ofendido aun en el menor acto, como no escucharlo o ignorarlo, para pedir su perdón.

Bastaba hacer un propio inventario sobre las ofensas recibidas como las hechas, por cada uno, para concluir que tanto tenían que perdonar como ser perdonados: *"Perdona nuestras ofensas como nosotros perdonamos a los que nos ofenden"*.

Entre más culto e inteligente era el varón o la hembra humana o más importantes su posición en la sociedad y el mundo, más culpa sentían.

Los capitalistas que quebraron a competidores sin piedad; los jefes que dejaron sin trabajos a sus empleados; los que negaron posibilidades a los demás para que tuviesen una vida digna... Quienes corrompieron a menores; los que hicieron fortunas con el tráfico de drogas; los que prostituyeron a mujeres ignorantes, jóvenes, niñas... Los violadores... Los que juzgaron injustamente y con el amparo de la ley sentenciaron a muerte a otro prójimo. Los que construyeron armas y los que las utilizaron.. Pero, especialmente se sintieron sin expiación los autócratas y tiranos del siglo XX aún vivos. Los dictadores latinoamericanos, los sátrapas de Oriente, los déspotas absolutistas de Asia y África... Entre plañideros gemidos dejaron sus gobiernos en manos de consejeros que reconstruirían a sus países, y se exiliaron en sus propios territorios para confinarse hasta sus últimos días en alguna de las mismas cárceles donde torturaron hasta la muerte a sus opositores y disidentes, ahora convertidas en escuelas u hospitales; purgando sus culpas con el servicio a los demás en los oficios más humildes. Sólo se vieron compensados cuando la nueva humanidad los perdonó, para castigarse ella misma por haberlos encumbrado con el aplauso y el culto a la personalidad. Ahora y en adelante, ningún hombre usará a otro hombre como medio para sus fines, no importa cuáles sean sus motivaciones. No más caudillos, no más faraones, césares, emperadores, reyes, zares, káiseres, sultanes, presidentes, cancilleres, primeros ministros, o seres predestinados... No más líderes; nunca más un individuo por encima de los demás. En adelante la humanidad se regiría por sí misma en consejos de representantes del pueblo; desde la más pequeña aldea a la más grande metrópoli, hasta las naciones y los continentes; tal como se había empezado a ensayar en la Unión Europea en la década de los noventa; pero, ahora, para todo el planeta. No más absolutismo como había en el mundo a finales del siglo XX en Cuba, Irak, Libia, Corea del Norte, Arabia Saudí, Bahrein, Brunei, Qatar, Kuwait, Emiratos Árabes Unidos, Omán, Tonga y Suazilandia.

****

Lo primero que hizo Frank al salir a la planicie, fue acercarse al borde de la meseta y lanzar con fuerza el revólver en su funda a los matorrales de abajo. Juró más nunca tocar un arma, ni siquiera en defensa propia. Y se sintió mejor.

El cielo estrellado sobre su cabeza con nubes blancas en el horizonte, en cualquier dirección que mirase, le hizo advertir que ya no estaba la nube-persiana que escondía al DEMIURGO II, sino el bellísimo paisaje abierto al cielo y al mar caribeño. ¡Qué linda era la noche! Plena de misterio y de embeleso. Volvió a experimentar el éxtasis ingenuo de la niñez y la misma sensación de encantamiento cuando se enamoró por primera vez. Se sintió de parte de un todo, que pertenecía al Universo, en arrebato místico. Las noches estrelladas le causaban dos sentimientos: asombro ante la profundidad infinita de la bóveda celeste y amor mágico por una mujer que no conocía pero adivinaba. Y eso le trajo el recuerdo concreto de su fiel compañera, su esposa. A la primera que tenía que hacerse perdonar por tomarla muy poco en cuenta. Tan pronto pudiera... ahora debía verse con Ignacio urgentemente.

Hace dos noches pasó por esta misma vereda con intenciones asesinas, hoy caminaba con lágrimas de arrepentimiento y un sentimiento de ilimitada fraternidad con todo el que veía pasar; y al fin, después del largo llanto, encontró la paz.

Entró en el cilindro y notó que afuera los Montaña usaban cofias o fundas ligeras de color del cobre que les cubría el cráneo totalmente; parecían hechas de algún metal tejido en una malla. Dentro del cilindro no la usaban. Después recordó, como ingeniero que era, el principio de la *Jaula de Faraday*. Y entendió: los Montaña no se re-programaron. Unas horas antes lo hubiese visto como parte de la conspiración por el dominio del mundo; hoy lo aceptaba con confianza en Ignacio y los suyos. Estaba seguro que había muy buenas razones para el bien de los hombres que los Montaña siguieran siendo como antes, mientras todos los demás cambiaban.

Otro que no cambió, que no fue re-programado, fue Philip Goodman. Frank lo sabría después.

Tomó el elevador y subió a la oficina de Ignacio, identificado como el A42. Allí estaba ocupado, pero calmado, tranquilamente conversando y atendiendo con otros, casi idénticos a él aunque de diferentes edades, los monitores y teléfonos que repicaban sin cesar. Aun estando tan ocupado, apenas entró Frank, se levantó del asiento destacando su alta y elegante figura, para recibirlo con una sonrisa llena de amistad y fraternal afecto. Frank se tiró en sus brazos quejumbroso.

—Lo sé Frank, lo sé. Te comprendo— le dijo Ignacio devolviéndole el abrazo y dándole unas palmaditas en las espaldas.

—Gracias Ignacio. Perdóname, perdona a Lois... permítenos venir a servir a la humanidad contigo, aquí mismo.

—Por supuesto. Como quieran y cuando quieran. Ustedes son bienvenidos... son mis hermanos.

***

Pocos días después, Lois llegaba a la isla. Su reencuentro con Ignacio fue tan emotivo como el de Frank. Un largo rato estuvo abrazada a quien había odiado y querido tanto a la vez, en sentimientos contradictorios. Pero, qué tan diferentes eran sus pensar y sentir ahora. Suplicó perdón por todos sus rencores, que Ignacio aceptó comprensivo y con fraternal afecto, y se instaló en la vieja mansión con su hermano y la familia de éste, para comenzar una nueva vida en paz consigo y con todo el mundo, incluyendo al sexo opuesto.

***

2. El nuevo milenio

Al despertar, la primera sensación de Marina fue la de satisfacción y paz, al igual que todos los días y a la que ya estaba acostumbrada. Era lo más perecido a la felicidad que pudiera experimentar el ser humano: la tranquilidad de sentirse en paz con todos, consigo misma, con Dios. A su lado Mario se despertaba con una sonrisa sosegada y seguramente experimentaba la misma beatitud que su mujer. Como todos los días. Inmediatamente se abrazaron y besaron con entrega amorosa y plena. El amor que sentían uno por el otro se había acrecentado con madurez, serenidad y sin ningún egoísmo, cada uno dispuesto a complacer en el menor deseo al otro. Tomados de la mano se aproximaron al ventanal de una pequeña casa que heredó Marina de su padre y que ocupaban en las afueras de Madison frente al lago *Mendota*, extasiándose con el nacer de nuevo día de primavera, satisfechos con una sosegada euforia. ¡Qué esplendorosa era la naturaleza y qué regalo estar vivo! Ya habían transcurrido cuatro años, como se mostraba en el calendario digital sobre la mesa de noche, con la fecha 2 de mayo del año 4 (si el mundo no hubiese cambiado como lo hizo, el reloj señalaría el mismo día, mes y hora, pero el año sería el 2004) de su retorno a Wisconsin desde la isla del Dr. Montaña, y todo era distinto a como fue, después de la re-programación operada por el DEMIURGO II a la humanidad.

¡Cómo cambió todo!

Para el momento del cambio, cuatro años y cinco meses atrás, ella y Mario eran los únicos terrícolas que conocían en el mundo exterior el secreto del DEMIURGO II y de la re-programación que se avecinaba el 31 de diciembre del año 1999. Así que al volver al Departamento de Marina en el *PRI* se prepararon para el magno acontecimiento vistiendo pijamas y tomando champaña en su propia cama. Afuera, en los otras residencias se escuchaba la música y la bulla de quienes habitaban los demás apartamentos en el Instituto y se preparaban a recibir y festejar el principio del Año 2000, el nuevo Milenio, junto con algunos familiares y amigos.

Mario llamó a su socio Arthur O´Hara y le rogó que siguiera sus instrucciones sin preguntar; para que a las 10:30 p m, hora de Nueva York, estuviera en una posición segura en su casa, no manejando o en actividades que pudieran causar un accidente porque se iba a quedar dormido como todos los suyos. O´Hara, aunque le pareció una petición muy extraña, la obedeció, pues no le costaba nada, en esos momentos estarían todos en su hogar.

Justo a las 10:00 de la noche (dos horas de diferencia con la isla) una pesada somnolencia se adueñó de la pareja. En pocos segundos cayeron simultánea y profundamente dormidos *pasando directamente de estado alfa* a *delta* como lo hacía el resto de la humanidad en todas partes del planeta, sin importar lo que hicieran o el estado mental en que estuviesen. Aquellos a quienes los tomó dormidos, con sueño ligero, se les hizo más profundo.

El último recuerdo consciente de Marina fue escuchar en su mente lo que le pareció un concierto de orquesta de cámara, para violín, clarinete, violoncelo y piano, con una melodía lenta, sutil, monótona, tranquilizadora y hermosa que creyó compuesta por *Debussy*.

Durante 48 horas exactas permanecieron dormidos, al igual que el resto de los otros médicos, pacientes y empleados en el *PRI*; como todas las personas alrededor del Instituto en sus casas, sus jardines, sus oficinas, sus iglesias, sus fábricas, sus clubes, sus hospitales, sus *pubs,* sus cárceles, sus hoteles, sus escuelas... Los habitantes de Madison, Wisconsin, los Estados Unidos, América... para quienes era de noche. En Europa todavía celebraban el nuevo año y el nuevo milenio por la madrugada del día siguiente, cuando la gente cayó de súbito en un profundo sueño. En otros continentes la luz del día sorprendió a millones de personas que se rendían por el sueño en las calles o donde las alcanzasen las ondas electromagnéticas generadas por la red mundial del DEMIURGO II. Solamente en muy pocos lugares del planeta, poco habitados, la gente no vivió la experiencia. Pero más tarde la aceptaría voluntariamente.

Casi todos los trenes en movimiento del mundo se descarrilaron, ocasionando estremecedoras y lamentables tragedias que no se vinieron a conocer sino dos días después. Los aviones en vuelo se estrellaron causando miles de muertos, pues muchos cayeron sobre sitios poblados, matando no sólo a sus ocupantes sino también a los que recibieron el impacto, prendiendo fuegos que nadie apagó. Naufragios de todo tipo fueron posteriormente reportados. Otros centenares de miles de personas murieron en accidentes al quedar dormidos mientras realizaban sus actividades en el trabajo y que estaban de guardia pues era horas de asueto. Sin mencionar los millones de colisiones fatales o con heridos en los accidentes automovilísticos que sobrevinieron y que no fueron atendidos a tiempo en calles o carreteras. Otros muchos perecieron en salas de operación. Más los gravemente heridos en todos estos casos que fallecieron después o quedarían afectados por sus causas. Millones de seres humanos de todas las edades, sexo, raza, religión...

Este fue el dolor del parto con el que nació una nueva humanidad.

No fue nada fácil enterrar a millones de cadáveres en estado de putrefacción, pero la labor quedó distribuida en las comunidades por voluntarios y parientes de los fallecidos.

Los muertos fueron venerados como mártires del nuevo orden; cuando se supo su origen nadie culpó a los científicos del DEMIURGO II. De cualquier forma, millones morían cada minuto por esas causas y las naturales, sin que hubiese cambio alguno en el desesperado vivir de la mayoría de la humanidad.

***

Mientras Marina preparaba el desayuno para su familia, Mario se dirigió a despertar a sus hijos adoptivos: Flor, una niña mexicana de diez años y Luís, un niño venezolano de siete.

Como todas las parejas pudientes de países desarrollados sin hijos, adoptaban en sus familias niños de países con altos índices de pobreza, aun familias con mayores posibilidades y que ya tenían hijos, recibían uno o dos muchachos de cualquier parte deprimida económicamente del mundo; un modo de aliviar las diferencias entre países ricos y pobres a que se esforzaba la humanidad del nuevo *milenium*

Después que el Instituto quedó como lugar para ejercicios de meditación con la súbita cura de la mayoría de los enfermos mentales que fueron despachados para sus casas como personas sanas, re-programadas; Marina se decidió por el trabajo de médico general en uno de los suburbios de *Madison*. Había perdido todo interés por la investigación científica, sus días se llenaban de una contemplación compartida con todos sus vecinos, amigos y familia, hacia la naturaleza y algún principio divino de armonía, orden y sentido en la vida.¡La vida era tan hermosa!¡ La obra divina clamaba por ser contemplada! Poco tiempo había para otras cosas que no fuera compartir experiencias místicas y ayudar al sustento y el bienestar propio y del prójimo. El fin de la vida dejó de ser material: dinero, fama, fortuna, bienestar y seguridad fueron sustituidos por la realización de la unión con lo vital eterno, con las demás conciencia, con una conciencia universal.

Mario vivía similares experiencias como el resto del mundo, y convencido que el *cambio* ocurrido hacía innecesaria sus pesquisas porque los crímenes, los asesinatos, los suicidios, las violaciones, las suspicacias, el fraude, el robo, la traición, la estafa... desaparecieron, y en común acuerdo con Arthur O´Hara cerraron sus oficinas como lo hacían todas las demás escritorios de abogados y detectives en el mundo entero. Pues pasaban a ser profesiones obsoletas e innecesarias en el nuevo orden. O´Hara y su familia solían visitarlos con frecuencia y un hijo menor de los O´Hara estudiaba en la Universidad de Wisconsin.

Mario dedicaba cuatro horas del día a la labor social del Consejo de Dirección de la ciudad de Madison.

Ni Mario ni Marina tenían salario alguno, trabajan por el placer de contribuir al bienestar de todos y como todo el mundo recibían lo que necesitaban para su existencia, trabajasen o no.

3. Fraternidad, sinceridad y misticismo

El cambio fue radical. La naturaleza humana dejó de ser como hasta entonces había sido, egoísta, con impulsos mezquinos para con los demás. Ahora, después del cambio era todo lo contraria, dispuesta al sacrificio por el prójimo, como los santos y los héroes. Puesto que el hombre se sentía feliz, no envidiaba a nadie y por lo tanto no odiaba a nadie tampoco

El otro aspecto radical de cambio era la sinceridad como norma en todas las acciones humanas. Antes, el hombre mentía constantemente a los demás y fingía lo que no era para conseguir sus fines egoístas. Hoy, nadie miente, ni aun al revelar sus pensamientos más íntimos y recónditos, pues los hombres sienten compulsivamente la necesidad de ser justos y veraces

Si los anteriores cambios en la naturaleza humana impulsaron a organizar una sociedad distinta, utópica; mayor fue la influencia de la contemplación mística que se adueñó de los actos humanos, en los cambios del ser y quehacer en la vida.

La sensación general, después de la re-programación, fue la de una especie de iluminación mística. A cada persona le parecía que conocía los más íntimos pensamientos de las demás personas que se encontraban a su alrededor y alcanzaba un contacto más estrecho con las demás almas... Usualmente, se llenaban de sentimientos de éxtasis sobre la belleza, en esos momentos sus percepciones cambiaban: veían los sonidos y escuchaban los colores, hasta sentían palpar los olores y un interés intenso por los niños les invadía a todos con una especie de seguridad de que el alma humana era buena como también el mundo. Como a Buda, se les ocurría también que seguramente se logrará algún día encontrar una filosofía que consolará al ser humano, y éste era su principio. El Mal y la imperfección resultaron ser sólo ilusiones... y todo a la larga será para el Bien. Esa sensación de existencia individual, a veces fuera del cuerpo y del mundo físico que lo rodea, y en que la gente siente que ve las cosas como verdaderamente son en la realidad, con una sensación de eternidad en la que se pierde el miedo a la muerte; se repetía en el día de cada persona y el resultado era una renovación del bienestar diario en que vivía cada habitante de la Tierra desde que ocurrió el cambio.

Perder el miedo a la muerte y conformarse con el destino eran las claves de la nueva felicidad que experimentaba la humanidad después de su re-programación; a la que no estaba dispuesta a perder jamás.

Así que actuaron de acuerdo a esos sentimientos.

4. Utopías

Unas horas antes del cambio, el 31 de diciembre de 1999, Philip Goodman fue llamado a la oficina de A42. Una vez en presencia del Ignacio que conocía desde niño, ahora un hombre altísimo con barba muy cuidada, con apenas unos años menor que él; éste le dijo con la confianza que le dispensaba:

— Phil, si quieres ser el cronista oficial y efectivo del DEMIURGO II, no debes ser re-programado. Es la manera en que podrás reportar con los viejos prejuicios lo que cambió— y le alargó una malla tejida en cobre—. Esta malla protegerá tu cabeza de la re-programación, y debes cargarla cuando estés fuera del cilindró, si no quieres ser re-programado. Es una *Jaula de Farady* con ciertas innovaciones que hemos hecho para que funcione sin ser una caja hermética, no se cierra por el frente para dejar la cara descubierta. El edificio también lo es. Quiero decir, es un recinto o caja con paredes de alta conductividad que resguardan su interior de las ondas electromagnéticas. La malla funciona con pilas microscópicas, producto de nuestra nanotecnología, que duran años, pero no puedes ducharte la cabeza cuando la uses. ¿OK? Este edificio se construyó con un tejido igual interno que lo cubre por todas sus partes, bajo los mismos principios, claro con una fuente de energía superior a la de la funda que te entregué que sólo tiene que cubrir una parte donde suponemos está el computador cuántico biológico con el programa innato del cerebro. En el cilindro debemos proteger todo lo que haya dentro. Por eso también el edificio está construido de cilindros dentro de cilindros con dobles puertas de manera que estén cerradas una de las dos en un pasillo intermedio para los que entran o salen. Así nos aseguramos que el campo eléctrico interno sea cero. Al salir de aquí mis sosias y yo cargaremos un *JF* puesto.

— Pero... seremos seres distintos a los demás. No es esto un alto riesgo. Ovejas entre algunos lobos que quedan... No es una inmensa tentación para nosotros poder hacer el mal y no hacerlo; me refiero a dominar a la humanidad, ya que sabríamos como hacerle daño sino nos obedecen— cuestionó Philip.

— Unos cuantos hombres no dominaremos a la inmensa mayoría de los habitantes de la Tierra. Después del cambio no habrá quien siga a ningún caudillo. Los hombres actuarán comunitariamente, en su propio beneficio. Todos serán iguales. Será una aberración que un hombre o grupos de hombres impongan su voluntad sobre los demás— y añadió convencido—: ¡Créeme, yo conozco el contenido del programa con que re-programaremos a la humanidad!

Así que Philip siguió despierto casi las 48 horas que duró la anestesia de la humanidad mientras la re-programaban desde el DEMIURGO II. Todo el tiempo tomó notas en su computador personal de lo que oía y veía en los reportes de los Montaña esparcidos por los 32 sitios estratégicos del mundo.

Una vez que la humanidad quedó dormida, algunos Montaña moviéndose libremente por las calles, carreteras y autopistas del mundo, retransmitían al DEMIURGO II las escenas de lo que ocurría en las principales ciudades, con cámaras portátiles muy livianas y pequeñas hechas con tecnología superior de otros mundos, unos 10 o 20 años más avanzada a la nuestra, que les permitían que un solo operador enviara imágenes vía satélites a la isla. Era patético el espectáculo de ver a Paris, Nueva York, Roma, Londres, Chicago, Dheli, Beijin, Tokio, Ciudad de México, Sao Paulo, Seúl, Jakarta, Hong Kong y otras de las ciudades más importantes y pobladas del mundo, en casi total silencio, con miles de personas tiradas por el suelo dormidas, sobre las aceras, unos sobre otros y hasta en posiciones cómicas o trágicas, como comprometedoras, en cualquier parte...

Vehículos colisionados en casi todas las calles... aviones incendiándose después de estrellarse en el suelo o contra edificios... Un espectáculo en que cerca de 6.000 millones de personas eran los actores y apenas dos centenares los espectadores.

Claro, que algunos miles más no durmieron y se enteraron después de que le habían cambiado a la humanidad. Principalmente los que estaban en lugares muy remotos que la red no cubrió; o en las primeras horas estaban bajo tierra, como los mineros... pero al estar libre de alguna protección, caían dormidos y era re-programados pues el programa se mantenía emitiendo ondas electromagnéticas por tiempo indefinido.

***

Cuando la nueva humanidad comenzó a organizarse, Philip y Frank acompañaron a A42 a una sesión especial de la Asamblea de las Naciones Unidas, en nombre de DEMIURGO II, donde fueron recibidos.

Allí, y en cadena mundial por todos los medios de radio, TV y los impresos, se le explicó a la humanidad lo que había pasado.

Esta vez Ignacio Jacob Montaña-Adjiman fue escuchado con toda la atención y aplaudido largamente. Toda la humanidad le estaba agradecida. Pero, ninguna institución de las todavía existentes, ningún Gobierno de los que aún no habían desaparecido, ni siquiera las Naciones Unidas, lo propusieron para algún reconocimiento: Premio Nobel de la Paz, Benefactor de la Humanidad, Héroe Mundial... Nada de eso, la humanidad ya no hacía las cosas así. Al contrario, evitaba el culto a los líderes y si el doctor Montaña y sus alter egos lograron aquel milagro, muy bien... gracias, pero no van a ser considerados mejores y superiores a los demás, porque todos pertenecemos a una mente universal, a una conciencia única, a un espíritu universal, con el que fundiremos nuestro espíritu individual con Él después de la muerte. Nada de lo que acaece sucede sin su consentimiento. Los Montaña fueron el medio que uso el Absoluto para corregir lo que la libertad humana había llevado a tan lamentable estado.

En la sede de las Naciones Unidas, en Nueva York, el Secretario en General pronunció unas palabras de agradecimiento al DEMIURGO II y les rogó que siguieran haciendo su trabajo, mientras se establecían los mecanismos para que la propia humanidad, por sus propios medios, se hiciera cargo y mantuviera por el resto de su existencia los programas funcionado; y así ser feliz sin riesgo, pues en unos cuarenta años, seguramente, todos los Montaña estarían muertos y no habría quien operara el DEMIURGO II. Entonces, le pidieron algo cómodo: ¿Por qué los Montaña, que eran tan inteligentes, no establecían un procedimiento para que el cambio fuese definitivo?

Y pasaron a tratar el tema del día: que las Naciones Unidas se cambiase a un Consejo Mundial sin ningún secretario ni presidente, su administración sería colectiva, todos sus miembros se turnarían los cargos para administrar con consejos en cada país, que ya no eran países, aunque conservaban sus nombres para referirse a sus respectivas zonas geográficas y a sus consejos, y de éstos a consejos de provincias hasta los consejos de ciudades. En fin, el mundo ya no tenía fronteras ni eran necesarios los pasaportes. La humanidad era una sola y como tal sería coordinada para el beneficio de todos. El culto a la personalidad se había acabado. Los consejos conformaban un liderazgo colectivo, y sus miembros se escogían democráticamente por una red de representantes que venía desde un condado hasta el Consejo Mundial pasando por cada consejo de áreas geográficas cada vez más grandes, hasta que al final el Consejo Mundial lo conformaban cinco personas: una por cada continente. Estas sólo permanecían un año en sus cargos.

En el nuevo orden, quienes perdieron sus estatus, pero a ellos tampoco les importó, fueron los famosos: estrellas de cine, de deportes profesionales, de los medios de comunicación... Pocos permanecieron interesados en tales actividades

***

DEMIURGO S.A.

Los programas de TV cambiaron también radicalmente. Las estaciones locales que se conectaban muy poco en redes nacionales e internacionales, principalmente anunciaban el clima, enseñaban medios prácticos para emplear la tecnología desarrollada y que era de todos, arte religioso y largas horas de meditación y ejercicios físicos como el Yoga que la ayudan.

***

Algo parecido le sucedió a la industria del cine. La industria del espectáculo o el llamado "show business" también se acabó. Al menos el de fines de lucro, ya que a nadie le interesaban las riquezas. El entretenimiento se buscaba pero como parte de la purificación: conciertos, artes plásticas, obras de teatro...

***

Lo más interesante fue el modo como la humanidad se deshizo de la industria más costosa del mundo: la industria bélica. Y lo hizo desmontándola, es decir, de la misma manera que las fábricas armaban un misil, de esa misma manera era desarmado, volviendo sus componentes a su forma original. Todo el proceso en reversa. Claro que esto les tomaría años, pero ya la humanidad había decidido su camino.

Los ingenieros que fabricaban armas, ellos mismos, se encargaban de volver los materiales, hasta donde fuese reversible el proceso, hacia los metales o elementos iniciales. En el caso del material radioactivo la complejidad era mayor. Gracias a la asesoría del DEMIURGO II pudieron construirse *containers* que durarían seguros por siglos, enterrados en los desiertos hasta que la radiación dejara de ser un peligro.

El excedente de recursos financieros y ahorro que le sobrevino a la humanidad al suprimir el gasto bélico resultó fabuloso. Hasta los pueblos más pobres, cuando dejaron de gastar sus pocos ahorros en la compra de armas sofisticadas, producidas en países desarrollados, y otros menos desarrollados que escogían mantener ejércitos inmensos de hombres y mujeres improductivos, dedicados a las artes del asesinato; les permitió estar en capacidad financiera de resolver sus problemas más acuciantes de pobreza, educación, salud, vivienda, confort...Nunca antes los pueblos comprendieron la inmensa estupidez que los dominaba con la invención de las fronteras que debían de resguardar con ejércitos costosísimos, para proteger la soberanía de las naciones y la subyugación de otros pueblos. Con la reprogramación todo ello sonaba a simple y pura estulticia universal:

la humanidad era una sola aunque con grandes variedades de razas.

***

Otro tanto hicieron los carteles de la droga: se desmantelaron ellos mismos. Los cultivos simplemente se dejaron morir, o crecer de manera salvaje; nadie estaba interesado en drogarse y tampoco en embriagarse. Así que la industria del alcohol aunque no desapareció sí se redujo en el consumo a sólo un trago durante las comidas

La aniquilada completamente fue la del tabaco. La gente se preguntaba cómo fue posible que alguna vez existiera. Era una industria suicida, y la humanidad se quería mucho más que antes a ella misma, pues se consideraba el templo del espíritu.

La industria de la alimentación tuvo un cambio de orientación también: se destinó a la producción y distribución de alimentos vegetarianos. Ya nunca más se organizó industrialmente la cría de animales para el matadero como alimento. La biodiversidad biológica se resguardó en zonas de reserva para protegerla la extinción de especies. Después de todo los animales eran hermanos en la evolución, como lo predicó el místico San Francisco de Asís, quien se adelantó

***

Por lo general, las soluciones a los grandes problemas de transformar una raza batalladora como la humana, asesina y suicida, en posesión de una industria de autodestrucción peligrosísima, en una pacífica, debió hacerse con la ayuda de DEMIURGO II, pues ciertamente los humanos nuevos, re-programados, eran sólo capaces de usar la tecnología hasta el año 1999, de ahí en adelante perdieron interés en innovarla. En realidad, no parecían muy buenos para las innovaciones y las soluciones nuevas a problemas viejos o nuevos. Por eso se les enseñó a desarmar su capacidad bélica por un proceso de reversión de lo hecho, que no empleaba nueva tecnología, sólo una nueva organización.

Puesto que ni la razón ni la inteligibilización fueron tocadas con la re-programación, había que concluir que la creatividad y la innovación estaban ligadas en la mente humana con la función agresiva del hombre, y ésta había sido extirpada.

***

Uno de los mayores cambios de la vida del hombre después de su reprogramación fue su conducta sexual; posiblemente por causas similares a las de la disminución de la creatividad y la imaginación. La función biológica sexual es capaz de proporcionarle al ser humano sus más intensas recompensas físicas y emocionales. Cuando se tuerce puede causarle a su vez las mayores desventuras, como sucede con la violación y el sadismo.

La función sexual en el hombre tiene la multifuncionalidad propia de la imaginación y creatividad de la mente humana. Al igual que la alimentación, en que el hombre no busca sólo nutrirse sino degustar de la cocina con sus variedades que a través de la historia, la costumbre y la geografía han creado el arte culinario; pero también llega a cumplir muchas más funciones como aplacar los nervios comiendo chocolate en exceso o tomando licor. El ingenio creativo del hombre puede crear múltiples funciones para sus procesos biológicos. En el caso del sexo la variedad es mayor. La función sexual es básicamente reproductiva; pero en el hombre le permite establecer vínculos con la pareja.

El animal humano y algunas otras especies buscan tener parejas para ayudarse con la cría. En el hombre es mucho más necesario formar una pareja que en cualquier otra especie, para que ambos colaboren en criar a su progenie, porque su cría es indefensa por muchos años. Y hasta los 13 no es capaz de reproducirse. Su indefensión para protegerse de depredadores y conseguir alimentos se debe al tamaño de su cráneo y el lenguaje que exige un largo desarrollo físico y cultural. El factor principal ha sido la evolución de un gran cerebro. Por una parte, esto conduce a una prolongada infancia, y a su vez, significa una unidad familiar de larga duración. Es pues para el hombre necesario forjar un vínculo de pareja y de mantenimiento de pareja; el sexo primario de procreación se unió al de formación y al de mantenimiento de pareja para conformar la función sexual básica de la especie. No importa cuánto se desarrollen los medios de control de la gestación, el hombre no se lanzará a la promiscuidad sin freno alguno, pues el instinto de procreación es mayor que el de gratificación sexual. Es obvio que su ingenio oportunista ha hecho que la función sexual sirva además de procrear y formar familia, para otras conductas como sexo tranquilizador, sexo diversión, sexo estatus, sexo propiedad, sexo excitación... Y hay un ingrediente de agresividad en todos ellos, como un sustituto a la agresión sangrienta de dominación para afirmarse a sí mismo. De manera que al eliminar la agresividad y en parte el ingenio de oportunidad en la función sexual, en el nuevo orden ésta se redujo a lo básico: procreación y el vínculo de pareja y su mantenimiento. Es decir, a la familia. Sólo que la familia tomó una categoría más amplia.

La nueva familia se constituía, después de la re-programación, partiendo de una pareja amorosa que tenía relaciones sexuales para procrear, y alrededor de ella, con afecto de hermanos, como tíos y tías de la prole, se unían varones y hembras adultos que colaboraban en la cría de los hijos, y a cambio recibían reconocimiento y amor de todos. Estos tíos y tías, sin ser hermanos de la pareja inicial, eran excluidos de relaciones sexuales dentro o fuera de la familia, y se sentían satisfechos porque no necesitaban del sexo de procreación ni de fijar vínculos de parejas. Así que las familias se formaron con números variados de miembros, alrededor de la pareja inicial, los hijos (dos o tres) y los tíos (varios varones y hembras). Luego, cuando los hijos formaban sus propias parejas dejaban a la familia. Las unidades nunca fueron grandes porque todos pertenecían a la gran familia humana.

***

Cada día la sociedad mundial se asemejaba de alguna manera a un convento del medioevo sin abad y con monjes y monjas conviviendo en grupos familiares.

Y, como en un monasterio, la propiedad se hizo común. La gente tomaba de lo que se producía lo que necesitaba. Como nadie tomaba lo de otro, alcanzaba para todos. Y cada quien trabajaba en las fábricas que por conveniencia seguían siendo unidades de alta competencia y eficiencia para la producción de bienes y servicios; aunque sin dueños.

Por supuesto que los bancos y otros entes comerciales de la distribución de los bienes y servicios también quedaron eliminados pues eran innecesarios. El dinero en cualquier forma se hizo también inútil. La gente se presentaba en los lugares de distribución de bienes o de servicios y allí tomaba lo que necesitase. Se daban los casos en que pudiera escasear algún producto y los empleados asistían al solicitante en su sustitución

Por los medios de comunicación se anunciaban la colocación en centros de distribución, que no de mercado, de los productos cuya tecnología manufacturera se detuvo en 1999; pero era lo justo para que la humanidad trabajase la mitad de una jornada, y producir suficiente para satisfacer las necesidades de todos. Lo que lo facilitaba el hecho de que la población descendía notablemente de generación en generación, por razones debidas a la re-programación. Como que todos trabajasen, exceptuando las mujeres y los niños. Los segundos mientras eran entrenados; las primeras por su dedicación al entrenamiento y educación de los niños y los adolescentes.

El hombre había resuelto el problema económico. La competitividad como acicate a la producción fue sustituida por la cooperación y la fraternidad. Así que todo cambio bajo un principio muy simple: re-programar la voluntad humana para desprenderla de su egoísmo y que sólo decidiera por el bien, propio y colectivo. Las leyes de la economía se esfumaron por lo artificial. Nadie volvió a estudiar economía pues dejó de ser un problema.

Tan simple como eso y el hombre alcanzó la solución de todos sus problemas: superpoblación, pobreza, guerras, endemias, ignorancia, antagonismos raciales, religiosos, nacionales...ecocidio...drogadicción y violencia... Todo tendió a corregirse con la simple buena voluntad del nuevo hombre.

¡Paz en la Tierra a los hombres de buena voluntad!

***

Como cronista del DEMIURGO II a Philip le pareció que la propuesta del Nuevo Consejo Mundial—pero igual podría llamarse Gobierno Mundial porque lo era—marcaba una característica en la personalidad colectiva de la nueva humanidad: no era creativa como la vieja; había sustituido la creatividad por algo como contemplación, resignación o conformidad.

La organización mundial que se estaba montando se asemejaba a la de las iglesias; pero al revés. En lugar de que la más alta jerarquía eligiese a sus directivos hacia abajo; de abajo se nombraban a los de arriba por una pirámide de mando invertida pues el poder, la mayoría o la base de la pirámide era la soberana.

Y, su primer caso para comprobar en un ejemplo lo que se le estaba ocurriendo, fue el observar cuidadosamente a Frank Taylor. Este era un científico por vocación y formación, de los mejores; es decir, un hombre cuya primera motivación era la curiosidad, el querer saber algo nuevo constantemente para reorganizar el saber de manera nueva, original. En constante indagación sobre los problemas y sus soluciones. No era así el Frank re-programado; éste no tenía interés en conocer los nuevos equipos en DEMIURGO II ni ponerse al día en sus conocimientos aprovechando su situación privilegiada de haberse instalado en la isla con su familia, esposa y hermana. Ni siquiera los principios avanzados de la psicofísica en que se sustentaban despertarían su curiosidad.

No es que a Frank dejó de interesarle la tecnología; sí le interesaba... hasta donde había aprendido. Daba la impresión que no quería aprender nada nuevo. En los pocos meses que había pasado desde el cambio, su mayor ocupación fue atender a su esposa, a sus hijas y a su hermana. Consiguió que se le permitiera vivir con ellas en la mansión abandonada en la parte sur-oeste de la isla, y allí hizo amistad con los pescadores, con quienes organizó algunos proyectos para mejorar su nivel de vida, con el apoyo de Lois.

Por las tardes, todos, los Taylor y los pescadores se sentaban en la playa frente al mar a contemplar el ocaso del día en actitud contemplativa, religiosa, hasta que el Sol se ponía en el horizonte y la oscuridad de la noche los obligaba a regresar a la mansión.

Philip los visitaba y encontró en Lois una nueva clase de relación con el sexo opuesto: Lois parecía entender todas sus inquietudes, insatisfacciones, frustraciones, dudas y angustias existenciales, esperanzas y sueños de una vida feliz. Philip descubrió entonces que, por primera vez en su vida, amaba y buscaba a una mujer sin interés sexual.

Philip, pasaba también mucho tiempo recorriendo al mundo para reportar al DEMIURGO II lo que sucedía, siempre con una JF puesto que no se quitaba hasta regresar al cilindro, o cuando entraba a lavarse el cabello en el recipiente especial que cargaba con su maleta a todas partes; pues no podía lavar el cabello sin quitarse la cofia y ser re-programado. Así que le construyeron un baño portátil aislante para él...muy ingenioso. Sus viajes los hacía de la isla por hidroavión hasta *Kingstown,* donde lo esperaba un jet personal que perteneció al padre de Ignacio Montaña, a Ignacio III, y de allí adonde tuviese que viajar a cualquier parte del mundo. Fue la primera persona en comprender lo que estaba pasando. En el PC recogía sus impresiones diarias. Así a finales del año 4 d.C, reflexionaba:

"Tanto soñaron visionarios y profetas con las distintas formas de utopías que ahora que está aquí no la reconocemos, porque es muy diferente a como nos las describieron.

La palabra *utopía* la acuñó Thomas More en el siglo XVI derivándola de dos palabras griegas *Eutopía* del griego *eu*=bueno y *topos*= lugar y Outopía *ouk*=no y *topos*=lugar, es decir utopía significa "lugar bueno " y "sin lugar" y fue introducida como una ironía por Sir Thomas More en su obra escrita el latín *De optimo reipublicae statu deque nova insula Utopía.*

More se inspiró en *La República* de Platón, el primer modelo de una sociedad idílica, y a su obra le siguieron otros modelos publicados como novelas, tratados, ensayos y otros géneros literarios como un sueño no alcanzado por la humanidad.

En *La República* de Platón los fines son políticos, no económicos como en la *Utopía* de Moore. Al régimen político de *La República* Thomas More, lo complementaría con lo económico. En la del DEMIURGO II es biológica y sus fines son místicos.

5. El fin del principio

Como Philip no estaba re-programado, su libido permanecía intacto y sus deseos carnales seguían teniendo la misma demanda diaria sin satisfacción. Las parejas se acoplaban para la reproducción y no para el goce sexual en el nuevo orden. Así que durante cuatro años no había conseguido compañera, y aunque ya se acercaba a los sesenta años sus deseos sexuales no estaban tan disminuidos; así que no le había quedado más remedio que el onanismo estimulado con sus recuerdos. La única mujer con quien haría pareja porque se había enamorado profundamente de ella era Lois y aunque ella le correspondía, estaba incapacitada para el amor físico.

Lois re-programada podía entender el amor platónico sin sexo en una pareja, tal como era practicado por millones después del cambio. Ambos se habían acostumbrado uno al otro y estaban convencidos que podrían ser felices en el nuevo orden si Philip fuese re-programado como Lois lo había sido. Así lo consideraron y un día que todo estaba decidido, Philip se acercó a A42 y le participó sus deseos. Philip sabía que todo lo que tenía que hacer era despojarse de la malla y en 48 horas se uniría formalmente a Lois; pero, le pareció cortés y considerado no hacerlo hasta conseguir la aprobación de Ignacio Montaña.

Ignacio estuvo de acuerdo. Y pasó a informarle que por sus

últimas investigaciones, contrario a lo que antes se creía, el cambio es irreversible. El programa en *mentalese* que se compila del *meta-mentalese* es sólo de lectura en el cerebro, no se puede borrar y sustituir por otro; no se puede grabar sobre él. Aunque, no había sido así con el original innato que pudo ser cambiado. La humanidad sólo podía cambiarse una sola vez, no hay retorno. De manera que quedaría transformado para siempre como el resto de la humanidad y también los niños que nacían cada vez en menor cantidad en todo el mundo. Más aun, pensaba desmantelar al DEMIURGO

II pues ya la humanidad no requería de la re-programación continua. Los niños serían programados al nacer con sólo poner un PC con un programa especial para recién nacidos con códigos para eliminar arquetipos del Mal, y un pequeño transmisor ELF al lado de su cuna por 48 horas. Eso es todo. Y como la humanidad estaba tan contenta en su nuevo estatus, no dudaba que esta práctica sería tan común como las vacunas.

Sin embargo, la humanidad que nacía quedaría anclada en ciencia y tecnología en el año 1999. Ya no habría más progreso en este sentido. ¿Que pasó con la re-programación? ¿Se esperaba esto? Estas eran las preguntas que le hacía Philip a Ignacio, el A42.

Ignacio se lo explicó diciendo:

" Philip, no tenemos respuesta para todo. No podemos decir que las conexiones del cerebro crean a Dios o Dios crea las conexiones del cerebro. Por años fui agnóstico, ahora, después de todas estas experiencias, no descarto lo divino en el Universo. Desciframos el código del *meta-mentalese,* y podemos determinar la combinación de ondas que corresponden a estado místicos de meditación y oración y el creyente se siente conectado a Dios; pero desconocemos el *mentalese* que nos explicaría porqué sucede esto y cuáles son las partes del cerebro que participan. Conozco de experimentos de estados de éxtasis místicos que han sido estimulados en el laboratorio aplicando tomografía computarizada en cristianos y budistas tibetanos, todos expertos en meditación, en momentos de meditación y podría considerarse la imagen de una foto de una experiencia trascendental, y podemos afirmar que son uniformes en distintas culturas, lo que sugiere que se debe a una estructura común en el cerebro humano. Quiere decir ello que potencialmente todos somos capaces de experimentar lo divino, lo místico, de sentir una comunión de paz, de la presencia de Dios y de concentración y quietud. Sin embargo, son pocos los que   lo logran con la ayuda de ejercicios de meditación que necesitan de toda la vida, o en congregaciones como las de los monjes tibetanos, donde se les enseña. Ahora, suponte que en *mentalese* hay unas rutinas de programas innatos en el cerebro cuya ejecución dominan la conducta del individuo para el Bien o para el Mal, de manera tal que las del Mal bloquean o impiden las experiencias místicas normalmente; cuando eliminamos esas rutinas con *meta-mentalese,* abrimos el camino a que cualquier ser humano re-programado tenga acceso cuando quiera a la exaltación mística.

Ya sabemos que para que ocurra la experiencia mística las regiones del cerebro que delimitan el yo y el mundo deben abrirse; por eso es que creemos que toda esta devoción por lo divino y la experiencia mística en los humanos re-programados se deba a que al cerrar el Mal dejamos una compuerta abierta a nuevas experiencias espirituales. Ahora la humanidad entera, varias veces al día, vive arrebatos místicos, se siente en presencia de lo divino y le pierde el miedo a la muerte. Esta es la vivencia que ofrece la purificación del alma en todas las religiones, y se logra cuando el Yo se desprende de su cuerpo y se hace uno con el Espíritu Universal. Como hemos visto, la nueva conducta humana re-programada por el DEMIURGO II es perfecta, según el canon de todas las religiones. Hoy en día el hombre no necesita ser amenazado y reprimido con un castigo para que su comportamiento sea justo. Fabricamos aquí una sociedad de santos.

En cuanto a que no se interesan por la innovación tecnológica y la ciencia, esta actitud creemos que es temporal. Los romanos completaron su conquista del mundo el 30 d.C. Pero la suya no fue una cultura científica. Se aprovechaban de todo lo que habían innovado otros pueblos, particularmente los griegos, para mantener al Imperio. Hubo que esperar al Renacimiento, un milenio después, para que se retomara la indagación científica de los griegos en Europa. Entonces, quizás por unos años y por el interés que tienen los humanos por las cosas místicas no sea aún factible ver las necesidades más terrenas que todavía hay que resolver. Por ahora han decidido tomar del legado científico y tecnológico de las generaciones que les antecedieron. Esperemos para saber qué harán después..."

Philip le pregunto:

— ¿ Y, ustedes, los Montaña, qué piensan hacer ahora que han culminado con la misión de re-programar a la humanidad?

— Hemos aprendido mucho y debemos formar otra generación de demiurgos. Ya aquí no hacemos falta. Vamos a trasladarnos todos a uno de los mundos donde todavía no haya paz. Son infinitos los que están en tal estado, y allí entrenaremos a una generación de otros científicos que nos sucederán en esta tarea de fabricantes de utopías. Una tarea sin fin. Quizás en el camino descubramos la inmortalidad: ochenta o cien años serán muy pocos para cumplir con este esfuerzo cósmico. Ya tenemos una idea al respecto: puesto que los universos paralelos se mueven a distintas velocidades en el tiempo quizá sea posible que nosotros lo hagamos a tal lentitud que pudiera acercarse a cero nuestro envejecimiento. Ciertamente que algunos de nosotros pudieran morir accidentalmente en algún universo, pero otros los reemplazarían. Lo más paradójico sin resolver es que en algunos universos el Sol se habrá enfriado y la Tierra ya no sostendrá la Vida, ¿Qué habrá hecho la humanidad en esos casos? ¿Existirá todavía en algún otro sistema planetario? Y, a la larga, el Universo si no se apachurra en un proceso distinto al *big bang* seguramente estará muerto en una temperatura uniforme por la Segunda Ley de la Termodinámica. En fin, nos falta mucho por saber.

En algunos días no quedará ninguno de nosotros aquí. —y añadió con melancolía —: Les extrañaré mucho, a todos ustedes. A mis hermanas, mis padres a quienes les queda poco en este mundo también, a mis amigos Taylor... a Marina, a Mario...Mientras haya alguna conciencia en mí, yo los recordaré en sus otro sosias que seguramente conoceré en otros universos.

—Entiendo—afirmó Philip con tristeza—es el destino tuyo... de ustedes. Después de todo ustedes son uno y muchos a la vez. — Metió la mano en su bolsillo y extrajo un CD—. Aquí tienes la crónica que te ofrecí, *telepórtala* contigo, seguramente le interesará a alguien que quiera saber cómo sucedió todo aquí, en éste espacio y éste tiempo. No la pude escribir como un informe, ni siquiera una simple crónica, la redacté como mezcla de géneros: crónica, novela, biografía y a la vez ensayo, como se estila ahora — concluyó y se abrazó a Ignacio sabiendo que se despedía de él *para siempre.*

Abandonó el cilindro y abordó el jeep enfilando hacia la carretera que lo bajaría de la meseta a la mansión; una media hora después mientras se acercaba a su destino divisó a la mujer todavía hermosa que lo esperaba impaciente en silla de ruedas. Detuvo el carro y se bajó apresurado.

Lois sonrió feliz al ver que Philip se le acercaba arrancándose la malla de la cabeza para arrojarla con fuerza lejos; al llegar a su lado le dijo:

— Querida, vamos rápido a un dormitorio que ya escucho música de cámara como pájaros cantando.

***

Al quedarse solo, Ignacio se acercó al primer PC que encontró a mano y abrió el CD con la crónica-novela-biografía-ensayo que le había dejado Philip.

En la primera página leyó lo siguiente

CAPÍTULO I

ENTRE GENIOS Y TEORÍAS

1.El retorno del genio

2. Historia clínica

3.La Teoría

Y la segunda continuaba de esta manera:

1. El retorno del genio

Del más insondable, oscuro y profundo abismo de la inconsciencia, un destello de la luz del pensamiento estalló y tomó su mente como salido de la nada, para realizarse en deseo y voluntad de despertar.

***

Después, seguían 189 páginas contando la historia del DEMIURGO S.A.

EPÍLOGO

Si esta narración no coincide con la que ha vivido en su siglo el lector y todavía su calendario tiene impreso el antiguo sistema gregoriano del siglo XXI en adelante, entonces se encuentra en alguno de los otros distintos e infinitos universos paralelos, seguramente injusto y batallador; y esta reseña le llegó por *teleportación,* como avanzada a los cambios que pronto le vendrán. ¡Alégrese! Seguramente aquí su propia Sociedad Anónima DEMIURGO estará por fundarse, al igual que viene sucediendo en otros universos en el *Multiverso* entero para que todos vivamos en paz y felices con la misma historia.

PHILIP GOODMAN, CRONISTA

▼

ACERCA DEL AUTOR

Alberto Castillo Vicci es profesor emérito Medalla Institucional de la Universidad Centro Occidental Lisandro Alvarado de Venezuela (UCLA) y, actualmente, es asesor académico en docencia e investigación en algunas universidades venezolanas. Es co-beneficiario del Premio al mejor trabajo científico universitario del 2004 en ingeniería y tecnología. Ha publicado una docena de libros académicos de ensayos y divulgación en inteligencia artificial, meta-técnica y fundamentos de la ciencia con la UCLA y el Instituto de Estudios Avanzados (IDEA). Como escritor ganó el Primer Premio en narrativa "La Tuna de Oro" de la Casa Nacional de las Letras Andrés Bello (Venezuela) en el año 2008, con su libro de cuentos "Cuentos esotéricos" y obtuvo el Premio "Retratos" de La Revista El Viejo Topo en España en el año 2009 con la biografía "Retrato Intelectual de Bertrand Russell". Con su libro de cuentos "Memorias de Mabil" se alzó con el Premio la Bienal Miguel Ramón Utrera 2011 en Venezuela. En el 2015 quedó como finalista en el I Certamen de Excelencia Literia de la MP Literary Edition.Sus novelas "PROYECTO TÁNATO; "CIBERPRESIDENTE" y "LA PLENITUD DE LOS TIEMPOS. NOVELA HISTÓRICA DEL SIGLO XX".Como también sus ensayos "CIENCIA Y MISTICISMO...HOY" y " FUNDAMENTOS MATEMÁTICOS DE LA META-TÉCNICA" se ofrecen por AMAZON, CBH books, PUBLICIA Y KINDLE.